ハヤカワ・ミステリ

ED McBAIN

歌　　姫

THE FRUMIOUS BANDERSNATCH

エド・マクベイン

山本　博訳

TOKYO HAYAKAWA BOOKS

A HAYAKAWA
POCKET MYSTERY BOOK

THE FRUMIOUS BANDERSNATCH
by
ED McBAIN

Translated by
HIROSHI YAMAMOTO
First published 2004 in Japan by
HAYAKAWA PUBLISHING, INC.
This book is published in Japan by
arrangement with
HUI CORPORATION
c/o CURTIS BROWN GROUP LTD.
through THE ENGLISH AGENCY (JAPAN) LTD.

さあ、びっくりだぞ！
本書もまた
わが妻
ドラギカ・ディミトリエイチ＝ハンターに。

この小説に現われる都市は架空のものである。
登場人物も場所もすべて虚構である。
ただし、警察活動は実際の捜査方法に基づいている。

歌姫

装幀　勝呂　忠

登場人物

スティーヴ・キャレラ コットン・ホース マイヤー・マイヤー	………87分署の二級刑事
バート・クリング アンディ・パーカー ハル・ウィリス	………同署の三級刑事
ピーター・バーンズ	……………同署の警部
オリー・ウィークス	……………88分署の一級刑事
パトリシア・ゴメス	……………同署の巡査
スタンレー・エンディコット ブライアン・フォーブス	……合同特別捜査班のFBI特別捜査官
チャールズ・コーコラン	………同市警警部補
シャーリン・クック	……………市警の外科部長代理
ハニー・ブレア	……………………チャンネル・フォーのキャスター
バーニー・ルーミス	……………バイソン・レコードのCEO
ターマー・ヴァルパライソ	……新人歌手
ジョーナ	………………………………ダンサー
エイヴリー・ヘインズ ケリー・モーガン カルヴィン・ロバート・ウィルキンス	……誘拐犯人

1

川を下ってくる姿はまるで動く都会のようだ。煌々と輝く明かり、賑やかな音楽、船首と手すりにひるがえる旗。百六十フィートほどの船体はしなやかなパワーと優雅なデザインを備えている。このヨットと二十人のスタッフをチャーターするのに、バーニー・ルーミスは六千ドルも支払わなければならなかった。プラス、招待した百十二人の音楽業界の人たちに出す仕出し屋の料理と飲み物に一万二千ドル。さらに、十人編成のオーケストラ、十五パーセントのサービスチャージ、それに八・二五パーセントの市税を加えると、バイソン・レコードは《バンダースナッチ》の発売《ランチ》に二万五千ドルの大枚をはたくことになる。しかし、CDがチャートのトップに躍り出れば、この十倍の価値を生み出すはずだ。

　ルーミスがこの盛大な発売パーティを開くに当たって交渉したセレブリティ・ヨット・クルーズの職員たちは、このヨットをボートとか、船とか、汽船とか言っていた。まあ、それはどうでもいい。ともかく、このヨットは、オーバールック・ゾーンに新しく建てられたマリーナ・コンプレックスからほんの一足の西二七桟橋でさまざまな分野のきらびやかなゲストを積み込んでいた。ボートだか、船だかは——

　ルーミスは、ランチと呼んだ方がいいと思った。

「発売《ランチ》を記念してランチをチャーターしよう」とターマーに言ったとき、彼女は手をたたいて喜んだ——まあ、まだ二十歳だ。ティーンエージャーのような反応を見せるのはしかたがない。

　新しいアルバムの公式発売《ランチ》は、船《ランチ》——ルーミスはこの語呂合わせが気に入っていた――のブリッジデッキで、カクテル・パーティと同時に六時に始まっていた。テーブルには、アルバムのカバーに載っている獣の仮面と同じ赤い色のバラが花綱のように飾られ、マホガニーのカウンターにはおみやげ用のCDやテープが乱雑に置かれていた。昨晩、MTV、VHI、BET、WU2で同時放映したビデオと同じように、CDもテープもアルバムのカバーには肌を露出したターマーの姿が載っている。力ずくで引き裂かれたような白いチュニックを着たターマーが、神話の火を噴く獣――タイトルソングの《バンダースナッチ》――を思わせる大きな赤い仮面をつけた筋骨隆々の黒人のダンサーに捕まれてもがいている。獣は大きく開いた口を近づけ、押しのけようとするターマーの白いクリームのような乳房が引き裂かれたチュニックのトップからこぼれ落ちている。

「キングコングのようにだ」ルーミスが言った。

「キングなに？」この映画を見たことのない彼女が聞いた――まあ、わずか二十歳だからしかたない。

集まったゲストは、一斉にマホガニーの階段を降りて、メインデッキのサロンに出た。出されたオードブルは、生牡蠣（牡蠣のシーズンは〝R〟のつく月ということになっているが、この日は牡蠣が安全だとされるRの月を過ぎた五月の四日だった）と、オマール海老とアンズ茸入りリゾットケーキに冷やしたトリュフ入り白クリームをかけたものと、ニラをふりかけたポテトチップスの上に生鮭のタルタルをのせたものだった。ディナーは、まずクルミ・スティルトンチーズ・クランベリー入りのメスクランサラダの後、タラゴンで風味をつけてグリルしたチキンか、マスタードで味つけして網の焦げ目をつけた鮭をチョイス。どちらも蒸したアスパラガスが添えてある。デザートには、ヴァニラとラズベリーソースかけのチョコレートパテ。ワインは、メルローとシャルドネ。シャンパンの乾杯は、ターマーが新しいアルバムのタイトルソングを歌った後ですることになっている。

バーニー・ルーミスは大男だった。たまたまそうなったわけではない。彼の皿は山盛りで、さもうまそうにむさぼり食っている。しかし、有力な客たちから発せられるどんなシグナルも見逃さないように周囲の話に耳を傾けていた。服はレコード会社の重鎮——彼はとかく自分のことを重鎮だと思いたがるのだが——として、地味めなのを選んだ。モカ色のカシミアのスポーツジャケットの下に、いくぶん濃い目のズボンとベージュのスポーツシャツ。胸のボタンを外して金のネックレスを見せている。髪の毛は黒で、もじゃもじゃ毛の犬のようなスタイルにしている。目は茶色だ。髪の毛と同じ色のスペード型の顎鬚を生やし白髪の二、三本も散らせば、偉い大学教授のように見えるだろうと思っている。

ランチは、ディックス河を上って行き、アイソラとカームズ・ポイントやマジェスタを結ぶ橋をくぐり、カヴァナー・アイランドと高級なカヴァナー・クラブを通り過ぎた後、船首を廻し、深いハーブ河を下って再びダウンタウンに向かって戻っている。その間に、ディスクジョッキーはターマー・ヴァルパライソのデビューアルバムから何曲かかけ始めた。トークはもっぱら《バンダースナッチ》と、このシングルがチャートに躍り出るきっかけになるかもしれないセンセーショナルなビデオの話だった——どうかそうなってほしい、とルーミスは思った。頭上には星と月が明るく輝いていた。

音楽が響き渡った。

元気な客が何人かダンスフロアに出ていった。

今夜は、オリーが初めてパトリシア・ゴメスとデートする晩だった。

彼女は、千両役者なんだ。

最初に彼女を見たとき、制服を着た女性姿の美しさにほれぼれした。ブルーのテーラーメードの制服は彼女のぴちぴちした容姿を引き立てている。しかし、制服だから、靴は磨き込まれてはいたが黒い平べったいゴム底だった。彼女の長い黒髪はアップにされ、帽子の中にたくし込まれている。口紅もアイシャドーもつけず、右の腰に九ミリのグロックを下げている。

しかし、今夜……

心地よいそよ風の吹く五月の第一土曜日……

パトリシア・ゴメスは、腿のところは高くネックは低くカットした赤いタイトなドレスを着ていた。そして今夜は、漆黒の髪を肩までたらし、美しい顔の両側にぶらさげた十セント硬貨サイズの赤い輪のイヤリングがその髪にアクセントをつけていた。そして今夜、ドレスと同じくらい華やかな赤い光沢のある口紅と、ミッドナイトブルーのアイシャドーをつけていた。いかにもスリムで、セクシーで、スパニッシュらしく見える。悪党や善玉を引き連れて錬鉄製の長い階段を降りてくる映画の中のセニョリータのようだ。そして今夜、パトリシア・ゴメスは、赤いサテンのひもつきサンダルをはいていた。彼女はオリーが女性の背丈として完璧だと認めている五フィート七インチよりも高く見えた。

そして何よりも、パトリシア・ゴメスは、彼の腕の中にいた。二人はダンスを踊っていた。

一級刑事オリヴァー・ウェンデル・ウィークスは、ダンスが滅法うまかった。まあ、これは彼の言うところによればだが……

彼がこの初めてのデートに選んだ場所は、ハーブ河の岸辺に立つ〈ビリー・バーナクル〉だった。市のアッパー・ノース・サイドにある。ここでは非常にうまいシーフードにありつけるし――シーフードが好きかは二日前にパトリシアに確かめてある――バンドの生演奏と、寄せ木張りのダンスフロアという利点もある。しかも星空の下だし直接河に面している。バンドの名は川ねずみ《リバー・ラッツ》……

オリーはふと思った。もっと河から離れたところで演奏していたころのバンドの名前は何だったろう。しかし、思えばこのバンドはずっと昔からここで演奏しているし、リーダーのアーニー・クーパーは、〈ビリー・バーナクル〉の持ち主であるビリー・クーパーの弟だ。まあ、それはどうでもいいことだが。

バンドは、あらゆる種類の音楽を演奏した。それもダンス向きに。二〇年代のディキシーランド、三〇年代から四〇年代のスイング、五〇年代のドゥーワップ、六〇年代のロック、そして現代音楽。アップタウンのダイヤモンドバックから迷い込んでくる一握りのニグロのお客さんのためにラップの一つや二つも演奏する。しかし、困ったことに、ほとんどのニグロは――オリーはこの言い方が好きだ。というのも、この時代遅れのレッテルで呼ぶと、彼らが怒るからだ――マナーをわきまえていない。オリーは、それを極めて恥さらしだと思っている。だから、できる限りあいつらを街から追い出そうとしているのだ。

しかし、今は土曜の夜。この市のように大きくて多彩な都会で仕事をすることの難しさなんかに思いめぐらす時ではない。オリーは、食事中に、警察の仕事について話したことはまったくない。川ねずみ《リバー・ラッツ》のレパートリーの一つ《聖者が街にやってくる》に合わせてパトリシアと軽快なステップを踏んでいる今も、そんな話をしていない。ということは、彼の社会的適正を物語っているのだ。

オリーがダンスフロアをはね回っている姿は、《時の踊り》に合わせて踊っている《ファンタジア》のカバ《ヒッポ》を思い出させる。オリーがバレリーナ用のスカートをはいているわけではない。代わりに、L&Gで買ったダークブルーの薄手のスーツを着ていた。L&Gはルイスとグレゴリーの略で、二人は――字義的にも比喩的にも――兄弟だ。オリーは、自分もパトリシアも勤務している八八分署管内のチェイス・ストリートにあるこの店でよく買い物をする。L&Gの服の半分は、トラックの荷台から落ちた代物、つまり盗んだものだろうとは思っている。しかし、デザイナーラベルの服を格安で探したいなら、「聞くな、しゃべるな」でいった方がいい。このスーツを着ると、オリーは実際よりもずっと細く見える。ということは、戦車ではなく武器運搬装甲車のように見えるということだ。カバに似ているかどうかとは別の話だ。おまけにオリーは真白いシャツと、赤いネクタイをしていた。これにブルーのスーツを着ると愛国者のように見えてしまう。パトリシアの大胆な配色にも呼応している。ネクタイの話だが。

太った男にしては……

オリーは、彼のことを〝でぶのオリー〟と呼ぶやつがいることを知っている。しかし、決して面と向かっていうやつはいないから、尊敬の表明だと解釈している。そうでなかったら、そいつらの首の骨を折ってやる。彼自身は、自分のことを決して〝でぶ〟だとは思っていない。ラージサイズ、うん、それならいい。ビッグ、それも悪くない。

ビッグな大男、特に彼のようにダンスフロアをはね回っている大男にしては、オリーはあまり汗をかいていなかった。たぶん、何かの腺に関係しているのだろう。生命に関するものはすべて腺に関係しているのだから。

彼はパトリシアをくるくる、ぐるぐる回した。

曲はクライマックスに近づいていた。

オリーは、腹が許す限りパトリシアを引き寄せた。


「ヒットビデオは、みなセックスがらみだ」トッド・ジェファーソンがルーミスに言った。「男たちはブリトニーのへそに乗っかりたいし、ティーンエージャーの女の子はアッシャーのペニスにオッパイをからませたい。それだけだ」

ルーミスも同じ意見だが、ここではブリトニー・スピアではなく、ターマー・ヴァルパライソを話題にしてほしかった。アッシャーの方は、ペニスだろうが何だろうがどうでもいい。

「ヒットビデオは、どれもこれも下着姿の男や女の話だ」ジェファーソンが言った。「白人の男は、すけすけのパンティをはいた見事な脚の黒人の女を見たがる。黒人の男は、小さなブラからオッパイがこぼれている白人の女がいい。こういった黒白のくだらない話がやつらの心をつかむのさ」

トッド・ジェファーソン自身は黒人だった。妻は黒人だが、白人の愛人がいるということだ。ジェファーソンは自分が言ってることがわかっているんだろう、とルーミスは思った。

「例えば、J・ロー（ジェニファー・ロペス）だ」ジェファーソンが言った。「彼女は両刀使いだ。映画では白人とやってるが、プライベートのお相手はおいぼれのP・ダディ（パフ・ダディ。プロデューサー）さ。あんたのとこの駆け出しの小娘もJ・ローに教えてもらうといい」

ルーミスは、ターマーのことだとわかった。

小娘か。

三四－Cカップだぞ。

それなのに小娘か。

「ヒスパニックだしな」

これは半分正しい。たしかにターマーの父親はメキシコ人だ。だから感情豊かな茶色の目を受け継いでいる。しかし、母親はロシア系だ。ブロンドの髪をもらっている。もっとも、ちょっとばかりミス・クレロールの毛染めの助けを借りている。彼女が国境の南の遺産を受け継いでいるということは、ヒスパニック市場で受けることをあてにできる。しかし、《バンダースナッチ》がターゲットにしているのは、両方のカルチャーを股に掛けている大衆だ。ブリトニーに入れ込んでいるアングロ系の若者を引っ張り込め。それができなければ……

「J・ローがやったことをやれるような歌手はあまりいないんだ」ジェファーソンが言った。「彼女より前にやったのはボーイズ・Ⅱ・メンだけだし」

ルーミスは、彼が何を言っているのかわからなかった。映画では白人とやるってことか？ プライベートでは黒人と？

「ビルボード・ホット一〇〇で、五週間以上トップを占めたのが三曲ある」ジェファーソンが頷きながら言った。

「J・ローの場合は、《エイント・イット・ファニー》だった。とにかくJ・ローだな、あんたのとこのかわいこちゃんが勝たなければならないのは」

「《スナッチ》のタイトルソングでシングルナンバーワンを狙っているんだ」ルーミスが言った。

「ところで」ジェファーソンが言った。「彼女のあそこと関係があるのかい？　アルバムのタイトルだが？」

「いや」ルーミスが言った。「どうしてそんなふうに考えるんだ……？」

「ちょっとポルノっぽく聞こえるんだな。バンダースナッチというのがさ。ロックグループが、全員でその子のあそこを追い回している。バンドだろう？　スナッチだろう？　バンダースナッチ。俺の言いたいことわかるだろう？」

「いや、そういうつもりで作ったんじゃない」

「言わせてもらうけど、それが別に悪いというわけじゃないよ」ジェファーソンが言った。「そんな連想はね。俺がさっき言ったことと関係があるんだ。ビデオはみんなセックスがらみなんだ。あんたのかわいこちゃんは、ビデオの中で誰かとやるのかい？」

ルーミスは、ジェファーソンがまだ例のビデオを見ていないことを知って驚いた。この国で四番目に大きいビデオテレビ局、WU2の最高経営責任者なのに、この新しいビデオをちらっとも見ていないとは。

「ああ」ルーミスが言った。「〝おどろしきバンダースナッチ〟とやるんだ」

「なるほど」

「化け物の仮面をかぶった黒人の大男だ」

「バンダースナッチとはそういう意味なのか？　黒人の大男のことなのか？　俺は黒人の大男だが、バンダースナッチと呼ばれたことなんかないね。どんな種類のスナッチにしてもないな」

「いや、黒人とはいっさい関係ない」

「じゃあ、何と関係があるのかね？」ジェファーソンが聞いた。「白状すると、〝バンダースナッチ〟っていう言葉は、俺にはちんぷんかんぷんだ」

「実は、ルイス・キャロルが創った言葉なんだ」

「それって誰？　バイソンの芸術部長かい？」

バイソンとは、ルーミスのレコード会社の名前である。ここの芸術部長は、カール・ギャロウェイという男で、ルーミスがユニバーサル／モータウンから引き抜いてきた。そんなことは当然ジェファーソンも知っているはずだ。ルーミスはまたもや思った。WU2の最高経営責任者ともあろう者が、ルイス・キャロルを知らない？　バイソンの芸術部長だと？　イギリスの作家じゃないか。

「ルイス・キャロルは『不思議の国のアリス』を書いたんだ」ルーミスが言った。

「ああ、なかなかいいね。あの映画は気に入ったよ」ジェファーソンが言った。「ディズニーだろう？」

「映画じゃない」ルーミスが言った。「本だよ。ジャバーウォックが出てくる」

ジェファーソンはぽかんとした。

ルーミスは、本の一節を引用し始めた。

「わが子よ、ジャバーウォックに油断するなかれ！
食らいつくその顎、かきむしるその爪！
ジャブジャブ鳥にも気を許してはならぬ、
おどろしきバンダースナッチにはゆめ近寄るべからず！」

「おどろしきだと？」ジェファーソンが言った「やっぱりポルノっぽく聞こえるな」

「チョコレートって、なにかとっても猥褻なところがあるわ」パトリシアが、彼に言った。

彼女はダブルチョコレートスフレをすくっていた。オリーは、二つ目のストローベリーショートケーキに取りかかっている。パトリシアは、バンドが弾いているのはクリスティーナ・アギレラの最初のアルバムに入っていた曲だと思った。《ホエン・ユー・プット・ユア・ハンド・オン・ミー》。彼の手が触れたときに濡れてしまう若い娘のことを歌っている。非常にホットな歌だ。クリスティーナが自分の経験をもとに書いたように聞こえる。しかし、そんな経験はしていないだろう。まだ警察官になる前、パトリシアにもクリスティーナ・アギレラのようなロック歌手になりたいと夢見ていた頃があった。ヒスパニックの娘なら誰も、ジェニファー・ロペスかクリスティーナ・アギレラのようなロック歌手になりたいのだ。しかし、ひとつだけ問題があった。パトリシアは声が悪かった。母親さえそういうのだ。

「姉が、去年ツアーでオーストラリアに行ったの」パトリシアが言った。「ええと……どこの町だったかしら……」

「姉さんがいるの？」オリーが聞いた。

「実は妹と二人ね。それに弟も。姉がダンナと一緒にオーストラリアに行って、アデレードだと思うんだけれど……」

「それ姉さんの名前？」

「いえ、町の名前よ。少なくとも私は町の名前だったと思うわ。そこでとってもおいしいチョコレートケーキを食べたんですって。チョコレート・デザートを売ってるお店があるの。で、そのお店の名前が〈チョコレート悪女〉。すごい名前じゃない？」

「すばらしい」オリーが言った。「〈チョコレート悪女〉。そのものずばりだね。ところで、姉さんの名前は？」

「オーストラリアに行った？」

「そう。いや、両方だ」

「イザベラよ。もう一人、妹は……」

「まさか」オリーは、もう少しでフォークからケーキを落とすところだった。

「どうしたの？」パトリシアがわけがわからずに聞いた。

「俺の妹の名前と同じだ！」

「冗談でしょ！」

「ほんとだよ。でもイザベラじゃなくて、イザベルだけどね」

「すごい偶然じゃない？」パトリシアが、にやにや笑いながら言った。

「もう一人の名前は？」

「どうして？　あなたにも妹さんが二人いるの？」

「いや、一人だけだ。でも聞きたいんだよ」

「エンリケタ。英語のヘンリエッタよ」

「パトリシアってどんな意味か知ってるかね？」

「うーん……パトリシア、英語もスペイン語も同じだと思うわ」

「どういう意味か俺は知ってるよ」オリーは、知ったかぶってニヤニヤした。

「どうして知って……？」

「調べたんだ」

「嘘でしょ！」

「〝貴族の末裔〟っていう意味さ、ラテン語から来てるんだぞ」

「冗談でしょう？」

「本にそう書いてあった」

「まあ」パトリシアが言った。

「君にぴったりだ」オリーが言った。「スフレのお代わりはいかが？」


ボートに乗っている三人が、もしセントラル・キャスティングに雇われているとしたら、たくましい男、可愛い娘ちゃん、オタク野郎の役を割り当てられるだろう。

たくましい男はボートを操縦していた。

名前はエイヴリー・ヘインズ。

背が高く、きまじめな感じ。黒の巻き毛に濃茶の目。たくましい体格——これは規則的にトレーニングをしたからだ。ムショ暮らしをしたわけではない。エイヴリーは、あとの二人と同様、黒のスウェットシャツに、黒のジーンズと黒のランニングシューズをはいていた。今晩、もっと遅くになったら、仮面をつける。でも今は、船尾の方から吹き込む五月のそよ風を楽しんでいた。風は髪を揺らし、顔に触れる。キスのようだ。エイヴリーは電話会社で働いた後、〈ザ・ウィズ〉で電子機器の売り子をした。その後、セント・ジョーンズ・アベニューの〈ローレライ・レコード〉で職を得た。今夜の発売パーティとちょっとした関係がある。

可愛い娘ちゃんはエイヴリーのガールフレンドだ。

背丈およそ五フィート六インチ、二十四歳、赤毛にグリーンの目、そばかす、しなやか、細身。今夜の仕事のために、同じように黒のジーンズとリーボックをはいている。黒のスウェットシャツの下はブラなしだ。名前はケリー・モーガン。彼女がボートに乗っているのは、このボートで悪いことをしようとしているのではなく、河をクルーズしながら小さなボートパーティを開いているように見せかけたいからだ。彼女がいれば、その可愛らしい顔で、おぞましい恐怖がいくぶんなりとも和らぐからだ。ボーイフレンドのエイヴリーは、これはごくごく簡単な仕事で、火曜日の今頃には終わってしまうと言った。周到に準備したから何の心配もないし、誰も傷つくことはない。そして、すべて片がつけば、三人で二十五万ドルも手に入ると言った。

オタク野郎は、ほつれたブロンドの髪をしている。非常に濃いブルーの目にはコンタクトレンズ。一見、小さな個人会社の会計係に見えるが、実は前科者だ。二十五年以下の禁固刑に相当するクラスBの重罪、第一級窃盗罪で受刑し、五カ月ちょっと前に仮釈放されたばかりだ。だからといってカルヴィン・ロバート・ウィルキンスが頭の切れる人物ではないというわけではない。ただ、捕まってしまっただけだ。エイヴリーほど頭が切れるわけではないが、切れる男でなくてもよかった。あの銀行強盗の晩、逃走の途中でタイヤがパンクするという大失態をやらかすまでは、結構うまくやっていたのだ。彼はパンクしたまま車を走らせようとしたがタイヤは切れ切れになって散り、スパークが飛び、車輪はリムだけになった。追っ手は迫って来る。そして、気がついた時には、彼の運の尽きで、刑務所で囚人番号をつけていた。しかし、感謝祭の少し前にはミラマー刑務所から仮釈放された。クリスマス直前まで、カーペンター・アベニューの総菜屋で皿洗いをしていたが、その後〈ローレライ・レコード〉に職を見つけ、そこでエイヴリーと出会った。

彼らが乗っているボートは、二十七フィートのリンカーで、三百二十馬力のブラボ・ツーで動かすようになっている。後部には特大のマットレスを備えたキャビンがあり、ラウンジにある小食堂の座席はダブルベッドになった。もっとも、このボートで寝ようとは思っていない。

今夜、すべて予定通りに行けば、火曜日の今頃は自分のベッドで寝ているだろう。

すべて予定通りに行けばだ……

トム・ホイッテカーは、ラジオ局ＷＨＡＭのプログラム部長だ。ハリー・ディ・フィデリオ――バイソンのラジオマーケッティング担当副社長――に、今ＷＨＡＭが自らに問いかけなければならない問題は、ターゲットをもっと若い世代にしぼるか、それとも今まで通り母親と娘の両方に向けるかなのだと話していた。

「簡単に決められる問題ではないんだ」ホイッテカーは言った。「アップテンポの新曲がどんどんリリースされ、突然ティーンエージャーをベースとするポップやヒップホップに共鳴する聴取者を持つことになってしまった」

「それでターゲットはどちらに？」ディ・フィデリオが聞いた。

「まあ、引き続き二十五から三十四歳に的を絞るだろう。しかし、この数カ月は十八歳から二十四歳の層にもターゲットを広げてきた。三十歳代の局というイメージを払拭しようとつとめているんだ。聴取者にダイナミックで若々しい局だと思ってもらいたい」

「もっともだ」ディ・フィデリオはそう言うと仕事の話を始めた。そのためにバイソンから給料をもらっている。

「ターマーは若い層だけでなく三十代にも幅広く受け入れられると思う。彼女の魅力は、いわば、万人向けなんだ」

「ああ、彼女はすばらしい」ホイッテカーはそう言うと、バニラソースとラズベリーがかけられたチョコレートパテのお代わりをがぶりと飲み込んだ。「しかし、俺の言いたいのは、バリー……バリーと呼んでもいいかい？」

「ハリーだ。ハリー」

「そう、ハリーだった。俺が言いたいのは、ハリー、これはただ目標を再検討する必要があるということなんだ。トップ四十の局の多くは、自分たちの製品を子供や親に売り込もうと必死だ。結果は大混乱。ラジオ一八〇では、大変革ではなく、ターゲットを広げる事にした。その結果、若返りたいとか子供と一緒に聞きたいという人たちの聴取率を上げた」

「《バンダースナッチ》は、どちらにも、うけるはずだ」ディ・フィデリオが言った。

「ああ、もちろん、彼女はすばらしい。きっと我が社でも何百回とかけることになるだろう」

ホイッテカーが、バカなことを言ってるように聞こえたら、それは彼がバカなことを言ってるからだ。ホイッテカーもディ・フィデリオも承知の上だ。そして——乗務員と仕出し屋と、ターマーが後で歌い踊るときにバンダースナッチの役を演じる黒人ダンサーを除き——この船に乗っている者はみんな、トップ四十の局とロックラジオ局が、歌を流すということでレコード制作会社からカネを貰っていることを知っている。時には歌手から貰うことさえある。

さらに、〝放送報酬〟と言われる慣習は、局がカネをもらったということも放送するかぎり、合法である。もっとも、普通は、ディスクジョッキーはただ、「このレコードはバイソン・レコードの提供によりあなたのもとに届けられました」と言っているだけだが。ホイッテカーもディ・フィデリオも、音楽産業は年間百二十億ドルのビジネスになっていることを知っている。さらに、たった三つの放送局が、米国のトップ百のラジオ市場の半分以上を牛耳っていることも知っている。この国には一万もの——数えてほしいもんだ——民間ラジオ局がある。そして、レコード会社は、ヒットを生み出し、レコードを売るために、この中のトップ千のラジオ局に頼っている。この千のラジオ局の一つ一つが、放送リストに毎週三曲の新曲を追加している。フリーのレコード・プロモーターになったとしてみよう。

レコード会社と契約を結ぶと、インディは、トップ四十やロック局の放送リストに自分のプロモートする曲が〝追加〟されるたびに、報酬を貰うことになる。追加曲に対する平均報酬は千ドル。しかし、局が持っている視聴者の数が多ければ、報酬は五倍にも十倍にもなる。インディ全体では週におよそ三百万ドル稼げる。

大金だ。

次の話は、ホイッテカーもディ・フィデリオも、バイソン・レコードやWHAM――ダイアルはラジオ一八〇にどうぞ――の関係者もみんな知っていることだが、インスタント・プロンプト・インコーポレイテッドというインディの会社で働いているアルテュロ・ガルシアというレコード・プロモーターは、WHAMと契約を結び、自分の顧客を定期的に放送録音テープリストに載せるという条件で、WHAMに年間三十万ドルのプロモーション料を保証したということだ。さらに、特殊なケースでは……

ターマー・ヴァルパライソのデビューアルバム、《バンダースナッチ》を例に挙げてみよう。キャロルが書いたオリジナルの詩の韻律やら（多くのティーンエージャーには滑稽なヒップホップと聞こえるのは確かだろう）、ターマーのやたらにシンプルな音符五つのメロディやらで（これはセックスをあおっているように聞こえるだろう）、タイトルソングのシングルは、アリシア・キーズの《ソングズ・イン・A・マイナー》が第一週目に成し遂げたことを、やれそうなところまで来ている。デビューアルバムがなんと二十三万五千枚。ビルボード・トップ二〇〇アルバムチャートとR&Bアルバムチャートの両方でナンバーワンだ。

神様、どうかそうなりますように！

しかし、万が一神様が聞いてくださらなかった場合、そして万が一合法的なリベートが効かなかった場合のために、インスタント・プロンプト・インコーポレイテッド（スローガン〝カネは放送回数にあり〟を決して忘れてはいけない）は、発売後一週間に《バンダースナッチ》を五十回かけることに対し、WHAM――および全国のトップ四十局のそれぞれ——に、五千ドルの特別金を支払うことにしている。ということは、一回かけるごとに百ドルということになる。大した額ではないか。

控えめに言っても、このアルバムの成功に多くがかかっているということだ。

そのころ、リバー・プリンセス号の主客室では、ターマー・ヴァルパライソが肌もあらわなコスチュームを身につけているところだった。

九・一一以来、そして特に、ＦＢＩが、どこがやられるとは限らないがあちこちにテロ攻撃の危険性があるという曖昧な警告を出したため、警察は市の橋が攻撃されるかもしれないとして警戒を強めている。港湾班《ＨＰＵ》には百四十三名の警官と四名の婦警がいて、二十フィートから五十二フィートくらいの二十隻からなる市の船隊を動かしている。ＨＰＵの主戦力は新しい三十六フィートのランチで、時速は三十八マイルに達する——古い船の二倍以上の速度だ。警察は、最近このタイプの船を四隻購入した。一隻あたり三十七万ドル。これが二十年は持つと知って納税者は胸をなで下ろした。

アンドルー・マッキントッシュ巡査部長は、昔からブルーの制服の上に今と同じオレンジの救命胴衣をきていた。ただし、つい最近まではダッシュボードの上にルーガー・ミニ一四セミオートマチック・ライフルは載っていなかったはずだ。これを取り出すのは麻薬の手入れをするときだけだ。これと十二番径のショットガンは。しかし、狂人が世界中に放たれてしまった今、重火器は、その昔マッキントッシュの祖母が移民する前に住んでいたスコットランドのグラスゴーで言われていたように、必携品となってしまった。

マッキントッシュは五十二歳。ＨＰＵの船を操縦して二十二年になる。その前は、カームズ・ポイントで貸し釣り船を操縦していた。その頃、警察の船がマリーナに入っていくのを見て、自分がやっていることを考えた。酔っぱらいの釣り人を乗せて湾の中を走り回っているだけじゃないか。ついに試してみるかと決心し、翌週さっそく警察の試験を受けた。警察学校を出るとすぐ、港湾班を希望した。

　そのころ、市の五地区にはすべて分署が置かれていたにもかかわらず、市警察署は自分たちをアイソラ警察署と呼んでいた。やがて、カームズ・ポイント、マジェスタ、リバーヘッド、ベスタウンの地区が抗議に立ち上がり、平等の権利を要求した。市警察署は、全地区を統轄し、必要以上の暴動をこれ以上引き起こさないように、自らを市立《ミューニシ》警察署《パルPD》と呼び始めた。それからメトロ警察署《PD》、続いて省略形のMPD……しかし、古参たち――マッキントッシュもその仲間だが――は、名前を変えた理由は、アイソラ警察署の頭字語である〝IPD〟を「私はおしっこをした《アイ・ピート》」と市民が訳してしまうからだろうと思っている。救助に駆けつける勇敢な法の番人にとってあまり嬉しくないイメージだ。

　ゆっくりとハミルトン橋に向かっている二十七フィートのボートを見ると、航行用のライトしかついていないことを除けば、別に怪しいところはなかった。キャビンにもどこにも明かりはない。まあ、それほど異常なことではないだろう、とマッキントッシュは思った。しかし、近頃のような物騒な時代には、気の狂った男がボートに爆発物を山と積んでどこかの橋の鉄柱に突っ込むかもしれない。後で非難されたくなかった。そこで、ダッシュボードのスイッチを押した。赤いライトがランチのへさきで点滅回転を始めた。それから、ベティ・ノールズ巡査に前方の小さなボートにライトを当てるように合図した。

　リンカーの上では、エイヴリーが小声で言った。「俺にまかせろ」

　頭の切れる男だ。

「なぜ、私は黒人でなきゃならないの?」ジョーナが聞いた。

　ターマーは、この哀れな男になんて言ったらいいかわからなかった。

神様がそれがいいって考えたからじゃないの？

彼女は、奥深い哲学的な質問は嫌いだった。

ビルボードのレポーターにミック・ジャガーのことをどう思うかと聞かれた時と同じだ。で、彼女はミック・ジャガーが何者なのか知らないと白状しなければならなかった。セミナルなロック歌手だと説明された時、〝セミナル〟の意味がわからないことは黙っていた。その代わり、自分のことをロック歌手だとは思っていないと言った。それに自分はとても若いと。もちろん、どんな歌手と思っているのかと聞かれた。自分のやっているような音楽はメーンストリーム・ポップだと思っていると認めなければならなかった。しかし、ジョーナのような質問には本当に参ってしまった。この時まで、彼がこんなに奥深い人間だとは夢にも思わなかった。

彼女は、ビデオの中でおまけにやっている演技をそっくりそのまま再現しなくても誰も失望しないでもらいたいと思った。川の真ん中の小さな船の上でそんなことはできっこない。今夜、彼女は口パクをやるのだが、それはそれでかまわないだろう。ここに集まった連中は、誰もが事情を知り抜いているから、ビデオ通り初めから終わりまですべてやるとは思ってないはずだ。このビデオは、特殊効果も入れたりしたから、収録するのに何十万ドルもかかっている。だから、いくらバーニーがランチだと言い続けたにしても、このちっぽけなボートで全部やり通すなど誰も期待していないだろう。彼女は、誰もそんな野望を持たないでほしいと思った。〝野望〟と言えば、歌のタイトルにいい。たぶん、次のアルバムのタイトルにいいだろう。口パクをしながらジョーナとセックスのまねごとをするだけで、この人たちが満足してくれればいいんだけれど。

ジョーナは、明らかにゲイだ。

でも、話をするときだけそんなふうになるのだから別にかまわない。舌足らずな発音、女々しい感じ、ホモのカリカチュアそのもの。

「なぜ私は黒人でなきゃならないの？」ジョーナが聞いた。

軽いしなやかな手首の振り。

運が悪かったのよ、ターマーはそう言えばよかったのだ。

ジョーナは、ビデオで一切セリフを言わない。もちろん、今夜もセリフはない。ターマーでさえ、レコードがかかり、二人のダンスが終わるまではしゃべらない。その後、チャンネル・フォーや、他のプレス関連のインタビューに応じる。それで今夜はおしまい、あとは幸運を祈るばかりだ。

ビデオは昨晩、四つのミュージック・チャンネルのすべてでプライムタイムのデビュー曲の時間に初放映された——

——

「なぜ、獣は黒人じゃなければならないのかってことなんだけれど？」ジョーナが聞いた。

またもや哲学的な質問。

ターマーは、彼と一緒に主客室を楽屋として使っていた。しかし、彼はゲイだから問題ない。裸の胸を見られても平気だ。どっちにしろ、衣装を着ても半分裸なのだ。これこそがビデオの肝心なところなのだろう。逮捕されない程度にできる限り身体を晒す。白状すると、彼女は、自分が登場するたびにあげられる嬌声をちょっとばかり楽しんだ。一部は彼女の声に対するもので——自分でも優れたメーンストリーム・ポップのスタイルと素晴らしいビブラートに恵まれていると思っている——一部は彼女の見事な身体の振りに対するものだということを、彼女は知っている。まったく若い男たちときたら。

「それで？」ジョーナが聞いた。

腰にあてた片手。

口をとがらしたふくれっ面。

おそらく身長は六フィート二インチ。ダンサー特有の引き締まった腹筋と、ターマーよりかなり重い女をリフトするために強くなった上腕と前腕、樫の木のような腿、どれもこれもかっこいい男の見本だ。しかし、すごい無駄！顔立ちがとても整っている。それなのにビデオではその顔はいつも被った仮面に隠されてしまった。今夜も仮面におおわれてしまうだろう――もちろん、ビデオと同じ仮面で。撮影の時には十以上の仮面を使った。だから、バンダースナッチは、彼女に暴行を加えたり、あるいは加えようとするたびに、また状況によっては、レイプしたり、あるいはレイプしようとするたびに、姿を変えているように見える。こういったビデオはどれもこれも、思春期のように、いくぶんミステリアスでわかりにくいようになっている。ありがたいことに、彼女はもうその時期を卒業している。

　彼女は、黒人の男が刑務所に入り、その子供が見捨てられ悲しそうな顔をしてその辺をほっつき歩いているようなビデオでなくて良かったと思った。また車から銃撃するようなビデオでなくて良かった。多くのラップグループは、そういうのをエンターテインメントだと思っているみたい。バイソンのお偉方の一人は、デビューアルバムのタイトルソングを〝生身の少女たち〟にしたかった。彼はそのビデオを高校のロッカールームで撮ったらいいだろうと言った。ガキどもが、白いのも黒いのもラテン系も、どやどやと入ってくると、服を全部脱いで下着一丁になる。これからサッカーの試合だ。ターマーは直接バーニー・ルーミスのところに行き、《デビー・ダズ・ダラス》（ポルノ映画、一九七八年）を一般向けにしたようなビデオはやりたくない、〝生身の少女たち〟というような歌も歌わないと言った。

　ターマーは、自分が何になりたいかはっきり知っていた。ターマーは、自分がどこを目指しているのかもわかっていた。

「ちょっと失礼」マッキントッシュが言った。「何か問題でもあるんですか？」

　ノールズ巡査が、警察のランチの船首に立って、リンカーを操縦している男の胸のあたりにスポットライトをあてていた。HPUで訓練を始めたときに教わったことだ。容疑者が周知の犯罪者でないかぎり、ライトを目に向けない。礼儀、サービス、献身。市の警察車両のサイドドアにはすべてこの言葉が書かれている。ハーバー・チャーリーのキャビンの横にもそう書いてある。礼儀。犯罪者でないかぎり、ライトを相手の目に向けない、という意味だ。

エイヴリー・ヘインズは、一時間かそこらで犯罪者になるはずである。しかし、ノールズ巡査はまだそれを知らなかった。ポリスランチを操縦しているマッキントッシュも知らなかった。船尾に立っているブラディ巡査も知らなかった。腰のホルスターに入ったグロックの床尾に軽く手を置いている。このリンカーを操縦している男が、自爆か、何かを爆破するつもりのアルカイダかもしれない。あるいは、麻薬の売人かもしれない。近頃じゃ、何があるかわかったもんじゃない。

「別に何も問題なんかありません、巡査部長殿」エイヴリーが言った。彼は頭が切れるし、マッキントッシュの制服の袖章をすでに見ていた。

「ライトを全部消していたからね」マッキントッシュが言った。

ランチは、完全に止まったリンカーの横につけて、アイドリングしていた。

「これはどうも。つけてると思ってました」エイヴリーは言って、ダッシュボードのスイッチを押した。走行ライトが点滅した。彼は二、三度スイッチ音をたてて確かめると、いくぶん当惑げに肩をすぼめながら、振り返ってマッキントッシュを見た。

「キャビンのライトのことを言ってるんだが」

「そうした方がよければ、つけますよ」エイヴリーが言った。「でも、今夜はステキな夜です。星がたくさん出ていて。それを楽しもうと思ったんです。ライトを消した方が、ずっと明るく見えますからね」

「どこへ行くんだね？」マッキントッシュが聞いた。

「マリーナに戻ります」

「どこのマリーナ？」

「〈キャプショー・ボート〉。フェアフィールドの」

「第七桟橋のすぐそばだね？」

「ええ、そうです」

「他に誰が乗っているのかね?」

「ガールフレンドと、花婿付添役になってもらう友人です。六月に結婚するもんで。リバークラブを見ておきたかったんです」

「いい式場だ」マッキントッシュが言った。

「ええ、確かに。でも俺たちにはちょっと高すぎるかもしれません」

「引き留めて悪かった」マッキントッシュが言った。「楽しい夜を!」

「ありがとうございます。キャビンのライトをつけた方がよかったですか?」

「その必要はない」

ノールズがスポットライトを消した。たちまち水面が真っ暗になった。マッキントッシュが、スロットルレバーを前にゆっくりと倒し、ポリスランチはリンカーから離れていった。船尾では、ブラディ巡査がグロックの床尾から手を離した。


J・P・ヒギンズは最近放映されたさまざまなビデオについて延々と話していた。バイソンのビデオ制作担当取締役副社長である。今夜、船上パーティに招待された外国支社の連中は、明らかに彼の話に感銘を受けていた。プラハからきた男は、ロンドンは言うまでもなく、ミラノやパリやフランクフルトからきたバイソンの連中ほど英語はわからないが、一言も漏らすまいと耳を傾けていた。というのは、プラハの洪水が引いた今、ビデオやアルバムがリリースされた暁に、《バンダースナッチ》をどのように販売すべきか知りたかったからだ。一つ難点は、ターマー・ヴァルパライソが、チェコ共和国ではほとんど無名なことだった。もっとも、この国でもまだほとんど無名である。しかし、だからこそ、バイソンはビデオに大枚をはたいたのだ。今夜の船上パーティに先立つさまざまな宣伝やプロモーションは言うまでもない。そのパーティで——きっかり一時間後に、チェコのイミテーション・ローレックスによれば

――ターマー・ヴァルパライソは、ビデオに出た同じダンサーと演じることになっている。

あたりの雰囲気は、期待に満ちていた。

何かすごいことが起こりそうだ。

どのくらいすごいか、集まったゲストにはわからない。

ヒギンズは四十代の初めぐらい。ビデオ制作に関して学ばなければならないことはすべて三十歳前に学んでしまったと思いたがっている。周りに集まった外国人を説得するなどたやすいご用だ。だから、ロンドンから来た男の隣のクッションに座っている黒人の娘に自分の知識をひけらかすことに専念した。この女はどうやら肌身には三つ重ねの鎖の環とダイヤモンドのイヤリングしかつけていないらしい。

「一番安上がりに出来るビデオは、プールパーティ・ビデオと呼んでいる」ヒギンズはそう言いながら、黒人の娘の目をとらえようとした。だが、娘は、肌もあらわな胸とまったく同じ色のチョコレート・パテに夢中になっているらしかった。一対のラズベリーが載っている。胸にではなくて、デザートにだ。「どこのレコード会社でも、役員の一人ぐらいはプールつきの家に住んでいる。その家に行って、プールサイドにカメラを据え、屋敷をビキニ姿の女の子やひも式海水パンツをはいた男の子で飾る。音楽に合わせて身体をくねらせるこの半裸の若者たちを背景に歌手を撮影する。照明については、真っ昼間の撮影だから、あまり気にする必要はない。ただ一つ心配なのは頭上の飛行機だ。でも、それを言うなら、どんな撮影も昼間やる限り同じなんだ」

ヒギンズは、自分が喋った話のどこが彼女の注意を引いているのかわからなかった。たぶん、身をくねらせる半裸の若者役のオーディションが気になっているのかもしれない。今、目の前の彼女自身も半裸だ。ただ身をくねらせてはいない。ヒギンズはかまわずに話を続けた。

「次に安上がりのビデオは、ディスコパーティ・ビデオだ。これはプールサイド・ビデオのテーマを変えただけだ。一晩ディスコを借り切って、プールの時の若者たちを詰め込む。ただし、ここでは、男はタイトジーンズにタンクトップ、女はホールタートップにへそを見せるヒップハガーズにする。スター以外には、クラブのストロボ照明を使う。スターは、若者たちの真ん中で演じているから、彼女のへそやあんたが見せたいと思うところを見せるのに特殊照明が必要となる」そう言うと、鋼鉄のようなブルーの目に力を込めて、黒人の娘を見つめた。娘はフォークについたチョコレート・パテをなめてから、彼を見てにっこりした。「忘れちゃいけない」彼は直接彼女に言った。「アーチストは、いったん脱いでしまえば、もう行くところはどこもない」

みんなが笑った。ロンドンの男は、馬のような笑い方だった。パリの男はゴロワーズ（フランスの強い香りを持つ紙巻きタバコ）にむせたような笑い方をした。ヒギンズは、この二人のステレオタイプが、彼の話を面白がると同時に学んでもいるなと思った。気をよくした彼は、自分の論点を開陳し続けた。いつの日か、《ニューヨーカー》に載せてもらうようにしよう。

「少し値段がはるのは、〝なつかしい街へ帰ろう〟ビデオ。これは黒人かラテン系のアーチスト向けだ」彼はそう言って、黒人の娘にウインクした。「白人のアーチストにはなつかしい街なんかないからね。」再びウインク。黒人の娘がウインクを返した。ヒギンズはこれなら大丈夫と思った。「このビデオは外で撮影する。男でも女でもいい、アーチストが昔住んでいた町を歩きまわってセンチメンタルな気分になるんだ。ひっくり返したゴミ缶の上で年老いた黒人がトランプをしているシーンがある。小さな女の子が縄跳びをしているシーン、十代の男の子が校庭でバスケットに興じているシーン、麻薬の売買が行なわれているらしいシーンなんかがある。まあ、一種のドキュメンタリーだ。

〝みなさん、私が育った街を見て。でも今はロックの大スターよ。すごいでしょう？〟と言ってるんだ。アーチストは、こういった街でどんな子供時代を過ごしたかを思い出しながら、隠しカメラのようにすべて見て回る。そして、感極まった表情を浮かべて、思いの丈を歌い上げるんだ」

黒人の娘は、自分が生まれ育った荒れ放題の街でどんな子供時代を送ったかを思い出しながら、夢見るように頷いていた。でも、今夜の自分はどう。百万ドルのヨットに乗り、鎖とダイヤモンドを身につけて、一流のレコード会社の副社長といちゃついているのよ。なんとまあ！

「歌は、そういった街とかその思い出とは一切関係がなくてもいいんだ。十二歳の子供が六秒で覚えられるような歌詞があってもいい。〝死ぬまで君を愛す〟といったようなものだ。〝死ぬまで君を愛す、死ぬまで君を愛す、死ぬまで君を愛す、死ぬまで君を愛ーす〟。こんなふうにね。貧しさの中で育ったということとは一切関係なしだ。貧しさの中で育ったというのは、わき筋にすぎない。ビデオの役割は、このアメリカの——さらに言えば、あなたがたの国の——いや、世界中の、アルバムを買った子供たちに、君もいつの日か誰かを死ぬまで愛するような歌姫《ディーバ》になれると伝えることなのだ」


ヒギンズが微笑んだ。周りの者もつられて微笑んだ。

黒人の娘は、自分が育ったような街をヒギンズが侮辱しているのかいないのかよくわからなかった。でも微笑んだ。かまわないわ。それから、トレイを差し出したウェイターから白ワインのグラスを受け取った。

「次に安上がりなのは、〝煙と鏡〟というやつ。ライトのフラッシュと、ネオン点滅のオンパレード。百万ドルもかかっているように見えるが、一セントもかかっていない。いや、他の三つのビデオに比べれば遙かにカネはかかる。もっとも、それは工事費のことで、撮影自体は安いものだ。セットとセットの中のアーチストだけだからね。このセットは、歌の意味がさっぱりわからない時に使う。事実、そこいらの誰も歌詞を理解できないんだ。誰一人としてわからない。これはラップの話ではない。普通ラップの歌詞なら理解できる。今話しているのは、何度聴いても、誰も理解できない歌のことだ。子供たちが歌詞の意味をわかろうとして何度も何度も聞くような歌だ。海外ではよく大ヒットする。というのは、ドイツやイタリアでは歌詞を理解する必要がないからね。アメリカで聞いたにしても同じだ。誰も理解できないんだ。なぜなら、理解できないように創ってあるからさ。私の言いたいことがわかってきましたかね？」

ロンドンの男は、ヒギンズの言いたいことがわかってきた。ヒギンズは話題を《バンダースナッチ》の方に向けていった。ロンドンの男は、首相がオサマ・ビン・ラディンの犯行の確証をつかんだ、と知らされた議員のように思慮深げに頷いた。

「二番目にカネがかかるのはストーリー・ビデオ。歌詞のストーリー通りに創ってもいい。言ってみれば歌のイラスト化だ。十二歳の子供にもわかるように言葉を映像にしてやるわけだ。場合によっては、ストーリーは歌詞とはまったく別のものにしてもいい。一般に、ストーリービデオは、ミラマックスのフィーチャーフィルムを創りたいと夢みているやつが監督している。ビデオで売るはずの歌よりも、ビデオそのものに興味を持っているんだな。いろんな点で、〝なつかしい街へ帰ろう〟ビデオに似ている。例えば、アーチストが〝死ぬまで君を愛ーす〟と歌い、画面の映像は、車がカームズ・ポイント橋のガードレールに激突し、暗く渦巻くミステリアスな水面につっこむ場面を見せる。ストーリー・ビデオは、芸術ぶった映像や、映画学校の監督法のテキストで習った溶暗やフェードがびっしり詰まっている。角を生やし、赤いとがった胸をした女が出てきたり……」

ヒギンズは黒人の娘をちらっと見た。

「……あるいは、男が、突然巨大な翼を生やし雷雲に引き裂かれた天空に飛び去ったりする。時には、歌と関係があったり、まったくなかったりするストーリーを二、三個いっぺんに見ることになる。ビデオをハイテク映画のように見せるのが魂胆だ。そうすれば、たぶん子供たちは、ワーイ、ハイテク映画みたいだ、と思ってビデオを買いに走るだろう。はちゃめちゃなお祭り騒ぎ。カンダー・アンド・

エブ（ブロードウェイの偉大なソングライターのチーム）ありがとうってわけだ。そうして、最後がもっとも高くつく、プロダクション・ナンバー。今回の《バンダースナッチ》がそのプロダクション・ナンバーになる」

やっとだ《フィナルメンテ》、と、ミラノの男は思った。

「一般論はさておき」ヒギンズが言った。「直接私の部屋に招待しましょう」。彼の目が、黒人娘の長く光った脚と小生意気なオッパイ、それから大きすぎるほどの唇とローム色の目をサッとなで、その目に問いかけた。眉毛をわずかにあげて問いかけ、娘は気づかないほどかすかに頷いた。イエス、鎖をつけた娘は言っていた。イエス、イエス、イエス。

「《バンダースナッチ》は」ヒギンズは言った。「ルイス・キャロルの意図とはまったく違っていると思うが、強姦未遂のストーリー、うまくレイプを防ぐストーリー、被害者が勝利を得るストーリーなんだ。一番大切なことは、これが実はストーリーだってこと――本物のストーリーだってことだ。だが、映画会社がでっちあげた、自分たちが売ろうとしている歌と何の関係もないストーリーとは違う。《バンダースナッチ》は、ああいった荒れ果てた街には獣がいると警告されるが、とにかくその獣を探しに出かけ、なんと、それを死にいたらしめ勝利を手に入れるという少女のストーリーだ。〝おお、よろこばしき日よ！　カルー！　カレー！〟となる。なんだ、人を惑わして虜にするナンセンスな言葉を使った〝美女と野獣〟の話じゃないか、と思った人は正しい。それに、一部ハードロック、一部ラップとなれば、両方の視聴者を追いかけ獲得することが出来る。当然、疑問はおきるでしょう――特にイギリスのお方には。他の国の方よりも、この詩をよくご存じでしょうから……」

「私、この詩を知ってるわ」黒人の娘が言った。

ヒギンズが彼女を見た。

「実は、そらで覚えているの」

「じゃあ、なぜなんだろうと思うだろう……」

「もちろん、思ってるわ」

「……どうして、詩の中の少年が……」

「〝わが息子よ、ジャバーウォックに油断するなかれ！〟」

彼女は〝わが息子よ〟の部分を強調しながら言った。

「その通り」ヒギンズが言った。

「〝さてかんがやしき息子よ、この腕に来たれ〟」ロンドンの男が言った。

「まったくその通り」ヒギンズが言った。「ただ、なぜこの少年が少女になって、しかもレイプ被害者になったかだ、さらにターマー・ヴァルパライソになったのかだね？」

「私の雑誌も同じ事を考えているわ」黒人の娘が言った。

「どの雑誌かね？」ヒギンズが聞いた。

「《ローリング・ストーン》」

おっと、これはやばい。

彼女は、ビデオ用に髪を短く切っていた。

今はまた長くなってきたが、もしアルバムがヒットして、ツアーに行かなければならなくなったら、ビデオを撮った二カ月前と同じ長さに切ろう。ビデオは、三十分前に通ったディックス河の向こう岸にあるサンド・スピット・スタジオで撮った。昔はベーカリーだったところだ。リバー・プリンセス号は、既に島の先端を回りダウンタウンに向かっていた。二つの州に挟まれた河を橋の方へゆっくり航行している。

　ビデオで見ると、ショートヘアの彼女は勇敢なプリンス・バリアント（アーサー伝説を下敷きにした冒険活劇漫画）のようだ。それよりもピーター・パンかもしれない、と彼女は思っている。そして、歌の終わりに、チュニックを引き裂かれた少女がいてもかまわない。獣がその鋭い爪と歯で服に噛みつき、引き裂き、服が糸のようになってしまっても問題にしない。ただ、左の乳首がはっきり見えてしまった三十秒の映像とか、ジョーナが彼女をリフトしたときにお尻が丸見えになって、しかも、あそこがもう少しで見えそうになったもっと長い映像は、編集でカットしなければならなかった。自分は乳首もあそこも持ってないと思っているらしいサッカーママを敵に回すようなリスクは犯せないからだ。

彼女は探求の旅に出立する。頑丈な白い腿丈のチュニックをまとい、脚の曲線を見せるためにかすかにヒールをつけたサンダルのヒモをふくらはぎまで巻きつけ……

けしにぐの剣、手に取りて、
かれ、ひとごろしき敵をば求め歩くこと久しかりしが――
――ぼろろんの樹のかたえにて一息つき、
しばし立ちつくして思いに沈みぬ。
られられしき思いその胸に駆けめぐるとき、

その時、最初の仮面をつけたジョーナが舞台に飛び出してくる。そしてその時、歌の中の罪なき少年がレイプ被害者の少女に変身しはじめる。それとともに、切れ切れの服をまとったターマーの肉体がしだいに露わになってくる。この歌には多くの意味が込められている。性の問題や、自己同一性の危機について語っている。混乱している思春期の少年少女について語っている。非常に深い意味を持つ歌なのだ。

彼女は、この歌の深い意味が、今晩の生出演でいくぶん失われてしまうのではないか心配だった。二重の変身効果を得るために撮影には何時間もかけた。ターマーは思春期の少年からか弱い乙女へ、そして処女性のどう猛な守り手へと変身する。この変身には、しだいに少女らしさが現われてくるという効果をあげるために何度も衣装を替える必要があった。レイプは、結局ちょっとしたストリップショーになった。ジョーナが変身するのも容易なことではなかった。口から泡を吹きながら森を駆け抜けてくる、青い仮面の恐ろしげな生き物（炎の目をしているけれど）から、怒り狂った赤い仮面の怪物に変身し、戦いの最後に殺され血を流すのだ。いったいどうやって今夜これを全部伝えようっていうの？　どうやって炎の目を？　ビデオを見せた方が簡単でよかったんじゃない？　しかし、昨日の夜、もう四つのミュージック・チャンネルすべてで試写してしまっているから、今夜バーニーはそれ以上のことをしたいのだ。ターマー・ヴァルパライソの生出演といったようなものを。

でも死ぬほど怖い。

もう九時半になったというのに、ハニー・ブレアはまだ来ていない。ビンキー・ホロウィッツは、とっくにチャンネル・フォーのためにインタビューの段取りを整えていた。《イレヴン・オクロック・ニュース》の番組部長の気が変わったんじゃないかと、気をもみ始めていた。あるいは、もっとホットなニュースの方にハニーを送ったのかもしれない。ビンキーには、ターマー・ヴァルパライソの生出演ほどホットなニュースがあるとは考えられなかった。プラチナ・アルバムからヒット・ナンバーワンの新曲を、この小さな古ぼけたヨットの上で生身の彼女が、神様の耳にも届けとばかり歌うというのだから。といっても、番組部長たちの頭にどんな考えが浮かぶのかわかりっこなかった。

バイソン・レコードの販売促進担当副社長として、彼はこの二カ月間、全国のラジオ局の番組部長のもとに出向いてはお愛想を言ってきた。若い女性の機嫌を取るように(実際、何人かは若い女性だった) 番組部長の機嫌を取り、《バンダースナッチ》の巧妙な歌詞をよくのみこんでもらい、この歌が気にいってローテーションの中に組み入れてもらえるように何度もこのシングルをかけてきた。ビンキーのねらいは、ティーン向けトップ四十の局と大人向けトップ四十の局で放送してもらうことだ。そうすれば、思春期の子供もサッカーマムも獲得できる。ラジオのデッドゾーンは午後七時から十一時。資金豊富な広告主が避ける時間帯だが、そこがティーン向けレコードの着陸するところだ。死の谷のど真ん中。ラジオでは、宝の山は十八歳から二十四歳の市場にある。ビンキーは秘かに、ターマーはティーンエージャーに受けるだろうと思っている。しかし、とにかくバーニー・ルーミスのやり方に文句を言える者はいない。それに、若い世代を追いかける時間はまだたっぷりある。

　今のところ、彼が目指しているのは、クリアチャンネル傘下の千二百局でそれぞれに週九十回から百回この歌をかけてもらうことだ。昔は、週に四十回から五十回かけてもらえば、どこかの局で特別に多くかけてもらわなくてもレコードは売れ出した。今では、全国でヒット曲のサンプリングをとれば、ベイカーズフィールドで八十三回、デモインで八十六回、サンアントニオで九十五回、ヴェガスではなんと百十五回になる。さらに、大手の局では、レコードの発売直後にかける回数を多くする傾向にある。一週間かそこら曲をかけた後で、電話による無作為のアンケート調査をする。ラジオ聴取者に電話で曲の一部を聞かせ、知っているか尋ねる。イエスの答えがあれば、その曲をローテーションに加える。しかし、ビンキーとしては、とにもかくにもあの歌をかけてもらうことから始めなければならない。


　バイソンが利益を出すためには、ターマーのシングルを五十万枚は売らなければならない。最大の野望は、アルバムが出荷される前に、《バンダースナッチ》のシングルがトップテンに入ることだ。しかし、それほどの野望を達成したレコードはあまりない。前年大手のレコード会社から出荷された六千五百枚に近いアルバムのうち、利益を生んだのは二パーセント以下だ。多くの時間と精力と才能とカネ――特にカネ――が、ターマー・ヴァルパライソのデビューにかかっている。だから、いったいハニー・ブレアはどこにいる？

　ヒギンズが彼の方ににじり寄ってきて身をかがめた。

「ブロンドはどこだ？」彼がささやいた。

「すぐ来るよ、心配するな」ビンキーが言った。

　しかし、心配だった。

　リバー・プリンセス号の主客室では、ターマーがだんだん不安になってきた。気に掛かることが多すぎる。ダンスフロアは、彼女とジョーナが踊るのに狭すぎたり滑りやすかったりしないだろうか？　レイプしようとする獣に捕まってもがく若い女を激しいダンスで演じなければならないのに。客席が近すぎて、ジョーナの仮面の交換がうまく効果を表わすだろうか？　ビデオの時は十二回も仮面を変えた。しかし今夜は、二、三個の仮面とドラマチックな照明の変化だけで、迫り来る脅威を表わさなければならない。確かにもともと露出度は高い。しかし、汚れも破れもないチュニックが、予定の時間と場所で狙い通りはぎ取られ、徐々に形のよい長い脚と引き締まった身体を見せられるだろうか？　しかも、度が過ぎてはいけない。チャンネル・フォーのカメラが彼女の演技を録画しているのであれば、なおのことだ。

いろんな事が、うまくいかないかもしれない。

髪に隠した受信機で歌詞をはっきり聴き取れるだろうか？　チャンネル・フォーの音響係は少しはましな仕事をするだろうか？　それはそうと、彼らはどこにいるのかしら？　自分が、「**いち、に！　いち、に！　ぐっさりぐさり、目にも止まらぬけしにぐの剣、手練の早業！**」と歌っているときに、ビデオのサウンドが、「**そはゆうとろどき、ぬるやかなるトーヴたち、まんまにてぐるてんしつつ、ぎりねんす**」などと言ってもらいたくない。そんなところを世界中に放送されたくない。もっとも、彼女は初めカラオケクラブで歌っていた。だから今夜も口パクをやり通すことはできるだろう。逆さのカラオケのようなものだから。

でも、もし、誰かが飲み物とか、ぐにゃっとしたものをフロアにこぼしたら？　ジョーナは、確実にバランスを崩し彼女を支えきれなくなるだろう――ついでに自分自身もささえられないだろう。そして何もかもわずか三秒そこそこで台無しになる。失敗が《イレヴン・オクロック・ニュース》で放送されれば、ターマー・ヴァルパライソと獣は、何百万人という視聴者の前に喜劇のような醜態をさらすことになる。ロックスターの夢よ、さようなら。この邪悪な大都市、この広い悪意に満ちた世界でのし上がろうとしたロシア系かつメキシコ系アメリカ人少女よ、さようなら。

「私どう見える？」彼女がジョーナに聞いた。

「すてき」ホモが言った。

メキシコにいたとき、ターマーの父親は日曜の朝には教会に行き、明日の糧が得られますようにと祈っていた。母親は共産主義の国に生まれ、宗教とか祈りとかいうものを知らなかった。

ターマーも、すでにお祈りをしなくなっていた。

しかし、今夜からは最高のディーバになりますようにと、今、せいいっぱい祈っていた。「だから、すべてうまく行きますように」と、誰にともなくつぶやいた。ターマーの野心は、J・ローを葬ること、ブリトニーを葬ること、ブランディを葬ること、シャキーラを葬ること、アシャンティを葬ること、ピンクを葬ること、シェリル・クローとクリスティーナ・アギレラとミシェル・ブランチを葬ること、この人たち全部を一人残らず葬ること。

これって、そんなに悪いこと？


話題は、ようやく野心と犯罪に移った。

オリーとパトリシアは、レストランの広々としたベランダに座っていた。ハーブ河と隣州のきらめく明かりが見わたせる。はるかアップタウンの方には、高級住宅地スモーク・ライズの暖かくて、なんとなく心地よさそうな明かりが見える。そのまた先のアップタウンには、ハーブ河に横たわるハミルトン橋の明かりと、今しも橋の下を通り抜けようとするヨットが見える。ライトで明るく輝く船体がゆっくりと河をくだってくる。パトリシアはクレーム・ド・マントをオンザロックで、オリーはクルバジェをストレートで飲んでいた。

「私の野心は、まず刑事になって……」パトリシアが言った。

「悪くないな」オリーが言った。

「……次に、婦女暴行捜査班の刑事」

「なぜなんだね？」

「一番ひどい犯罪だと思うの」

「かもしれん」オリーはそう言ったが、本心からそう思っているわけではなかった。

本当は、幼い少女を殺す方がもっとひどい犯罪じゃないかと思っている。しかし、パトリシアのように美しい女性が、川面に反射する月光を受けながら、レイプがもっともひどい犯罪だと思うのと言うのなら、何も反論することはない。

「なぜかしら？」パトリシアが聞いた。

「フェアじゃないからな」

「フェアでなければならないなんて、誰が言ったの？」パトリシアが聞いた。そして微笑みながら言った。「私が何か文句を言うと、母がいつもそういう言い方をしたわ。でも、その通りね。レイプはフェアじゃないわ。もし男が女みたいにレイプのことを四六時中心配しなきゃならないとしたら、どう？　これは死刑を伴う犯罪になっているわ」

「君は、四六時中レイプの心配をしているのかね？」

「警察官になってからは心配してないわ。拳銃を持たされてからは」

「今も持っているのかい？」

「いつもよ」そう言って、彼女は、マニキュアを塗った爪の先で軽くバッグをたたいた。「寝るときも、ジョシーはベッドのわきのナイトテーブルの上に置いてあるわ。でも以前はどうだったかしら？　子供の時は……」

「ジョシーって、なんだい？」

「拳銃よ。ジョシーって名前をつけたの。あなたの拳銃には名前はないの？」

「ないね」

「名前をつけましょうよ」

「なぜ？」

「だって、信頼できる友人でしょう」

オリーは会話がセックスがらみになってきたのかな、と思った。自分のペニスに名前をつけた男を知っている。女も。ボーイフレンドのペニスに名前をつけるのだ。ルーイとかハリーとか。時にはポコチンなんていうのもある。彼は、パトリシアがそっちの方向に行こうとしているとは思わなかった。でも人生なにがあるかわからない。ダンスフロアで、彼は彼女をぴたっと引き寄せた。

「なんて言えばいいんだかわからないんだが」彼が言った。

「あまり信頼できる友人とは思わんね」

「使わなければならなかったことはないの？」

「もちろん、あるさ」

「人を殺したことは？」

彼は躊躇した。

「あるの？　ないの？」

「女だ」

パトリシアが彼を見た。

「女はショットガンを構えて向かってきた。麻薬で頭がおかしくなっていたんだ。彼女の腿を撃ったが、まだ向かってきた。もう一インチ近づいたら、俺の頭は吹っ飛ばされていただろう。だから彼女を殺した」

「すごい」彼女が言った。

「まあな」

「今持っているのと同じ拳銃？」

「いや、あれは俺が巡査の時だった。あの頃は、三八を使ってた」

「今は何を？」

「グロックのナインだ」

「私もよ」

「女には重い」

「規則だから」

「ジョシーだって？」

「私はそう呼んでるの」

「俺のは、何て呼ぼうかな？」

「自分で考えなさいよ」

「そんなこと言うなよ」

「さあ、考えて」

「こういうのは、得意じゃないんだ」

「そんなことわからないでしょう？　やってみなきゃ」

オリーは眉を寄せた。

「あなたの親友の名前は？」彼女が聞いた。

「親友はいない」

「じゃあ……友達は？」

「友達もいないな」

パトリシアは、また彼の顔を見た。

「じゃあ、あなたが本当に信頼できる人は？」

オリーは、しばらく考えた。

レストランの中で、再びバンドが演奏を始めた。

「スティーヴ」彼が、やっと言った。

「じゃあ、スティーヴって名前にしましょう」

「それはまずい」

「どうして？」

「わからん。でも、プロのやることじゃないような気がする。武器に名前をつけるなんていうのは」

「私は、プロじゃないの？」

「そんなことはない。君は立派なプロだよ。優秀な警察官だ。非常に優秀な刑事になると思うよ」

「そう思います？」

「もちろんだ。君を迎える婦女暴行捜査班はラッキーだ」

「さっきレイプのことで言いたかったのは……」

「ああ、聞かせてもらおう。それ、もう一杯飲むかい？」

「あなたは？」

「君が飲むなら」

「ええ、飲みたいわ」

「よかった。俺もだ」オリーはそう言っと、ウェイターに合図した。

「私が言いたかったのは、この市では、いつもレイプのことが心配だったってこと。だって、私、あのう、結構魅力的な女性になって……」

「それどころか、美しい」オリーが言った。

「ほめてもらおうと思って言ったんじゃないわ」

「でも、君は美しい、パトリシア」

「ありがとう、でも……」

「クリーム・ディ・ミント」オリーがウェイターに言った。「それから、このコニャックをもう一杯」

「かしこまりました」ウェイターはそう言って、歩き去った。

「私が言いたかったのは」パトリシアが言った。「たとえば、この市の若い女性として一度も安全だと感じたことがないの。一度もよ。たとえば、ここで一緒にお酒を飲んでいるわね。で、あなたとなら完全に安心していられる……」

「ありがとう」オリーが言った。「俺も君となら完全に安心していられる」

パトリシアが笑った。

「でも、二十代の頃は、誰かとデートすると……そう言う意味じゃ最近でも、警官になるまでは同じなんだけれど。つまり、これって消えてなくなるものじゃないのよ。女性にたえずつきまとっている問題だわ。誰かとお酒を飲んでいるとするでしょう……」

「ところで何歳？」

「あら、そんなこと聞くもんじゃないわ」

「どうして？　俺は三十八だ」

「二月に三十歳になったわ」

「二月のいつ？」彼は手帳を取り出した。

「書くの？」彼女が驚いて言った。

「もちろん」

「なぜ？」

「プレゼントを買ってやれるからな。ただし、バレンタインデーにあまり近かったら無理だ」

「いえ、二月二十七日よ」

「よかった。じゃあ、プレゼントを二つあげられるな」

「バレンタインデーのプレゼントなんて、貰ったことないわ」

「じゃあ、待ってなよ」彼はそう言って、手帳に彼女の名前と誕生日を書いた。

「レディにクレーム・ド・マントを」ウェイターが言った。

「そして、ジェントルマンにはクルバジェを」

「ありがとう」オリーが言った。

「どういたしまして」ウェイターは微笑みながら言うと、歩き去った。

「乾杯」オリーが言った。

「乾杯」彼女が言った。

二人とも飲んだ。

「おう、まだ安心していられる」

「私もよ」彼女はニヤッとした。「でもね、私の言いたかったのは、オル、警官になる前は、デートに連れてってくれた男とお酒を飲んだり、あるいは、バーでただ男とおしゃべりをするだけで、とつぜん警戒したくなるの。パトリシア、飲み過ぎちゃダメよ。パトリシア、気をつけなさい、この男は助平で、私をレイプするかもしれないって。汚い言葉を使ってごめんね、オル。そんな時でなくても、夜遅く地下鉄で帰ってくることがあるでしょう、まったく素面《しらふ》で。そんなとき、いつも怖かったわ。二百ポンドもあるような男に突然襲われて、殴られレイプされたらって。私は、五フィート七インチで……」

「知ってる」オリーはニッコリした。「ちょうどいい背丈だ」

「ありがとう。で、体重は百二十ポンドでしょう。刑務所で重量挙げをしていた男にどうやって太刀打ちできる？　だから、ジョシーが私のバッグに入っていて嬉しいの。私に偉そうな態度をとるヤツには、私だけじゃなくジョシーが相手になるわ」

「暗い路地で、君に会いたくないね」オリーが言った。

「そうお？　お世辞だと受け取っておくわ、オル」

「あのな」

「なあに？」

「今まで誰も俺のことをオルって呼ばなかった。今夜まではね。要するに君が言うまでは」

「ほんとう？」

「ほんとうだ」

「あのう……そう呼んでいいかしら？　だって……〝オル〟ってとても自然に聞こえるでしょう。つまり……あなたにぴったりの気がするの」

「オル」彼は試しに言ってみた。

「オル」彼女は言って、自信なさげに肩をすくめた。

「乾杯」オリーがグラスをあげた。「オルに」

「オルに乾杯」彼女がグラスを彼のグラスにカチッとあてた。

バンドは《テンダリー》を演奏していた。

「もう一度踊らない？」パトリシアが聞いた。

「ああ、いいね」

「ダンスが上手ね。オル」

「オル」彼はもう一度言ってみると、ワインのように味わった。

「どう？」彼女が聞いた。

「うん、いいね、パトリシア」彼はそう言うと、彼女をレストランの中のダンスフロアに導いた。

ちょうどリバー・プリンセス号が速度をゆるめ、左舷側に乗降用の台とはしごを降ろしたとき、チャンネル・フォー所有のモーター・ランチが横づけになった。ハニー・ブレアは、彼女の仕事のニュース報道よりも、むしろ見事な脚でそれなりの有名人になっていた。彼女が、レザーのミニスカートの下から見事な脚と腿をたっぷりと見せながら、三人のクルーの先頭に立ってメインデッキに登ってくると、左舷側にリバー・プリンセス号に乗っていたそれなりの有名人が寄っていった。ハニーは、《イレヴン・オクロック・ニュース》の移動レポーターだが、仕事柄、肌が露出気味の服に慣れっこになっている。この服装のセンスが、彼女をこの局の人気者にしている。今夜は、ブルーのレザーのミニを補うように、ふくらはぎ丈のネイビーブルーのブーツをはいている。それほどヒールは高くない。アイスブルーの長袖のブラウスは、身体にぴったりした絹製で、パールのボタンをはずして、陰になった谷間の入口をわずかに覗かせていた。いつものハニーは、冷静、敏捷、セクシーに見える。しかし今夜は、アイダホのフローズン・ストークスから来たオールドミスのおばさんに見えた。

ターマー・ヴァルパライソの録画は午後十時の予定だ。これなら、スタジオに帰って、急いで編集し、十一時二十分には放送できるだろう。その前は、地元の火事や、殺人事件や、政治スキャンダル。それにこのアメリカの大都市なんだから、そこらへんの田舎のテレビ局の番組と間違われないように世界のニュースをあれこれ流しておけばいい。ハニーが録画したコマの後は、ジム・ガリソンが本日のスポーツを担当する。ということは、ターマーがターゲットにしようとしている三十代の男性視聴者が二、三分間《バンダースナッチ》を見ることになる。その後の一、二分間、ハニーは、彼女をインタビューする。息を切らし汗みどろになっているだろう——もちろんハニーでなくてターマーが。これだけやれば放送時間は大いに食われるが、ビンキー・ホロウィッツやバイソンの連中がそれに気づかないはずはない。

昨日、四つのミュージック・チャンネルのすべてでビデオが初公開された。しかし、それよりも三大ネットワークの一つで取り上げてもらうこと、しかも、土曜の夜の映画番組に続く《イレヴン・オクロック・ニュース》で取り上げてもらうことの方が格段に上だ。ビンキーが、この時間帯を獲得して得意になるのも至極当然なのだ。

ハニーが来たとなれば、ビンキーの仕事は、彼女が心地よく感じられるようにすることと、ターマー実演後のショート・インタビューの準備をすることだった。ハニーは、きちょうめんに仕事中は酒を飲まないことにしていた。彼女のクルーが、ターマーとパートナーが踊ることになっている磨かれたダンスフロアの横にカメラを設置している間、ビンキーはハニーにリッチなデザートやホットティーをしきりに勧めながら、ターマーの経歴を教えていた。

「彼女はカラオケ出身です」彼が言った。「想像できます？　テキサス南西部のクラブで歌ってました。父親はメキシコ人で、母親はロシア人。ちなみに、二人がどこで出会ったか、ちょっとステキなバックグラウンド・ストーリーがありますよ。父親は掃除機のセールスマン、母親は美容師。これは、ほんもののサクセス・ストーリーです。異なった国からやってきた移民が、百パーセントアメリカ人の娘を育てる。その娘は、スターになるかどうかの瀬戸際にいる——どうやら信用していらっしゃらないようですな？」

ハニーは肩と眉毛をあげた。

「いいですか」ビンキーが言った。「ターマー・ヴァルパライソのような歌手をあなたは今まで見たことがないと思います。まあ、見ててください。今までになく斬新です。新しい時代を作るかもしれません。八歳の時にもうビブラートで歌えました。音域は五オクターブありますし、どんな楽譜も初見で歌えます。オペラも。CHRポップ界で何十年に一人出るか出ないかの最高のディーバになりますよ。それだけでなく、映画でも……」

「CHRポップって？」ハニーが聞いた。

「コンテンポラリー・ヒット・ラジオ」ビンキーが機械的に言った。

「その言葉はテレビで使ってほしくないでしょう？」ハニーが聞いた。

「どの言葉ですか？」ビンキーが聞いた。「ラジオですか？」

「ディーバよ」

「なぜです？」

「軽蔑的だから。普通は、気分屋のオペラ歌手のことをいうでしょう」

「ロックミュージックでは違います」

「ほんとうに、その子をディーバと呼んでほしいのね？」

「今夜からそうなるんですから」ビンキーが言った。「《バンダースナッチ》がヒットチャートに載ってしまえば……」

「なぜ彼女はルイス・キャロルの詩を選んだの？」

「彼女に聞いてください。どうぞ」

「ええ、聞くわ。彼女、頭がいい？」

「たいていの女性よりは」彼が言った。まったくその通り。

ハニーが腕時計を見た。

「トイレどこかしら？」彼女が聞いた。「ちょっとお化粧を直したいの」

十時二十分前だった。


今夜は、職場から直行することになっていたから、パトリシアは分署の休憩室で着替えをし、オリーとはレストランで落ち合った。今はその土曜日の十時十五分前。彼女は、ハーブ河ハイウェイをアップタウンに向かって走るシェヴィー・インパラの前部席にオリーと並んで座り、ヨットの明かりを眺めていた。ヨットは河の中にじっと止まっていたが、今碇《いかり》を降ろしているのは確かだった。どこかの局で流している、いわゆる〝スムーズジャズ〟が車に溢れていた。

「ところで」オリーが言った。「俺に覚えてほしい歌を考えついたかい？」

「一週間ずっと考えていたわ？」パトリシアが言った。

「何か思いついた？」

「ええ。《スパニッシュ・アイ》」

「知らんなあ」

「バックストリート・ボーイズの《ミレニアム》に入っている方じゃないの」パトリシアが言った。「もっと古い方。母がティーンエージャーの頃にヒットしたわ」

「バックストリート・ボーイズ？」オリーが言った。

彼女が誰のことを言っているのか、さっぱりわからなかった。

「彼らでさえ落ち目になっているのよ」パトリシアが言った。「ほんとに、イン・シンクだっていつまでもつかわからない。こういった若者のバンドは出たり消えたりでしょう」

「ああ、そうだね」

「でも、私が言ってるのは、古い《スパニッシュ・アイ》よ」と言って、オリーのために最初の部分を歌った。

「〝ブルー・スパニッシュ・アイ……あなたのスパニッシュ・アイから涙がこぼれ……〟っていうの」

「ヘレンに頼んでみよう」

「ヘレン？」

「ピアノの先生さ。ヘレン・ホブソン。どんな歌でも習いたいって言えば、楽譜を探してくれるんだ。《スパニッシュ・アイ》の楽譜を見つけてくれるように頼んでみよう」

「でも、バックストリート・ボーイズじゃない方よ」

「もう一つは誰が歌っているんだい？　俺に覚えてほしい方なんだが？」

「アル・マルティーノ。一九六六年にレコーディングしたわ。私は生まれてもいなかったし、母はティーンエージャーだった。母は、今でも夜昼なく聞いているわ。そういうわけで私も覚えたの」

「アル・マルティーノか」

この歌手のことも聞いたことがなかった。

「そう、レコード界の大スターだった。でも、まだ出ていると思うわ」

「一九六六年と言えば、ずいぶん昔のことだ」オリーが言った。「楽譜がみつかるといいんだが。五〇年代、六〇年代に大ヒットを放った歌手たちも大勢消えてしまったからな」

「でもまだ大勢残っているわ」

「ああ、もちろん」

「それに、今の方がいいわ」

「ああ、そりゃそうだ」

「年を取るほど、よくなる。トニー・ベネットだってそうでしょ」

「トニー・ベネットの歌を習ってほしいのかね？」

「いいえ、《スパニッシュ・アイ》がいいわ。私のためだけに。そうすれば、家に来てくれたときに私のために弾いてもらえるでしょう」

「ピアノがあるの？」

「もちろんよ。弟が弾くの」

「君のために喜んで《スパニッシュ・アイ》を覚えよう」

「約束してくれる？」

「するさ」

「きっと気に入るわ。とってもステキなラブソングなの」

「俺も、ステキなラブソングは好きだ」

「次の出口だけど」彼女が言った。

「えっ？」

「次の出口で降りてね」

「ああ、そうだった」

次の出口はハンプトン・ブルバードだった。ハンプトン・ブルバードは、リバーヘッドの中でも最悪地区の一つだ。ハンプ・ブルという愛称で呼ばれているこの地区の住人は、ほとんどがプエルトリコ人かドミニカ人。だから、地元の警官が、このあたりじゃ英語は第二言語だと冗談を言っているくらいだ。ハンプ・ブル分署はデッドゾーンというニックネームをもらっているが、それにはもっともな理由がある。たとえ警察官であっても、暗くなってからこのあたりを歩くのは命がけなのだ。ハンプ・ブル分署管轄の、麻薬と犯罪がはびこる十ブロック四方は、市警察本部長の赤色警報地区リストのトップに載っている。オリーは出口の標識のところでハンドルを切り、ランプに入った。

しばらく何も言わなかった。

やっと言った。「ここが君の住んでいるところかね？」

「パーセル一一一三番地」彼女は言って、頷いた。

「ここに住んでどのくらいになるんだ？」

「ここで生まれたの」

「君のご両親も？」

「いいえ。両親はプエルトリコで生まれたわ。プエルトリコのマヤグエス。次を左折して」

オリーは頷いた。

若い男たちが通りの角毎に立っている。

「でも、私の弟や姉妹もここで生まれたの」パトリシアが言った。

「一一一三だったね？」

「そこの団地」

「わかった」

オリーは、インパラを縁石に寄せた。ギャングバンダナを巻いた若い男が数人、運動場の明かりの下でバスケットボールをしていた。彼らは振り返って、オリーが車をまわり縁石側からパトリシアを降ろしているのを見ていた。オリーは、何気ないふうを装ってジャケットのボタンを外してちょっと開き、ホルスターに納まっているグロックを見せた。パトリシアはそれに気がついたが、何も言わなかった。彼が車をロックするのを見守っていた。

「どうりで、君は四六時中レイプが心配なんだ」彼が言った。

「いつも気をつけてなければならないのよ。本当に」パトリシアは言って、微笑んだ。「でも、今はジョシーがいるわ」彼女はそう言って、彼女の脇にぶら下がっているトートバッグを軽くたたいた。

「ちょっと忠告してもいいかね？」オリーが聞いた。「率直に」

「率直に、もちろんよ」彼女が言った。

「警察バッジや拳銃が役に立った時代もあった。バッジをぱっと見せたり、拳銃を抜けばそれだけで役に立った。どの建物？」彼は腕を差し出した。

「家まで送ってくれるの？」彼女は、驚いて聞いた。「まあ」

「ここに住んでいたら、俺だって送ってもらうよ」

パトリシアは笑った。

「私は慣れているわ」

「それは、君がバッジや拳銃が役に立つと思っているからだ。近頃は、バッジを見せると、むしろそれが引き金になってどっかのチンピラが君を撃つかもしれない。グロックを抜けば、チンピラどもにもっとでかいＡＫ‐四七を抜かせることになりかねない。我々は、人数の上でも、拳銃の数でも負けているんだ。それに麻薬はとてつもないカネを稼ぐ。だから、ジョシーをあてにするな、絶対に、バッジもあてにしては駄目なんだ」

「何をあてにすればいいの、オル？」

「ここだ」彼は右手の人差し指で軽く額を叩いた。「俺たちはあいつらの誰よりも賢い。それだけは忘れんなよ」

「でも、ともかくジャケットを開けて拳銃を見せろでしょ？」彼女が心得顔で言った。

「まだそのやり方が効く相手もいるからな」

「認めなさい」

「わかった。まだそのやり方が効くこともある」

「スティーヴって誰？」彼女が聞いた。

「知らないね。スティーヴって誰のことだ？」

二人は、コンクリートの道路を彼女の赤煉瓦の建物まで歩いていった。ティーンエージャーの男の子と女の子が数人、玄関口の階段に座っていた。頭上の電灯には、この季節に最初に出てくる昆虫が群がっている。一人の男の子が、パトリシアのすばらしいオッパイか、オリーのすばらしいお腹について何か言おうとしたらしかった。しかし、グロックを見て止めた。オリーは、〝賢明な決断だな、小僧〟と言わんばかりに彼を見てから、パトリシアと玄関に入った。この市、特にハンプ・ブルでは、玄関であまりにも多くの事件が起きている。

タイル張りの壁は、落書きで覆われていた。

エレベーターのドアも同じだった。

「ちょっとあがっていきません？」彼女が聞いた。

「ありがとう。でもやめておこう。遅いから」

「楽しかったわ」

「俺もだ、パトリシア」

彼女は彼の目を覗きこんだ。突然、絶望的な表情を浮かべた。

「また、会えるかしら？」彼女が聞いた。

「どういう意味だい？」彼は純粋に驚いて言った。「なぜ会えないのかな？」

「あのう」彼女は言って、肩をすくめ、大きく手を開いて建物や玄関や落書きを示した。「こんなところだから」彼女が言った。

「君が住んでいるところは、君が住んでいるところさ」彼は言って肩をすくめた。

エレベーターのドアが開いた。

誰も乗っていなかった。

オリーは、ドアに足をかけて開けておいた。

「もう一度、ありがとう」パトリシアはそう言って、オリーの手を取った。それから背伸びをして彼の頬にキスをして、再び彼を驚かした。

「火曜の夜は、何をするんだね？」彼が聞いた。

「何も」

「映画に行かないか？」

「いいわね」彼女はまだ彼の手を握っていた。「その時までに《スパニッシュ・アイ》を覚えられる？」

「無理だな。月曜まではヘレンに楽譜を頼めないだろう。ヘレンは俺のピアノの先生だ。月曜の夜に、ピアノのレッスンがある」

「忘れないでね。アル・マルティーノよ」

「忘れないよ。パトリシア……？」

「なあに？」

「今晩は本当に楽しかった」

「私も」

「じゃあ、火曜日に、いいね？　火曜日は出勤日？」

「ええ。日勤なの」

「俺もだ。じゃあ、たぶん分署から直接行けるだろう……」

「それがよさそうね……」

「ちょっと、何か食べて……」

「そうね。でも今夜のように豪華なのではなくて」

「そうだね。ハンバーガーか何か」

「いいわ」

「それから映画に行く」

「すてきね、オル」

「その前に話し合って、二人が見たい映画を探そう」

「警察ものじゃない方がいいわ」

「警察ものは絶対によそう」

二人はまだ手を握りあっていた。

「じゃあ……」彼が言った。「おやすみ、パトリシア」

「おやすみなさい、オル」

彼女は手を放し、エレベーターに乗り込んだ。彼は、彼女が自分の階のボタンを押すのを見守り、エレベーターのドアが閉まるとき手を振った。ちょっとの間、エレベーターが上がっていく音を聞いていた。

彼は、にこにこしながら建物を出た。階段を降りて、ティーンエージャーたちの脇を通り、車を止めてあるところまで歩いていった。

彼は、グロックが見えるようにジャケットの前を開けたままにしておいた。


「こちらは、チャンネル・フォー・ニュースのハニー・ブレアです。ハーブ河に停泊しているリバー・プリンセス号の舞踏用デッキから、生中継でお届けしています。あと一分半ほどで、ロック界をあっと言わせた新人、ターマー・ヴァルパライソの実演を見ることができます。デビューアルバム《バンダースナッチ》のタイトルソングを歌います。バンダースナッチとはいったいどんな意味かと考えていらっしゃる方には、ルイス・キャロルの詩『ジャバーウォックの歌』に出てくる言葉と申し上げましょう。そう聞いて、子供の頃に『鏡の国のアリス』を読んだことを思い出された方もいらっしゃると思います。不思議の国の少女アリスは覚えていらっしゃいますね？　私の理解するところでは……お待ち下さい。今、合図がありました……」

ハニーはカメラが映してない方を見た。ほとんど男性ばかりの何百万ものファンを獲得したおなじみの〝ちょっと脚を開いた〟ポーズをとり、ちょっと困ったような表情を浮かべている。テレビ業界という原野に追い込まれた罪なき乙女のように見える。今紹介している歌にぴったりだ。

「あと、四十秒だそうです」彼女は、マイクロフォンと、あとで《イレヴン・オクロック・ニュース》を見るはずの何百万人の視聴者に語りかけた。「私が先ほど申し上げようとしたのは、ターマーの《バンダースナッチ》は――この詩を覚えていらっしゃればおわかりと思いますが――子供の頃の楽しみやゲームとは一切関係ないということです。それどころか、この新人のディーバは、大胆にも罪なき乙女に対するレイプ未遂を取り上げているのです……あと十秒だそうです。皆様も私の背後のライトが変わり始めたことにすでにお気づきでしょう、八、七、六、五秒……レディース・アンド・ジェントルマン、《バンダースナッチ》のターマー・ヴァルパライソです！」

ビデオだと、曲は、シンセサイザーがかき鳴らすベースの反復音で始まる。メロディーはない。Bフラットの音が、パステルカラーの雲が浮かぶ黄色の空、芽を出しかけた奇妙な花、そして浮遊する奇抜な昆虫などの動画を背景に繰り返される。子供が喜ぶ庭。そこには、昆虫が羽を震わす音と、シンセサイザーが響かせるベースの音だけがある。

リバー・プリンセス号の舞踏用デッキでは、スピーカーがビデオのベースの連続音を拾っているが、もちろん動画の庭はない。その代わり、楽しそうな光の乱舞が無邪気な子供を連想させる。突然、ターマーがどこからともなく現われた。淡いサフラン色のスポットライトが、彼女にアイボリーがかった黄色の光を浴びせている（ビデオでは白いクリームがかった白のチュニックを着て、手のひらを腿の上においている。ビデオでも、このランチでやる簡略化した実演でも、ターマーはまっすぐ観客を見つめ、驚いたように指を広げて手を挙げ、このきらきらしたおとぎの国の華やかさに微笑する。そして彼女自身が書いたメロディを歌い始める。ブルースの音型に似た調べは降りかかろうとする苦難を予感させるが――本物のブルースと違って――最初のスタンザはBフラットが基音になっている。

「そはゆうとろどき　ぬるやかなるトーヴたち
まんまにてぐるてんしつつ　ぎりねんす
げにも　よわれなるボロームのむれ
うなくさめくは　えをなれたるラースか」

エイヴリー・ヘインズは、船尾に水泳用の飛び込み台があって、ローワーデッキまで登れる狭い垂直のはしごがついていると予想していた。ところが——これはまったくの幸運としか言いようがないが——船の左舷側に積み荷用のプラットフォームが設置され、手すりと階段のついたまともなはしごが船の二階に向けて四十五度の角度で立っていた。彼は、その二階で今晩カクテルが出されていた事を知っている。パーティは、すでに舞踏室のあるローワーデッキに移動していた。そこのメインデッキ・サロンでは、ディナーとデザートを食べた百十二人のゲストが、寄せ木張りのダンスフロアで歌い踊っているターマー・ヴァルパライソを見ている。誰も、何も知らない。だが、メインデッキに乗り込み、パーティの真っ只中を襲うのはどう考えてもリスクが高い。それでも初めはそうする予定だった。ところが、今夜の当番に当たっている神様のはからいで、いともやすやすと二階に上がれることになった。二階に上がってから、こっそり行きたいところへ降りていった方がずっといい。

「仮面を」とエイヴリーがケリーに言った。彼女が下に取りに行っている間、彼は、リンカーを積み荷用プラットフォームに横づけし、エンジンを切ってスピードを緩めた。

スタンザ一と二の間には関連のないG音のインタールードが四小節あり、ドラムビートと、エレクトリックギターが奏でる激しいオフビートのEマイナー和音がアクセントをつける。ドラムのビートが次第におおきく執拗になると同時に、シンセサイザーが再びBフラットの音をかき鳴らす。しだいに不吉な音色を帯び、ターマーのブルースに似たメロディが二番目のスタンザの歌詞につながっていく。彼女の声は震え、茶色の目は大きく見開かれ、不安げな視線が走る。背後のライトが暗く渦巻き、突然の嵐を予感させる。

「**わが子よ、ジャバーウォックに油断するなかれ！**
食らいつくその顎、かきむしるその爪！
ジャブジャブ鳥にも気を許してはならぬ、
おどろしきバンダースナッチにはゆめ近寄るべからず！」

バイソン・レコードはビデオを収録する間、思い通りの変身効果を得るために、色、形、サイズの異なる十二個の仮面を使った。執拗なデート・レイプの危険性を、狂気と暴力衝動に駆られた獣がレイプと殺害を犯そうとする演出で表わそうというのだ。

今晩のリンカーには、仮面は三個しかなかった。仮面は、変身効果ではなく変装のためだった。

エイヴリーは、仮面の一つをケリーに渡した。彼自身も別の仮面を頭から被った。

カル・ウィルキンスは最後の仮面をつけた。

ケリーがボートのハンドルを取った。

二人の男は、デッキからAK‐四七を取り上げ、船尾のゲートをくぐり、積み荷用プラットフォームに移った。

舞踏室では、ターマー・ヴァルパライソが声を張り上げ《バンダースナッチ》の第三スタンザに入ろうとしていた。

不思議なことに、演技が始まったとたん、すべての緊張が解け去った。彼女には、観客を一人残らず虜にしたことがわかった。水を打ったような静けさによって、彼らが彼女の歌う一つ一つの言葉に聴き入っているのがわかった。その意味では、彼女自身も一つ一つの言葉に聞き入り、彼女一人が創り上げた時間の中ではらはらしながら、次におこる出来事を待ち受けていた。ママが話してくれる物語を一心に聞いていた子供の頃のように。それから、ママ、それからどうなるの？
　再び執拗なBフラットの音が、左右のスピーカーから鼓動のように聞こえてくる。彼女は、その一千倍もの音量を想像し、巨大なアリーナのステージで歌う自分自身を思い描いた。彼女が蠱惑的な小さなチュニックを着てステージをところ狭しと踊りまくると、何十万人ものファンが歓声を上げ口笛を吹く。もっと彼女を、もっと彼女をと叫ぶ。
　スクリーンの左側の後にはジョーナが見える。登場する時の粘土色の仮面をつけたジョーナは、筋骨隆々のたくましい男だ。ダンスフロアに飛び出し、彼女の服を切り裂こうと待ちかまえている。

「けしにぐの剣、手に取りて、
かれ、ひとごろしき敵をば求め歩くこと久しかりしが――
――
ぼろろんの樹のかたえにて一息つき、
しばし立ちつくして思いに沈みぬ」

　はしごをセカンドデッキまで登りながら、エイヴリーはサンデッキと操舵室のほうをチラッと見た。そこでは制服を着た二人の乗組員が半分向こう向きになって忙しそうに仕事をしていた。彼とカルは、舞踏室ですばらしい演技に耳を傾けている人たちからゴムの仮面をつけた自分たちが見つからないように、船側にぴったり張りつくようにした。二人は気づかれずにランチのセカンドデッキにたどり着き、一瞬、ほんの一瞬だけ、メインデッキから聞こえてくる音楽に耳をすまし……

「ぼろろんの樹のかたえにて一息つき、
しばし立ちつくして思いに沈みぬ……」

……それから、AK‐四七を手にラウンジの方へ進んでいった。
　そこには誰もいなかった。カウンターのうしろでボトルが光り、バーのスツールはカーペットを敷いたデッキにボルトで留められている。突然、下のデッキから聞こえていた歌が止んだ。今は、ただ間断のないビートだけ。ガラージュ・バンドをやっていたエイヴリーの耳には四分音符一つ、四分休符一つ、四分音符二つのように聞こえる。二人は、広いマホガニーの階段の方へ歩き出した。階段を降りれば、ジョーナが二人の仮面とはまるで違う仮面をつけてダンスフロアに飛び出していくところに出る。

《バンダースナッチ》のこの部分は、完全にヒップホップになっている。激しくて冷酷。バックグラウンドで繰り返される四分音符が、隠れた鼓動の役割を果たす。この鼓動がルイス・キャロルの詩よりも遅いため、語りがおいつかず、言葉が次々とスタンザの中に詰め込まれる。が、いつもぴたりと納まる。

「られられしき思いその胸に駆けめぐるとき、
見よ、らんらんたる眼《まなこ》燃やしたるジャバーウォック、
おぐらてしき森の奥より、ひょうひょうと風切り飛びきたり、
ぶーぶーぶくとうなやきけり」

この時、ジョーナが、ダンスフロアの片側に立てかけてある〝おぐらてしき〟スクリーンの後から〝ひょうひょうと風切り飛びきたった〟。グロテスクな粘土色の仮面をかぶっている。ピン・スポットが空気を裂いて仮面の目玉を捉え、その目が炎を噴き出し、血を吐き、泡を吹いているかのごとく見せる。

今二人は踊っている。

何というダンス！

ビデオでは、ターマーと獣は三分間きっちり踊る。その間、獣は彼女を犯そうとするが失敗する。この狭い寄せ木張りのフロアでは、もちろん縮小版を踊った。その割には激烈な踊りだ。二人は黙ったまま激しく動く。背後では四拍子の執拗なビート。ジョーナは最初、おもねるような脅しをかけて彼女に取り入ろうとする。筋肉が光る。自分の口説きと魅力に自信がある。ターマーは驚きおどおどする。しかし、突然、獣の意図を直感し後ずさりする。と、これを合図に目くらますようなライトの変化、そして――

観客は息をのんだ。

たった今までジョーナの顔を覆っていたくすんだグレーの仮面、口元に微笑みを浮かべ優しくさえ見えたその仮面があったそのところに……たぶん、彼の振る舞いは熱心すぎる求婚者のようだったかもしれない。あるいは酒をちょっと飲み過ぎたのかもしれない。が、このいたずら好きの獣は、クリームがかった白のチュニックを着た少女が心配しなければならないようなものであるはずがない。そうだろう？〝ボロームのむれがよわれ、えをなれなるラースがうなさめく今日のような美しい日には〟

しかし、目くらます一瞬後の今、ついさっきまでキスを懇願し、愛撫を求めていたこの優しい友が、突然鈍い光を放つ銅の仮面をつけている。親切そうな微笑は、薄ら笑いか獣のうなりのようなものに取って代わられている。心のたけを歌っていた少女が彼の口説きをはねつけたため、どうやら怒らせてしまったようだ。

そして、彼がいかにいらだっているかを示すため、心からの賛辞と誠実な愛撫が拒否されることによっていかに侮辱されたかを一切の曖昧を廃しはっきりと表わすため、いかに怒っているかをいささかの疑念もなく正確に知らせるため、右手の——突然、かぎ爪のようになった——激しい一撃で、彼はチュニックのスカート部分を左側の腰から腿にかけて切り裂いた。

ターマーは後ずさった。

彼は再び彼女に向かってきた。今回はチュニックの胴部に爪をかけ、右胸を覆っている部分をずたずたに裂いた。背後で執拗に律動するビート。歌詞のないラップリフ。言葉のないラップストロール。彼は今や彼女を追い回している。近寄るかと思えば退き、一撃を加えるかと思えば引き下がる。新たに爪が振り下ろされるたび、彼女のチュニックはさらに引き裂かれる。彼は、再び、彼女に向かって激しい一撃を振り下ろした——危うく逸れた！　このチャンスを捉え、ターマーは彼を突いた。彼は完全にバランスをくずし、床に倒れ、まるで死んだように横たわった。手と腕で顔と頭を覆っている。ターマーは用心深く彼の周りを回り……四分音符、四分休符……鋭く息を吸った。獣も四分音符にあわせて喘いでいる。

無音。

彼女は彼に近づいていった。

彼の上に身をかがめた。

突然ライトがまばゆく光り、銅の仮面が真紅に変わる。フロアの生き物は怒り狂う獣に変身、いきなり飛び上がるとまたもや彼女を襲った。

ダンスの最後の一、二分、ターマーは明らかに命をかけて闘っていた。獣のかぎ爪が一撃を加えるたび、服はますます引き裂かれ肌が露わになった。彼女は次第に弱っていった。ついに、獣は一ダース以上の数にふくれあがったように見えた。その襲撃は、父親の車のバックシートで始まる大学生の冒険なんてものではない。暗い市の公園のギャングレイプだ。

ターマーは何かを取ろうと伸び上がった。

両手が何かを握った。

彼女はやっとの思いで立ち上がった。

獣は、再び彼女を襲おうと、用心深く彼女の周りを回った。

彼女の目が彼の上に注がれ、レーザー光線がピンスポットライトの中に浮かび上がった。

そして、彼女は、ラップで勝利の歌を歌った。

「いち、に！　いち、に！　ぐっさりぐさり、
目にも止まらぬけしにぐの剣、手練の早業！
横たわりたる死体より、刎ねたる首をば小脇にかかえ、
たからからからと帰り来たりぬ」

ラップが終わった。

怒りの赤い仮面をつけた獣は、ターマーの足下の床に死んで横たわっている。

再び、Bフラットの音だけが響く。あの単調なベースの反復音。ターマーはその調べをオープニングメロディのブルースに似た音型へとスムーズに移していった。

「なんと、なんじ、ジャバーウォックを打ちとったな？
さても、わがかんがやかしき息子よ、この腕に来たれ！
おお、よろこばしき日よ！　カルー！　カレー！
心おどりていびき笑いをいびき笑う親父どのなりき」

ターマーの目は輝き、声はとどろき渡った。彼女は無事に家にたどり着いたのだ。

「そはゆうとろどき　ぬらやかなるトーヴたち
まんまにてぐるてんしつつ　ぎりねんす
げにも　よわれなるボロームのむれ……」

「動くんじゃねえ」

サダム・フセインとヤセル・アラファトが広いマホガニーの階段を降りて来た。

2

背が高く細身。スポーツマンらしいくつろいだ足取りで――実は、スポーツマンにはほど遠いが――スティーヴ・キャレラは、その土曜日の十二時二十分前に刑事部屋に入ってきた。元気はつらつ、やる気十分である。

「あんたにだ」アンディ・パーカーが受話器を渡した。

実は、キャレラにかかってきたのではなかった。

その晩のその時間にたまたま八七分署に詰めている刑事なら誰でもよかった。しかし、ちょうど深夜の交代番に切り替わる時間だったので、パーカーは新しい事件に今更関わりたくなかった。それで、勝手に自分は非番となったと決め、電話をキャレラに回したのだ。キャレラはこのタイミングの良さにちょっとあきれた。

「キャレラです」彼は電話に向かって言った。

「やあ、キャレラ」タバコでしゃがれた声が言った。「ジムソン警部だ。港湾班の」

飛び込みだ、キャレラはすぐに思った。誰かがハミルトン橋から飛び込んだのだ。

「はあ?」

「今、パトロール中の部下から電話があった。マッキントッシュ巡査部長だ。三十六フィートの警察艇に乗っている。十時三十分頃、リバー・プリンセス号というクルーズ船の船長から電話があった……聞いてるかい、コッポラ?」

「キャレラです」

「すまん。リバー・プリンセス号だ。ロック歌手のパーティかなにかをやっていた」

「はあ?」

「仮面をつけ武装した二人の男がその船に乗り込み、歌手を誘拐した」

おやおや、とキャレラ。

「そちらは地元の陸地分署だから、沿岸警備隊がDPBを待たせている。第三十九埠頭だ……」

「わかりました」

彼にはDPBが何なのかわからなかった。

「……ハーブ河と十二番街の角になる。そこまでどのくらいかかるかね?」

キャレラは、分署の壁に掛かっている地図をちらっと見た。

「十五分ほどください」

「あんたが会うのは、カーライル・アプテッドという警部補代理だ」

「わかりました。えーと、歌手の名前をわかって……?」

しかし、すでに警部の電話は切れていた。ちょうどその時、コットン・ホースが刑事部屋に入ってきた。

「コットン」キャレラが言った。「のんびりできないぞ。出かけるところだ」

コットン・ホースは、沿岸警備隊の小艇三十八フィートのDPBの上ですっかりくつろいでいた。この小艇は、彼が小さな戦争を戦った時に指揮を執っていたのと同じような船だった。アメリカでは、誰もが自分自身の小さな戦争を戦い、その戦争の中で自分自身の小さな役割を果たす。キャレラは歩兵連隊の架線作業員としてぬかるみを苦労して歩いた。ホースは、これとは異なる船のブリッジに立ち、飛び交う弾丸や水しぶきをものともせずに、にやにや笑っていた。アメリカでは、この国の数え切れない小さな戦争を戦ったり、戦争のために尽くした人はみな、自分が関わった戦争を決して忘れない。時には忘れたいと思うこともあるが。しかし、これからも小さな戦争はさらに増えるだろうし、大きな戦争もある。従って、思い出す機会が増えるだろう。あるいは忘れる機会も。

コットン・ホースは、小艇のブリッジにカーライル・アプテッド警部補と並んで立っていた。警部補は二十代後半だろう。マッキントッシュ巡査部長が、誘拐事件だと気がついたとたん現場に呼び出されていた。

「彼は遅かれ早かれ連邦捜査官がでばってくると思ったらしい」アプテッドが言った。

じゃあ俺たちはここで何しているんだ？　とキャレラは思った。連邦捜査官にやらせればいいじゃないか。事件も喜ぶぜ。

「今乗っているのは」アプテッドが、ホースに言った。キャレラの方は知りたくもないんだろうと思っているらしい。「展開追跡艇（Deployable Pursuit Boat）だ。我々はDPBと呼んでいる。船体は三十八フィート。沿岸警備隊は麻薬戦争を戦う新たな能力を与えられたわけだ」

また一つ小さな戦争か、とキャレラは思った。

「いいですか、不法な麻薬の大部分は、やつらが〝俊足〟と呼んでいる船で密輸入されている。スピードの出る小さい船だが、二千キロのコカインを運ぶことができるんだ。しかし、我々のDPBには勝てない。つまり、我々はやつらの船を止めて乗り込み、不正取引に大きな打撃を与えられるというわけだ」

キャレラは船が苦手だ。水の上を動くものはすべて苦手。特にDPBはだめだ。今まで水の上で見たどんなものより早く動いている。双子の赤ん坊を風呂に入れていた頃——ああ、何年も昔のことだ——バスタブに浮かぶゴムのアヒルを見ただけで酔ってしまったものだ。まあ、それはちょっとオーバーかも。しかし、今はちょっと気分が悪い。それに、舳先に打ちつけるこの黒く脂っぽい水は汚染されているのではないか。顔は濡れ、髪は風になびいている。彼は思った、自分みたいなイカス男が、勤務が始まったか始まらないかの時間に、この深い河のただ中を疾走する船に乗って、いったい何をしているのか、と。

今夜、キャレラは、刑事というよりも、市立大学の人気ある経済学教授のような気分だった——そのためか、そんなふうに見えた。無帽、黒髪、茶色の目。吊り目がちょっと東洋人ぽい風貌を与えている。オレンジ色の救命胴着の下に、濃茶のズボン、それに合ったローファーと靴下、ブルーのボタンダウンのシャツ、茶のネクタイ、そしてツイードのジャケットを着ていた。実は、ジャケットはこの穏やかな気候には少し厚ぼったすぎたし、リバー・プリンセス号の中断されたパーティにはちょっとみすぼらしかった。彼は眉間にしわを寄せていた。いや、しわを寄せているどころではなかった。もどしそうだった。面白くない。彼は、激しく揺れるちっぽけな船のデッキに立ち、猛り狂う大洋に勇敢に立ち向かっている。一方昔の船乗りタイプの二人は話に興じ、風に向かってにやにやと笑っていた。

ホースは、キャレラと違って、得意の境地にあった。少しばかりカジュアルな服を着ている。十二時から八時までの深夜勤務にしてもカジュアルだ。救命胴着の下に、ブルージーンズ、クルーネックのグリーンのセーター、ジッパーつきの茶のレザージャケットを着、くるぶし丈の茶のブーツをはいていた。今晩、ハーブ河にひっぱってこられようとは思ってもいなかった——実は、酒屋のホールドアップに関わっているらしい暴走族を追いかけるつもりだったから、この保護色が我が身を助けると思ったのだ。ところが、実際には、彼の服装はターマー・ヴァルパライソの船上パーティに見事にはまっていた。音楽業界の大物たちが彼と同じような服を着ていたのだから。

「この女のこと聞いたことがありますか？」アプテッドが彼に聞いた。

キャレラのことは、見込みのない陸者として見限っていた。

「名前は？」ホースが聞いた。

「ターマー・ヴァルパライソ」

「いや、聞いたことないな。有名なのか？」

「俺は知らない」アプテッドが言った。

「俺もだ」ホースが言った。「スティーヴ！」風のうなりに負けまいと声を張り上げた。「ターマー・ヴァルパライソっていう歌手知ってるかい？」

「知らない！」キャレラが怒鳴り返した。「誰なんだ？」

「誘拐された女だ」アプテッドが言った。

「誘拐されたのなら、たいした者なんだろう」ホースがもっともなことを言った。

キャレラは、もうＦＢＩに知らせが行ってるかもしれないと思った。

「白状すると」マッキントッシュ巡査部長が言った。「港湾班に来て二十二年になるが、誘拐事件にぶつかったのは初めてだ」

「陸でもあまりない」ホースが言った。

「わかってる。我々がつかむ事件は——ただちに対応する必要があるものを除き——陸の分署に通知することになっている。しかし、誘拐は連邦が扱うんじゃないか？」

「ありうるだろうな」キャレラが言った。

「つまり、〝特別海上領域部〟の管轄に入ると考えられないだろうか？」

「俺にはわからない」キャレラが言った。

「五大湖がそれに入っているのは知っているんだ」マッキ

ントッシュが言った。「それから、セント・ローレンス河、おそらくはミシシッピーとハドソンも……」

「そうか」

「とにかく、沿岸警備隊に通知した。あいつらなら知ってるだろうと思ったんだ」

「で、知ってたか？」

「いや」

「俺が思うに」キャレラが言った。「河の真ん中に州境線がある。船がその線を越えれば、自動的に連邦捜査官が現われる」

「事件が脚光を浴びる時も現われる」ホースが言った。

「たとえば、このロック歌手が重要人物だったりしたら」

「とにかく、彼女は何者？」マッキントッシュが聞いた。

「ターマー・ヴァルパライソという名の誰かだ」ホースが言った。

「聞いたことがないな」

「俺もだ」

「じゃあ、FBIは取り消しだ」

「船が境界線を越えていなければな」

「失礼します」白い制服を着た男が、法執行官たちのうちとけた小さな輪に割り込んできた。「リバー・プリンセス号の船長、チャールズ・リーブスです。お邪魔して申しわけありませんが、この船には百十二名のお客様が乗っています。我々は、事件が起きてからひたすら、船を港に戻していいというはっきりした指示を待っているのです。ここにどなたか……？」

「船を動かしてもいいですよ」キャレラが言った。

「あなたさまは？」

「スティーヴン・ルイス・キャレラ刑事です。八七分署の」

「で、権限をお持ちで……？」

「ええ、我々が担当する事件ですから」キャレラはそう言ってから、今のところはだが、と思った。「こちらはパートナーのコットン・ホース刑事」

「では、エンジンをスタートさせましょう」リーブスは半信半疑で言った。

「ええ、いいですよ」ホースが言った。

「半時間後には埠頭に着きます」リーブスが言った。「それまでに終わっていますか？」

「終わっている？」

「乗客を下船させてもいいかとお聞きしているのです。このヨットは一晩だけ貸し切っています。五月いっぱいではないんです」

キャレラは、彼の顔を見た。

「つまり、我々は皆仕事があるってことです」リーブスが言った。「私が指揮していた船で、このような事件に出会ったことは一度もありませんでした。一度も」

「大丈夫ですよ」キャレラが言った。「エンジンをスタートさせたらどうですか？」

リーブスは、まだ何か言いたそうに、一瞬ためらった。それから、ただ頷いて操舵室の方へ歩き去った。


「百十二人もの話を聞くつもりじゃないですよね？」マッキントッシュが聞いた。

キャレラも同じ事を考えていた。

誰もが家に帰りたかった。

初めはステキな河のステキなボートのステキなパーティだったものが、仮面をつけた男たちが可憐な若い娘に暴力をふるうフェリーニの悪夢になってしまった。

正確に何が起きたのか。これについては誰も意見が一致しなかった。

目撃者は信用できないというのは、よく知られたことだが、それにしても今回の連中はなおさら信用できないように思われた。たぶん、この事件が起きる前にあまりにもアルコールを勧められたからだろう（約束のシャンパンによる乾杯は、不測の事態のため取りやめにしなければならなかった）。あるいは、ライトがあまりにも暗かったか、ダンスの示唆するところがあまりにも強かったのかもしれない。つまるところ、ターマーと若い黒人のダンサーは、舞踏ではあるがかなりリアリスティックに暴力を演じていたのだ。そして、突然、別の二人の黒人が……

目撃者は全員、誘拐犯は黒人だと確信していた……

……そこの広い階段をどかどかと降りてきて、マシンガンを振り回し、動くんじゃねえと叫んだ。

ターマーのダンスパートナーのジョーナ・ウィリスさえ、彼女を誘拐した二人の男は黒人だったと確信していた。たぶん、二人が黒ずくめだったからだろう。黒のデニムに黒のスウェットシャツ、黒のランニングシューズに黒の手袋。彼らが持っていたAK‐四七も黒だった。この黒ずくめが、全体的にブラックパワーという印象を与えたのかもしれない。それに、ジョーナ自身も黒人であることと――もっともこれは彼の肌の色の正確な描写ではない。彼の肌は、無煙炭とか黒曜石の色ではなく、階段の手すりのマホガニーに近い色をしている――彼の筋肉が隆々として光り、侵入者が被っていたフセインとアラファトの仮面とはまったく違ってはいるが仮面を被っていることもあって、三人の黒人の男が、ほとんど何も着ていない哀れなブロンドの白人の少女を痛めつけたというコンセンサスが生まれたのかもしれない。

あるいは、「動くんじゃねえ」という言葉が、ほぼ白人で占められていた招待客には白人らしく聞こえなかったのかもしれない。もっとも、本当は、今夜の白人に対する黒人の割合は、この美しい市のあちこちで開かれる同じようにきらびやかなパーティよりも大きかった。といっても、今回は音楽業界のパーティだ。

とにかく、誰もが家に帰りたかった。

このばかばかしい事件をパーカーから――彼は自分のアパートの角を曲がったところのバーで既に三杯目のビールをちびちび飲みながら、相手が売春婦とは気づかずにブロンドとおしゃべりを楽しんでいた――引き継いだキャレラとホースは、まだ誰も帰したくなかった。少なくとも、ここでいったい何が起こったのかがはっきりするまでは。彼らは、ＦＢＩが後から乗り込んでくるかもしれないという事実をも忘れていなかった。それに、「地方レベルの非能率で不十分な捜査」について連邦捜査官が並べ立てるいつもの戯言を聞きたくなかった。だから、事実——あるいは事実と思われるもの——を繰り返し調べ、合議によるシナリオらしきものを組み立てた。最近よくある、百十二名のライターが映画のクレジットを分けあう映画に似てなくもない。ただし、今はもう夜中の二時近くになっている。

パーティのゲストは、誰もが同じように、歌の間次々と色と形の変わる仮面をつけ変えていた黒人の男は、神話上の獣、つまり、《バンダースナッチ》を体現していると考えていた。そもそも、それが歌のタイトルなのだから。しかし、歌の中の男は息子に、〝**わが息子よ、ジャバーウォックに油断するなかれ！**〟と警告する。だから、この獣はジャバーウォックかもしれない、あるいは、**ジャブジャブ鳥**ということもある。何であれ、気を許してはならない相手なのだ。その後の急激な事態の展開が語っているように。

また、ほとんどのゲストは、ターマーのパートナーがダンスフロアのあちこちに彼女を投げ飛ばし、ただでさえ薄っぺらなナイトガウンだか何だかをずたずたに切り裂いている間に、警察を呼ぶべきだと思っていた。まったく必要なときにいたためしがないんだ。ネオリアリズムもいいが、ここでは筋骨隆々の大男がせいぜい百十ポンドのかわい子ちゃんを投げとばしている。レイプしようという意志をはっきり見せて。彼女がブロンド、彼が黒人という誇張されたステレオタイプだとしても、状況は変わらない。ダンスフロアで、彼が彼女にしていることは耐えられない。

だから、ターマーが小さな無防備な手で薄い空気を包み、想像上の何か（後で、**けしにぐの剣**だとわかる）をつかみ、花のような処女を犯し略奪するつもりでいるこの邪悪な動物——そう彼は動物なのだ！——に向かって立ち上がるのを見たとき、観客は白人も黒人も大いに安堵したのだった。「**いち、に！　いち、に！**」観客がみんな唱和した。「**ぐっさりぐさり、目にも止まらぬけしにぐの剣、手練の早**

業！　横たわりたる死体より」観客はさらに唱和した。

「**刎ねたる首をば小脇にかかえ、（彼は）たからからからと帰り来たりぬ**」

目撃者たちは、歌詞の中の〝彼〟とは正確には誰のことをさすのかと疑問に思っているらしかった。というのも、ターマーはまさしく〝彼女〟だったからだ。特に、すくっと誇り高く立ってはいるが、下着か何かをずたずたに引き裂かれ汚され、彼女の見事な特性を半分さらけ出している今は、〝彼女〟そのものだった（この点は後でかなり論議を呼ぶことになったが、キャレラもホースもこの事件が引き起こす悪評についてはまだ知らなかった。今はただ、自分の仕事をきっちりして、連邦のやつらにつつかれたくないと思っている二人の労働者にすぎなかった）。とにかく、ターマーの父親か誰か、さもなければ保護者あたりが、ジャバーウォック（歌のタイトルのバンダースナッチではない）を殺したお祝いを彼女に言い終わり、すべてが平常に戻ろうとし、すべての生き物が**ぐるてんしつつつぎりねんし、すべてのえをなれたるラースか……**

ちょうどその時、この二人の黒人の大男が自動小銃を手に階段を駆け下りてきたのだ。一人は右手を手すりにかけ、左手で銃身を頭上に向けている。もう一人の男は、武器を両手に抱え、右指を引き金にかけている。二人が階段を滑り降りてくるさまは、黒人の強姦者が歌に合わせて舞っているのと同じくらい優雅だった。一人が「動くんじゃねえ」と叫び、ターマーはその場に立ちすくんだ――しかし、歌は止まらなかった。

その瞬間まで、大勢の観客は彼女が口パクをやっていたのに気づかなかった。しかし、今や歌はダンスフロアの両側のスピーカーから鳴り響き止まらなかった……

「**……ボロームのむれ**
うなくさめくは　えをなれたるラースか……」

……ターマーの口はもう動いていなかったけれど。彼女はただじっと立ったまま、目を大きく見開き、いかにも悪事を働きそうな形相で自分に向かってくる二人の仮面をつけた幽霊を見つめていた。彼女は一瞬とまどった——実は観客もそうだったが——これは公演の一部だったかしら？　バーニー・ルーミスが今夜のイベントにもう少し趣を添えるため、ダンスの補助チームを雇ったのかしら？　しかし、ちょうどその時、彼女の足下に死んで横たわっていたはずの獣のジョーナが、「動くんじゃねえ」という怒鳴り声に反応して床からパッと起きあがった。いかにもダンサーらしく背を丸めてかがみ、バランスをとるため腕を大きく広げて。フィナーレでつけていた恐ろしげな真紅の仮面を被ったままだ。ターマーがまだショックで立ちつくしているところから二フィートと離れていない二人の男にとっては、ジョーナは極めて危険に見えただろう。

左利きの男が（目撃者は全員、サダム・フセインは事件の間中、左手に武器を持っていたと言った）、即座に反応し、ジョーナの頭をめがけて銃を一振りした。第二次大戦後のソビエト軍のために設計されたＡＫ－四七は頑丈にできていた。ピストルのグリップとライフルの銃床を備えた見事な設計だ。ジョーナの顎を捉えたのは銃床だった。彼は床に仰向けに倒れ、再び死んだように伸びてしまった——しかし、今回は細い血の流れが仮面の下からしみ出てきた。

二人の男とターマーは、このシュールな状況に凍りついた。彼女はアイボリーホワイトのずたずたに切り裂かれたチュニック、男たちは、真っ黒な服に、いかにも中東的なミスター・フセインとミスター・アラファトの仮面をつけている。観客は誰一人動かなかった。目撃者の全員が、そう言った。あるのは、驚愕の沈黙だけだった。唯一の音、いや、動きがダンスフロアで起こった。ターマーが三人の小さな群れから逃れようとしたのだ。しかし、左利きのフセインによってぐいと引き戻され、思いっきり平手打ちを食わされた。彼女はよろめいた。もう一人の背の高い方の男……

目撃者は全員、ヤセル・アラファトは六フィート二インチぐらい、左利きの仲間サダム・フセインはそれより二、三インチ低く六フィートにはならないだろうと言った。二人とも筋肉質の体格をしていたから、最初はダンスチームが階段を降りてきたという印象を与えたかもしれない。

　背の高い方が、突然ぼろきれをターマーの顔に押しつけ、彼女はよろよろと彼の方に倒れていった。彼は彼女を肩に担ぎ上げた。左利きの男が「動くと彼女を殺す」と叫び、二人は未だに言葉も出ない観客に銃をむけたまま、階段を後ずさっていった。

　以上が事件のあらましだった。


　バイソン・レコードの最高経営責任者《CEO》、バーニー・ルーミスは怒り狂っていた。あるいは、おどろしかった。あるいはその両方かも。

「あの野郎が、彼女を殴った！」彼は、キャレラに向かって大声をあげた。ディナーのメインに選んだ焼いたマスタード・サーモンの匂いがした。それと、〝アクリッド〟という紳士用コロンの匂いもした。このコロンはラベルにルーガーのシルエットが描かれているため、多くの音楽業界の男たちが好んでいた。「あの子は、か弱い」ルーミスがわめいた。「子供同然なんだ！　これは子供の誘拐事件だ。あの子はまだ子供なんだ。一月に二十歳の誕生日を祝ったばかりだ！　連れ戻してほしい。あの男は狂ってる。あんただって見ればわかる。最初に、ジョーナを銃で殴り……」

「まだ、血が出ているらしい」ジョーナが言った。

　彼は、既に怪獣の仮面をはずしていた。もう出血していないのは明らかだ。しかし、彼はまだ顎のあたりをおずおずとさわっていた。目は恐怖で大きく見開いたままだ。キャレラは、彼が失神しないかと心配だった。

「もう血は止まった」ルーミスが言った。「布でもあてて、服を着替えたらどうだ！　今年は何件誘拐事件を扱いましたか？」キャレラに聞いた。

「一件もありません」キャレラが言った。「今年ですね？　一件もありません」

「去年は？　この五年か十年の間は？　いや、警察官になってからでいいです、何件の誘拐事件を扱いましたか？」

「一件です」キャレラが答えた。「警察官になってから」

ルーミスが、キャレラを見て目をぱちくりさせた。

「まあ、少なくともあんたは正直だ」彼が言った。

「少なくともそうですな」キャレラが同意した。「しかし、心配にはおよびません。きっとＦＢＩが……」

「誰でもかまわない」ルーミスが言った。「ターマーさえもどればいいんだ。それも早く！」

「私は」女の声が言った。「テープを放送しさえすればいいの。それも早く！」

みんなが振り向いた。

キャレラは、この女が誰だかすぐにわかった。この前のクリスマスにグローヴァー公園動物園で会っている。彼女は〝ライオン、女を襲う〟という記事の取材をしていた。彼は、つい最近彼女に電話し、妻のテディのためにチャンネル・フォーで仕事がないか聞いたばかりだった。

「こんばんは、ハニー」彼は手を伸ばした。「またお会いできて嬉しいですな」

「私、全部テープに撮ったわ」彼女が言った。「誰かが興味を持つかもしれないでしょう」

「興味？」キャレラが言った。「我々はいつ……？」

「邪魔しないで」ハニーが言った。「チャンネル・フォーが放送するまでは誰も見られないわ」

「そうだ！」ルーミスが即座に言った。「今夜ここで何が起こったのか、全市民に見せてやろう。世界中に見せてやろう。あの狂人が彼女を殴ったところを！」

「上司の許可を得るまでは、証拠のテープを放送することはできません」キャレラが言った。

「証拠のテープ？　何のこと？」

「証拠品として提出を求めます、ハニー」

「たとえアッシュクロフト（英国の女優）のテープだとしても、私は、ここは自由の国だと思っていたわ」

「女が、一人誘拐されたんです」ホースが、彼女に言った。

彼女は振り返って彼を見た。

「こちらはパートナーのコットン・ホースです」キャレラが言った。「コットン、こちらはチャンネル・フォーのハニー・ブレアだ」

「いつも貴女を見ていますよ」ホースが言って頷いた。

ハニーは彼をさっと見た。背が高く肩幅の広い男。ブルーの目に炎のような赤毛。ただし、左のこめかみの上に二インチ幅の白い筋が入っている。

ホースが見たのは、五フィート七インチほどのブロンド。ブルーのレザーのミニスカートに、アイスブルーの長袖のブラウスを着て、ふくらはぎ丈の濃紺のブーツをはいている。テレビで見るよりはるかに美しかった。

ハニー・ブレアとコットン・ホースは、こうして出会った。

「レッド、あなたのパートナーに話して……」ハニーが口火を切った。

「コットンです」彼は優しく言って、彼女の目を覗き込んだ。

「コットン、あなたのパートナーに話してほしいの」彼女は彼を見つめ返した。「私は今、これまでの人生で最大のスクープを握ったまま身動きできずにいるのよ。五分以内に自由にしてもらえなければ、チャンネル・フォーは市を訴えることになるって」

彼女は、そう言って甘い笑みを浮かべた。

「我々は、そのテープに裁判所の命令を貼りつけます」キャレラが言った。

「放送した後なら、どうしようとかまわないわ」

「今、この場で証拠品として差し押さえます」

「私のクルーがそんなことさせないわ」

「それでは、誘拐の幇助者として逮捕するまでです」

「何としてですって？　何をするんですって？」

「極めて重要な証拠品を引き渡さないことに対して」ホースが説明した。

ハニーは無愛想にちらっと彼を見た。

「まだ血が出ているかな？」ジョーナが聞いた。

「あっちで布をあててきなさい」ルーミスが言った。

「俺のカメラ写りはどうだった？」ジョーナが、ハニーに聞いた。

「すばらしいわよ」

ジョーナは顔を輝かして、更衣室の方へ去っていった。

乗客は極端に落ち着きをなくしていた。マッキントッシュと部下が、名前や住所や電話番号を聞いている間、ダンスホールのあるデッキをうろつき回ったり、騒ぎ立てたりしている。

「ところで、誰がこの事件を扱うのですか？」ルーミスがキャレラに聞いた。「あなたですか、それともＦＢＩ？」

「今のところ、我々です」キャレラが言った。「我々がこの事件を捉えたのですから、ここは我々が片づけます。それからペーパーワークになります。刑事部屋に戻りましたら即座に警部に話をし、指示を受けます。ＦＢＩが担当することになるでしょう。ご心配なく。ところで、この子の両親と連絡を取りたいのですが。ご存じですか、どこで……？」

「無駄ですよ」ルーミスが言った。「離婚しています。父親はメキシコで二番目の奥さんと暮らしていて、母親はヨーロッパのどこかにいます」

「資産家ですか？」

「父親は掃除機を売っていました。今は何をしているのだか。母親は美容師です。どちらも裕福とは言えません」

「じゃあ、どうして彼女を誘拐したいなんて思うんだろう？」ホースが聞いた。

「たぶん、ターマー・ヴァルパライソが……」

ヴァルパライソか、ヴァレンティノじゃないんだ、とキャレラは思った。

「……バイソン・レコードと契約を結んでいるからでしょう」ルーミスはそう言って、突然理由がわかったかのように頷いた。「もちろん」彼は言った。「そうに決まっている。私はＣＥＯで、この会社のただ一人の株主だ。やつらは、私にカネを要求するつもりだ」

「それなら、電話の傍に座っていた方がいい」ホースが言った。

　朝の四時までに、マッキントッシュとHPUのチームは、乗客、乗員、仕出し屋などから重要な情報をすべて集め、リストを八七分署の刑事に渡し、三十六フィートの快走船に乗って早朝の霧の中に引き上げていった。移動科研班は二時間ほど前に到着して、主要な進入経路を調べている。半ダースほどの男と女の技術官が、ほとんどの犯罪行為が行なわれたサロンの階段と小さなダンスフロアに指紋採取用の粉を振りまき、集塵機をかけている。別の三人組が、外の積み荷用プラットフォームや乗船用の階段で同じ事をしている。特に、潜在足跡を探すことに専念している。さらにもう一つの三人組が、犯人がそこから入って下のデッキに移動して行ったと思われる二階のカクテルラウンジで、証拠探しをやっている。


　夜通しの試練から解放されると、疲れ切った乗客たちは混乱したまま下船し、さまざまな方向へ散っていった。リーブス船長は——指揮官らしく——最後に船から下りた（〝いらいら《ビーヴド》船長〟ホースはハニー・ブレアの耳に届く程度の声で後から呼びかけた。嬉しいことに、彼女はこの皮肉たっぷりのあだ名を認め、しぶしぶながらも微笑んだ）。

　あたりに立ちこめてくる霧の中を、刑事やテレビ局の面々は、黙って埠頭際の許可車専用駐車場まで歩いていった。キャレラは、もちろんテープを証拠品として差し押さえた。ハニーはもちろん市を訴えるつもりだ。ホースは、ハニーとつきあいたいと思っているのにさい先がよくないなと思った。

　ハニーとクルーは、チャンネル・フォーのバンに乗り込んだ。キャレラとホースは覆面のシボレーセダンに乗った。こんな早朝には、通りに人っ子一人いない。キャレラとホースは十分もかからずに刑事部屋に戻った。

　勤務の交代までには、まだまだ仕事があった。

「あんなにひどく殴ったらまずいぞ」エイヴリーが、カルをたしなめた。

「何言ってんだ、ただ、ひっぱたいただけじゃないか」

「殴り倒した。あれは、ひっぱたくなんてものじゃない」

「逃げようとしたんだ」

ターマー・ヴァルパライソは意識を失ったまま、フォード・エクスプロアラーの後部座席でケリー・モーガンの肩に頭を載せぐったりしている。両手両足は縛られ、目隠しをされている。

実を言うと、ケリーは、あまりにも間近にロックスターがいるので気おくれしていた。もっとも、ターマーを見たのは隣州のクラブで一度きりだし、それも少なくとも九カ月も昔、まだ彼女がレコード契約を結ぶ前のことだった。

彼らは、はるかダウンタウンの旧市街にあるフェアフィールド・ストリートの埠頭でリンカーを降り、身の回り品と仮面と武器だけを持って、フォードに乗り込んでいた。

エイヴリーが運転し、カルが隣に座っている。彼らは霧で人気《ひとけ》のない通りをゆっくり進んで行った。制限速度を守り、赤信号や停止の表示では必ず止まった。しかし、ゆっくりすぎて警官の注意を引くことはなかった。それは、ゲームがここまで進んだ段階では、どうしても避けたいことだ。

巻きひげのような霧の先端が、車を押しつぶしかねないようにまきついてきた。ケリーは霧が怖い。霧の中から何が飛び出してくるかわかったものじゃない。

「やつらが身代金を払ったとき」エイヴリーが、まだ事件のことを言っている。「俺たちは……」

「やつらが身代金を払ったら、だろう」カルが訂正した。

「やつらは払う。心配するな。しかし、その時は彼女を無事に返すことになっている。返したときに顔が傷だらけだったりしたら……」

「傷なんかないぜ」カルが言った。

「女の子にとって顔は財産よ」ケリーが、後部座席から言った。

「俺たちの顔もさ」エイヴリーが注意した。

「オッパイも悪くないぜ」カルが言ってニヤリとした。

「ちょっと、バカなこと言わないで」ケリーが言った。

「お前のような殴り方をすると」カルの釈明を受け入れずに言った。「彼女の顔は風船のようにふくれあがってしまうぞ」

「もう青黒くなってるわ」ケリーがターマーの方を向いて頷きながら言った。

「他はどう？」エイヴリーが聞いた。

「まだ意識がないわ」ケリーが言った。「毛布か何かあるかしら？　裸同然だもの」

「それは俺たちのせいじゃない」カルが言った。「彼女は自分で脱いだんだぜ。あいつら、それを俺たちのせいにはできないさ」

「彼女を殴ったのは、お前のせいになる」エイヴリーは言い張った。

「怪物を殴ったのはどうなんだ、えっ？」カルがにやにやしながら、エイヴリーの方に顔を向けて聞いた。「それも気に入らないのかよ？　やつはかがみこんで俺たちの喉めがけて跳びかかろうとしてたんだぞ。どうしてお前が殴らなかったんだ、エイヴ？　お前はやつの真ん前に立ってたんだぜ。どうしてお前がやらなかったんだ？」

「暴力は使わないと約束したからだ」

「そうよ、それが約束だったのよ」ケリーが言った。

「四七を持っていたら」カルが言った。「暴力沙汰になると思うのが当然だろう」

「事前に約束していれば、そんなことないさ」

「約束は、俺の喉めがけて跳びかかってくるやつがいるとは知らなかったときの話だ」

「あいつは、おまえに跳びかかろうとしたんじゃないと思う」エイヴリーが理性的に言った。「ただ、状況を把握しようとしたんだ。お前の叫び声を聞いて、どうなってるんだろうと思うのは当然じゃないか。床に倒れていて何も見えなかったんだからな。だから、起きあがって見ようとしたんだろう。彼を殴ることはなかった。まして、あの子を殴るなんて。二度とあの子を殴るようなことはするな。カル、聞いてるのか？」

「そうよ、言ってやんなさいよ」ケリーが言った。

車の中がしんとした。

霧が車を包み込んだ。

「質問は？」エイヴリーが聞いた。

「ある。この臆病者の衣裳はどうやって脱ぐんだ？」カルはそう言って、自分の洒落に笑った。

誰も一緒に笑わなかった。

この市では、建物の正面がさまざまな営み、その多くは犯罪がらみの営みを隠してしまう。実は、どこの大通りでも脇道でも売春宿は大いに繁盛しているのだ。最もトレンディな雑誌にマッサージパーラーという広告を出し、疲れたサラリーマンや落ち着きのない大学生まで自分好みの性の探求を満足させるさまざまな快楽を提供している。この肉体のキャンディランドに来れば、夜のストーカーは値段に関係なくお望みのものを見つけることができる。しかも、このアメリカの肉のバザールは、邪悪の大都市に限ったものではない。どこかの都市の中心地と言われるところに行ってみればいい。その土地の電話帳のイエローページを開けるか、ホテルの部屋でインターネットサーフィンをしてみれば、ほらそこにある。どこにでもある。手に入る。

この市にかぎらず他のアメリカの市でも、多くの隠れた迷路には昔の中国の阿片窟も真っ青になるほどの麻薬のたまり場がある。こういうところで、この間まではわずか数ドルでコカインパイプを吸うことができた。どういうわけか、この安いコカイン誘導剤の人気が落ち、今ではヘロインが好まれている。その勢いは、アメリカ軍兵士によって解放されたアフガニスタンのケシ栽培者を大喜びさせるほどだ。ヘロイン一回分の値段は、コカイン一服分の三倍に近い。狭いベッドに横になると、係りの者が腕にゴムのチューブを巻いて針を刺してくれる。二ブロックほど向こうの同じようにさびれた小さなアパートで韓国人の売春婦にフェラチオをしてもらうような感じだが、ただ、この方がはるかにいい。

日曜日の早朝、むさくるしい市の遙か彼方、誘拐事件が起きたハーブ河から何マイルも離れたラッセル郡の霧の海岸。そこに立つグレーの屋根板のビーチハウスの中で、ターマー・ヴァルパライソは意識を取り戻しつつあった。

3

何かが、彼女の目を覆っていた。

目を開けられなかった。なぜなら、布の目隠しかダクトテープかわからないが、とにかくきつすぎるのだ。最初の本能的行為は、右手を伸ばして、何でもいいから引きはがそうとすることだった。しかし、すぐ後ろ手に縛られていることがわかった。次の本能的行為は悲鳴をあげることだった。しかし、目隠しと同じように、きつく猿轡をはめられていた。逃げよう、彼女は思った。逃げるのよ！　そして起きあがろうとしたが、くるぶしも縛られていた。一瞬もがき、怒り、自分の無力さにパニックになり、宙を蹴り、それから静かに横になったまま激しく息をし、何が起きたのか理解しようとした。

突然、思い出した。

ちょうど歌が終わろうとしている時に、二人の男が階段を下りてきた。一人が彼女を殴った。もう一人が甘い匂いのボロ布を彼女に押しつけた。

彼女は、暗闇でじっとしていた。

思い出しながら。

どういうわけか、脚で探り始める前からわかっていた。脚を伸ばし、サンダルを履いた足で、閉じこめられている場所の境界に触れてみる前からわかっていた。足が周りの壁に触らないうちからわかっていた。自分はクローゼットに閉じこめられているのだ。クローゼットの硬い木の床に横たわっていると、風の通らない小部屋の中で自分の浅い息づかいが自分に跳ね返ってくるようだった。

再び、パニックになりそうになった。

壁に向かってキックし、再び悲鳴を上げようとして、もう少しで息を詰まらせるところだった。咳で、猿轡を吹き飛ばそうとした。無理矢理目を開けようとしたが、まぶたが目隠しの下でぱちぱちするだけだった。落ち着こうとした。鼻から大きく息を吸い込んだ。しばらく静かに横になり、落ち着きを取り戻して自分に言い聞かせた。気を楽にして静かにするのよ。

彼女は、そろそろと体を動かして座る態勢に持っていった。背中をクローゼットの後側と思われる方に向けた。足で、ちょうつがいらしき物を探り当てた。わずかにヒールのついたサンダルの薄い靴底が、平らな表面から突き出ている物を捉えたのだ。そう、ちょうつがいに間違いない。私はクローゼットのドアの方に向いている。

両足を強く踏ん張って、クローゼットの後の壁にくっつけた背中を少しずつ持ち上げていった。奥に水平に取りつけた棚とおぼしき物に、頭をがつんとぶつけた。しかし、ゆっくりと避けながら、とうとう苦労の末に立ち上がった。後ろ手に縛られ、両足も縛られ、目も見えず、声も出せない彼女は、頭と肩を使ってドアのちょうつがいのある側を探り、高いところにもう一つのちょうつがいを突き止めた。

今度は鼻を照準手にして、ちょうつがいの上に出っ張っている小さなノブに狙いを定めた。

目隠しはちょうど頬骨の上で終わっていた。彼女は顔の横をちょうつがいに押しつけ、目隠しの先をノブにひっかけようとした。あきらめかけたとき——八回目か九回目に——やっとひっかかった。頭を下にぐいっと引いて目隠しをほどき、目を開けた。

薄い光の筋がクローゼットのドアの下端をくっきりと浮かび上がらせていた。

目が慣れるまで待った。

ダクトテープ。

ダクトテープだった。

同じ物が、足首を縛っていた。見えないけれど、間違いなく両手もそれで縛られている。

彼女は、手足を自由にしてくれる鋭利なものがないか、クローゼットの床と目の高さの棚を探した。

何もなかった。

それで、目隠しの時に役立ったちょうつがいに猿轡を引っかけようとした。しかし、口の中に一インチほどねじ込まれ、頭の後できつく縛ってあるボロ切れだ。ぜんぜんゆるみがなく、はずすことができなかった。

次は、どうしたらいいだろう。

キャレラは知りたかった。次は、どうしたらいいだろう。あまり早すぎない七時まで待って、バーンズ警部に電話した。そして今、二人の男はこの件にＦＢＩを引きずり込むべきかどうか議論している。

「私の知る限り、ルーミスはもう電話してますよ」キャレラが言った。

「ルーミス？」バーンズが聞いた。

電話の向こうでテレビの音がしている。キャレラは、ボスは食事中だろうと思った。キッチンのテーブルに座って、ベーコンエッグを食べながらテレビを見ている。バーンズは五十代の小柄な男だ。白髪で無愛想な顔つき。ＦＢＩに特別の好意を寄せているわけではない。

「バーニー・ルーミス」キャレラが言った。「バイソン・レコードのCEOです。身代金を要求されるのは自分だと思っています」

「ほう？　なぜ？」

「彼女の両親は離婚しています。一人はメキシコ、一人はヨーロッパ。それに、どちらもカネを持っていません」

「州境は越えているのかね？」バーンズが聞いた。

「誘拐の後、船がどこに行ったかわかりません。もちろん、向こう岸に行って、あっちのドックに入った可能性もあります。その場合は、そうです、州境を越えたことになります」

「この子は有名人なのか？」

「私個人としては、聞いたことがありません、ピート。ルーミスに言わせれば、今、一番注目を浴びている歌手だそうですよ。ま、彼はレコード会社のオーナーですから、当然そう言うでしょうね？」

「そいつは、もう連邦の方に電話したと思うかね？」

「はっきりわかりません。彼の望みはあの子を返してもらうことです」

「名前は何といったっけ？」

「ターマー・ヴァルパライソ」

「今、彼女が出ている」バーンズはそう言って、テレビの音量を上げるために立ち上がった。「聞こえるか？」キャレラに聞いた。

「聞こえます」キャレラは気味悪そうに頷いた。

「……昨夜、ハーブ河の豪華なヨットから誘拐されました」テレビのニュースキャスターが言っている。「米国沿岸警備隊の報告によれば……」

「どうして連中がかかわることになったんだ？」バーンズが電話に向かって言った。

「港湾班が電話したんです」

「……十時十五分頃、武器を持ち仮面をつけた二人の男がリバー・プリンセス号に乗り込み、若い才能ある歌手がデビューアルバム《バンダースナッチ》を歌っているところを襲い、百名以上のゲストが……」

「それは何チャンネルですか?」キャレラが聞いた。

「ファイブだ」

「フォーは市を訴えますね」

「……バーニー・ルーミス氏によりますと、バイソンはまだ身代金の要求を受けてないということです。リバーヘッドにおいて、今朝……」

「ここまでだ」バーンズは言って、音量を下げた。「市を訴える?　なぜだ?」

「こっちが誘拐シーンのテープを押さえたからです」

「おっと」

「証拠品です。で、我々はどうします、ピート?　この事件を追いかけるか、FBIに電話するか?」

「本部長と話をさせてくれ。正直のところ、なんともわからないんだ。連邦の連中に、使いっ走りのようにこき使われるのはいやだからな。それだけはごめんだ。まだ、あっちからの電話はないのか?」

「ないです」

「本部長が何というかな。後でトラブルになるのはいやだろうからな。早く手放しすぎたとかね。ところで、そろそろ交替の時間だろう?」

キャレラは時計を見た。

「三十分後に」

「ちょっと寝てこい。また出てこなければならないかもしれん。私もどんな展開になるかわからないんだ、スティーヴ。状況に合わせてやるほかない。後で電話してくれ、いいな?」

「今日は、出勤ですか?」

「いや、非番のはずだ。家に電話してくれ」

「割り込み通話が入ってます」キャレラが言った。

「待っている。連邦のやつらかもしれない」

キャレラはバーンズを待たせておいて、電話機のボタンを押した。

「キャレラです」

「キャレラ、アンディ・マッキントッシュです。HPUの。ちょっといいですか？」

「ああ、ちょっと待って」彼は再びバーンズに切り替えた。「港湾班からです。仕事は続行ですか？」

「今はそのまま続けてくれ」バーンズが言った。「後で、電話を頼む」

キャレラはまた電話を切り替えた。

「オーケー、アンディ。どうぞ」

「まったく関係ないもしれないが」マッキントッシュが言った。「そっちで役に立つかもしれない。九時半頃、昨晩の九時半頃……」

この分署が、有名人の誘拐みたいな大きな事件を捉えるのは滅多にないことだ——本当にターマー・ヴァルパライソが有名人で、それがレコード会社の想像の産物でなければの話だが。

バート・クリングもマイヤー・マイヤーも、彼女のことを聞いたことがなかった。マイヤーの場合には、別に驚くことではない。子供たちはロックを聴くが、彼はビートルズより新しい物となるとさっぱり音痴なのだ。一方、クリングは新しいグループを全部知っていたし、たまにはラップも聴く。それでも、ターマー・ヴァルパライソは聞いたことがなかった。もっとも彼女の顔と事件は、その朝のすべてのタブロイド版にでかでかと載っていた。

二人は七時四十五分に出勤し、キャレラとホース——船の上で長い夜を過ごしたため疲れ切っていた——から事件のあらましを聞き、二人の捜査を引き継ぐため八時半に出発した。

アンディ・マッキントッシュの報告によれば、昨夜九時十五分から三十分頃、二十七フィートのリンカーを止めた。リンカーは、ホーム・マリーナの〈キャプショー・ボート〉に帰港するところだった。第七桟橋のすぐそば、ハーブ河とファエフィールドの角にある。乗員は三人。男二人、女一人だ。船尾梁に書いてある名はハーリー・ガール。船体の両側にステンシルで刷ってある通し番号はXL721G。霧のかかった日曜日の朝マイヤーとクリングが向かっているのは、この〈キャプショー・ボート〉であった。

今日は五月五日。

マイヤーは前の晩、妻の誕生日を祝った。食事をした小さなフレンチレストランの客全員にシャンパンをふるまった――まあ、たいしたことはない、半ダースほどの客しかいなかったのだから。しかし、妻のサラはすごく感動した。何年も前、初めて出会ったころのサラ・リプキン。「サラの唇は最高だ」と仲間内でひやかされていた。マイヤーはそれを試したくてうずうずしたものだった。結婚してもう何年にもなるが、いまだに彼女の唇に飽きることはない。いまでもシャンパン六本で彼女を感動させることができる。もっとも、ヴーヴ・クリコだ。すごいだろう。

昨晩は、彼とサラでシャンパンのボトルを一本あけてしまったが、今朝は目もぱっちり、ポリスカーのセダンを運転している。この事件に連邦の連中がわりこんでくるだろうか。

「連中と仕事をしていて、いやなのは」彼が言った。「あいつら自分たちの方が偉いと……」

「俺が聞いているところでは、連中は確実に来る」クリングが言った。

「じゃあ、なぜ俺たちはわざわざダウンタウンまで行くのかい?」

「警部がそうしてほしいのさ。後で文句を言われないように、抜け目なくやりたいんだろう」

「彼女の名前は何だっけ?」マイヤーが聞いた。

「ターマー・ヴァルパライソ」

「聞いたことない」

同じ事をいうのはこれで三度目だ。

「俺もだ」クリングが言った。

彼もこれで三度目。

二人は、名コンビだ。

両方とも背丈はおよそ六フィート。しかし、マイヤーは無愛想な印象を与える。おそらく完全に禿なことと、堅実で我慢強いからだろう。クリングがあけっぴろげで、熱中しやすい田舎者タイプなのに対し、こつこつ型。クリングは、この市に生まれ育っているのに、トウモロコシ畑のバスケットの中で見つかったような顔をしている。マイヤーの悪徳警官に対し、完璧な善良警官を演じている。時には面白半分に、役割を変えることもある。ブロンドで、ハシバミ色の目をして、頬に産毛を生やしたクリングが、突然罠にはまった雄牛のようなうなり声をあげ、鋼のようなブルーの目をした禿の大男のマイヤーが、猫なで声を出す。

〈キャプショー・ボート〉と付属のマリーナの所有者は、もと海軍のシール部隊に所属していた片目の男だった。自分のことをポパイと呼んでいるが、もちろん誰も驚かない。今朝は六時少し前にマリーナを開けた……

「スキッパーたちは、みんな河の交通機関が動き出す前に河に出たがるんだ。静かないい時間帯だからな」彼が言った。「日の出直前の時間。黎明《モーングローム》というんだ。あまり知ってる人はいないんだが」

もちろん、マイヤーは知らなかった。

クリングも、知らなかった。

「たぶんスコットランドの言葉だろう」ポパイが言った。「黎明《モーングローム》。その反対は薄暮《イーヴングローム》。日没直前の時間だ。薄暮《イーヴングローム》。〝薄暗くなる《グローミング》〟という言葉から来たんだと思うよ。派生語だ。スコットランド語だろうな」

「いいですか、我々が探しているのは」クリングが言った。「港湾班が、昨晩あなたのマリーナのボートを止め……」

「ほう？」ポパイが言った。見える方の目が驚きで大きく見開かれている。

「名前はハーリー・ガール、通し番号は……」

「ああ、リンカーか。今朝ここに来たときには、もう戻ってたよ」

「誰のボートかね？」マイヤーが聞いた。

「俺の、というか、キャプショーのだ。あのボートは貸し出したんだ」

「じゃあ、お客さんのではないんだね？」

「そう。俺のだ。今言っただろう。あれは貸し出しに使うボート。俺は、ボートを売ったり、保管したり、メンテナンスをしたりするが、貸し出しもするんだ」

「あのボートは誰に貸したんだね？　覚えてるか？」

「もちろん。なかなかいい青年だったよ。名前は中にある」

「教えてもらえるか？」クリングが聞いた。

「ええ。でもちょっとこれを片づけてしまうから、待ってくれ」

彼は、ボートの一つを洗い流していた。石けんをつけ、ホースで水をかける。マイヤーは、面白そうに見ている。クリングは、川上の方を眺めていた。早朝の交通機関が、すでにゆっくりと橋の下をくぐって隣州に向かっている。

「そのボートはいつ戻って来たんだっけ……」マイヤーが言った。

「今朝、ここに来たときにはもうドックにつないであったぜ」

「出かけたのは？」

「昨晩の薄暮《イーヴングローム》。いい時間帯だ」

「昨晩日没に貸し出した……」

「日没の直前。たそがれ。薄暮《イーヴングローム》」

「ボートを返す時間は？」

「二十四時間のレンタルだったから。実際には、今日の夕方までに返してくれればよかった。今朝、戻っているのを見て驚いたな」

「できれば、名前を教えてもらいたいんだが」クリングが言った。

「いいよ」ポパイは言って、ホースの栓を止めた。「どうぞ」

二人は、彼の後について中に入った。事務所には、蟹壺や漁網がかかっていた。河に面した窓から、何列にも並んだボートが見えた。ポパイはカウンターの後に回り、かがみ込むと一瞬姿を消した。再び姿を現わすと細長い黒い帳簿をカウンターの上にポンと放り出し、頁をぱらぱらとめくりだした。

「名前は、アンディ・ハーディ」彼が二人に言った。

「アンディ・ハーディ？」マイヤーが言った。

「ほら、ここに」ポパイはそう言って、二人が見えるように記録簿の向きを変えた。

「ミッキー・ルーニーだ」マイヤーが言った。「アンディ・ハーディはルーニーが映画でやってた役だ」

「そうか」ポパイが驚いて、見える方の目を見開いた。

「気がつかなかったのかね？」クリングが言った。「その男がボートを借りた時に？」

「まあ、聞いたことがあるような名前だとは思ったね。だが、ここには大勢の連中が来るんだ。多すぎるくらいのことだってある」

「支払い方法は？」

「クレジットカード」

「アンディ・ハーディという名前のクレジットカードを見せたのか？」

「アンディ・ハーディと書いてあったな。免許証も同じだったし、写真も顔に合っていた。ボートを貸すのは車を貸すのと同じなんだ。何かあったらこっちが責任をとらなきゃならない。それに、割合でいけば、自動車事故よりもボート事故の方が多い。ボートに何か——窃盗、火事、事故などが——あった時のために、こっちはクレジットカードを押さえておくんだ」

「そのハーリー・ガールを貸したときも、アンディ・ハーディのクレジットカードを押さえたわけだな」

「そうさ」ポパイが言った。

「ミスター・ハーディの情報はつかめるかな？」クリングがマイヤーに聞いた。

「見込みうすだな」マイヤーが言った。

「免許証も見たぜ、今言っただろう」ポパイが言った。

「あの男は、まともに見えたんだがな」

「おそらくな」クリングが言った。「署に戻ったら、コンピュータでチェックしてみよう」

「それと、うちの連中にあのボートを調べさせたいんだが」マイヤーが言った。

彼はすでに携帯電話を取りだしていた。

「なぜ？」ポパイが聞いた。

「犯罪に使われたかもしれないんだ」クリングが言った。

マイヤーは、そらで覚えている番号をダイヤルしている。

「アンディ・ハーディは、どうやってここに来たのかね？」クリングが聞いた。

「どういう意味だい？」

「歩いてきたのか？　自分の車で来たのか？　それともタクシー？　どうやって来た？」

「黒のフォード・エクスプロアラー。他に二人乗っていて、彼が貸し出し書類を書いている間、車で待ってたな」

「その書類を見せてもらえるかな？」クリングが聞いた。

「いいぜ」ポパイは言って、またカウンターの下をかきまわした。マイヤーは、移動科研班に自分たちの居どころを教えている。

「男と女だろう？」クリングが言った。「もう二人の連中は？」

「どうして知ってるんだい？」ポパイが聞いた。

「車のナンバープレートは、見たかね？」

「見なかったな。さあ、どうぞ」ポパイが、リンカーの貸し出しフォルダーをカウンターの上に置いた。クリングがぱらぱらとめくっていった。確かにアンディ・ハーディだ。住所はコネチカットになっている。

「免許証は、コネチカットで発行されたものだね？」

「そうだった」

「この住所は免許証の住所と同じだね？」

「ああ。そのために見せてもらったんだからな」

マイヤーは携帯電話の〝切〟ボタンを押し、クリングがカウンターの上に広げた書類を眺めた。

「連中は、こっちに向かってる」マイヤーが言った。

「ボートで出かけたとき、バンはここに置いてってたかね?」クリングが聞いた。

「ああ。荷物を降ろして、バンはおいていった」

「荷物を降ろした?」

「ボール箱だ」

「どんなボール箱だね?」マイヤーが聞いた。

「段ボール箱。あんまりでかくなかった」彼は手で大きさを示した。

「仮面が入ってたと思わないか?」マイヤーが聞いた。

「俺にきいてんのかね?」ポパイが聞いた。

「パートナーにだ」

「あり得る」クリングが言った。「ボール箱には何か書いてあっただろうか?」

「なかったみたいだ」

「やつらはバンをおいてったんだな?」

「ああ、駐車場に」

「今朝は、もうなかったんだな?」

「気づかなかったな」

「あんたが来たときだが?」

「気づかなかったな」ポパイが繰り返した。

二人は、容疑者がボートを降りて、バンで出ていった正確な時間を絞り込もうとしていた。

「ボートを借りた人は、普通夜中に返すのかね?」クリングが聞いた。

「いや、普通は時間が切れるときだな。貸出時間が」

「あんたのとこの貸し出しはみんな二十四時間?」

「いいや、一週間のこともあるし、もっと長いこともある」

「でも、今度のは二十四時間だった」

「うん」

「薄暮《イーヴングローム》から薄暮《イーヴングローム》まで」マイヤーが言った。

「そのはずだった」

「だが、ハーディは早く戻した」

「うん」

「ここには、真夜中にボートを受け取る者がいるのかね?」

「夜警はいるがね、ボートの返却をチェックするなんて事は一切しないな」

「じゃあ、みんな、ただボートをドックにおいてってしまうのかい?」クリングが言った。

「誰も、返却をチェックしないで?」マイヤーが言った。

「時間が切れないうちに返すやつなんてあまりいないんだ」ポパイが言った。

「だが、アンディ・ハーディは返した」

「とにかく、この男は何をしたんです?」ポパイが聞いた。

「たぶん、何も」クリングが言った。「夜警は、今ここにいるかい?」

「今朝、ここを開けたときに帰った」

「どうやったら会えるかね?」

「住所を教えてあげるよ」ポパイが言って机の方に向かった。机の上には、セーラー帽の他には何も着ていないような若い女のカレンダーがかかっている。

「電話番号も頼む」マイヤーが言った。


移動科研班の刑事が三人、十一時二十分前に〈キャプショー・ボート〉に到着した。マイヤーとクリングはドックサイドで待っていた。二人ともまだハーリー・ガールに乗っていなかった。というのは、犯人が、もしかするとやたらめったら指紋を残していったかもしれないから、まあ、残していったとして、技術者の仕事に差し支えるようなことをしたくなかったからだ。技術者のチーフ、一級刑事のカーリー……

「カーリーはチャールズの愛称だ」彼が説明した。

……エプワースは、誘拐が発生する一時間ぐらい前に、港湾班が男二人女一人を乗せたここのボートを停止させたというクリングの話を熱心に聞いていた。

「彼女の名前は何だっけ?」エプワースが聞いた。「被害者だが?」

「ターマー・ヴァルパライソ」

「聞いたことがない」彼が言った。「有名なのか？」

「そのはずだが」マイヤーが言った。

「聞いたことがない」彼が再び言った。

「とにかく、リバー・プリンセス号、彼女が連れ去られた時に乗っていたランチの名前だが、これに乗り込んだのは男二人だけだ。だから、女はボートに残って操縦桿を握っていたと思う。そして、おそらく指紋を残している。操縦桿に。二人の男は手袋をしていた。当然だ、よからぬことをたくらんでいたわけだから。女の方はあまり緊張感がなく不注意になっていたかもしれない」

「わかった」エプワースが言った。

「ちょっとアドバイスだが」クリングが言った。

「男がランチに乗り込むときには手袋をしていたというんだろう？」

「そうだ。犯行を行なったときに」

「しかし、帰りには手袋をはずしたという可能性もある」

エプワースが言った。

「可能性ならいくらでもある」マイヤーが言った。

「俺にとっちゃ幸運な日になるかもしれん」エプワースがにやにやしながら言った。「例のランチの名前は何と言ったっけ？」

「リバー・プリンセス号」

「署にその船のファイルがあったような気がする」

「誰かが、何かをつかんだのか？」

「さあ。俺の机の上に載ってたわけじゃないから」

「というのも、この件は大いに注目を集めているんだ」

「どういう意味だね？」

「新聞とかテレビとか」

「我々は、ここにいた方がいいのかい？」クリングが言った。

「名刺をおいてってくれ。連絡するよ」

「二、三時間は署に戻らない予定だ」クリングが言った。

「目撃者と思われる連中に会わなければならないんだ」

「何の？　誘拐のか？」

「百十二人いる」

「大胆なやつらだ、そうだろう？」

「定義によるよ」

「〝勇敢〟とは言ってない。〝大胆〟と言ったんだ」

「そうだな。で、ここはいつごろ片づくんだ？」

エプワースが腕時計を見た。

「一時か、二時頃だろう」彼が言った。「船が、どのくらいきれいかによる」

「その頃には、俺たちも戻っている」

「あんたなら見つけるよ。心配するな」エプワースが言った。「連邦の連中は来たのか？」

「まだだ」クリングが言った。

「でも、注目を集めていると言ったろう？」

「そうだ」

「嗅ぎつけてくるぞ。賭けてもいい」エプワースはそう言って、ハーリー・ガールの船尾のゲートを開け、自分の仲間に合図した。「船に乗ったものは？」彼が聞いた。

「犯人らしき人物だけだ」マイヤーが言った。

「じゃあ、簡単だな？」エプワースはそう言ってニヤリとした。


バーンズ警部が、その日曜の十二時半に電話してきたとき、キャレラはぐっすり眠っていた。礼儀正しく、四回ほどベルが鳴るのを待った後、今日はファニーが休みを取り、テディが公園に子供を連れて行ったことを思い出した。急いで受話器を取った。

「キャレラです」彼が言った。

「スティーヴ、ピートだ」

「はい、ピート」

「本部長に話してみた。すぐ、例のテープをハニー・ブレインに返した方がいい」

「ブレアです」

「どっちでもいいじゃないか、ともかく市が大きな訴訟をかかえこまないうちに返すんだ。チャンネル・フォーはもう市長にコンタクトをとっている。市長は度胸がないという評判だ。だから、本部長に、いかにも弁護士然と偉そうに不法捜査やら不法差し押さえやらとお説教したそうだ……」

「そうですか」キャレラはうんざり声で言った。

「だから……とにかく、テープはどこだ?」

「私の机の、一番下の引き出しです」

「電話を入れて、制服の誰かにひとっ走りさせよう」

「だめです。引き出しはロックしてあるし、鍵は私が持ってます」

「このブレインという女は……」

「ブレアです」

「……チャンネル・フォーのオフィスで、我々がテープを届けるのを待っている。テレビ局の弁護士たちと一緒だ。三時までは待ってくれる。過ぎれば、訴訟を起こす。それまでにテープを届けることができるか?」

「ええ。でも、あれは証拠品だと今も思ってるんですがね」

「テレビ局の方は、四千万ドルのスクープだと思っている……」

「俺が一週間で稼ぐ以上だ」キャレラが言った。

「……もしテープが三時までに届かないと、連中は四千万ドルの訴訟を起こす。刑事部屋までひとっ走りして、テープを届けられるか?」

「もちろん」キャレラは言って、あくびした。「今何時ですか?」

「十二時三十五分」

「コットンを起こしましょうか? 我々はまだこの件を扱ってんですか?」

「俺の知ってる限りはな。連邦の連中が現われたって話はまだ誰も聞いてない。だからこれは我々のものだ。ラッキーだと思わないか?」

「ええ、ええ、そうでしょうとも」

「例の歌手はそんなに大物じゃないんだろう？　マイヤーとバートはボートについて何かつかんだのか？」

「俺は寝てたんですが、ピート」

「そうだった、すまない。この件に張りついててくれ、お前たち四人で。ルーミスに電話して身代金の要求があったか聞いてみろ。もしこの件が本当に俺たちのものなら……」

「今、俺たちのだと言ったばかりですよ、ピート」

「まあ、そうだ」

「どうも心許ないですねえ」

「驚いてるだけだ。当然連邦さんがやってきてもいい頃だからな。とにかく、ルーミスに電話しろ。彼のオフィスはもう開いているのか？」

「わかりません」

「きみは言ったろう、ルーミスは自分が身代金を要求されると思ってると？」

「ええ、彼がそう言ったんです」

「犯人はどこでルーミスに連絡がつくか、どうやってわかったんだろう？　彼の自宅の電話番号を知ってるのか」

「知ってます」

「やつらも彼の自宅の電話番号を知ってると思うか？」

「あやしいですね」

「じゃあ、明日あたり彼のオフィスに電話してくる、そうだな？　そういうことなら、科研班に何か装置をつけてもらおう。録音装置なら裁判所の令状は必要なかろう。ルーミスは協力的だし、彼の電話だ。しかし、追跡器用に令状が一通必要だ。もしかするともっと必要かもしれない。今日装置を取りつけてもらうようにしろ。明日の電話に間に合うようにな。電話があるとしての話だが」

「すぐ手配します」

「誘拐はいやだ」バーンズはそう言って、ため息をついた。

二人とも黙ってしまった。

「あのテープを、どうしても見ておきたいんですが」キャレラが言った。

「テレビで見ることになるだろうよ。何度も何度もな。しかし、三時まで時間がある。返す前に見たらいい。誰にもわかりゃしない」

「それは命令ですか？」

「提案だ」


夜警の名前は、アブナー・カーモディだった。

その日の午後一時、マイヤー刑事とクリング刑事がドアをノックしたとき、眠っていた。マリーナから帰ってくる八時までは寝られないんですよ、と文句を言った。それから、いつも三時か四時まで眠って、遅いランチを食べ（見方によっては早い夕食だが）、また六時に仕事に出かけ、午後六時から朝六時までの一日十二時間（見方によっては一晩十二時間）の勤務に就くのだと言った。

「〝男は日の出から日の入りまで働く〟」彼がいきなり言った。「〝だが、女の仕事に終わりはない〟だから、なぜ俺を起こすんですか？」


カーモディは六十代ぐらいだろう、と刑事たちは見当をつけた。玄関に出てきたとき、縞のパジャマを着てメガネをかけていた。刑事たちに中に入るようにと言わなかった。刑事たちも別に入りたくなかった。この男は容疑者ではないし、部屋の中で見たいものもない。

「昨晩、たぶん十一時半か十二時頃」マイヤーが切り出した。「二十七フィートのリンカーが帰ってきた。乗ってた者はボートをつないで、黒のフォード・エクスプロアラーで走り去った。そいつらを見なかったかね？」

「いったい、何なんです？」

「たぶん、何でもない」

「じゃあ、なぜ夜明けに起こすんです？　何でもないのに？」

「後で、また来てもいい、その方がよければ」クリングが言った。令状を持って、ともう少しで言いそうになったが、黙っていた。

「もう目が覚めましたよ」カーモディが言った。

「ボートが帰ってくるのを見たかね？」

「いや、巡回してたんだと思う、マリーナの反対側を。でも、箱をバンに運んできて、走り去るのは見ました」

「どんな箱ですか？」

「ボール箱、たぶん、このくらいの大きさ」彼は手を使った。「縦横二フィートか三フィートぐらい。それより大きいことはない」

「重い箱？　重そうに見えたかね？」

「別に。女が運んでたから、そんなに重いはずはないでしょう？」

「仮面だ」マイヤーが言った。

クリングが頷いた。

「どんな様子だったかね？」彼が聞いた。

「一つだけですよ。普通の厚手の紙の箱。茶色の。ご存じでしょう、段ボールのです」

「バンに乗り込んだ人間の方を聞いているんだ。見たかね？」

「ああ、見ましたよ。バンはナトリウム灯の下に駐めてあったから」

「男二人に、女一人だろう？」クリングが聞いた。

「ええ、男二人に女一人。三人とも黒ずくめだった——ジーンズからスウェットシャツからジョギングシューズまで。男の一人は黒い巻き毛、もう一人はまっすぐなブロンド。女は赤毛だった」

「何歳ぐらいだと思う？」

「女の方か？　二十代の初め」

「で、男は？」

「二十代後半か、三十代の初めだろうな」

「バンのナンバープレートには気づかなかったろうね？」

クリングが聞いた。

カーモディは気を悪くしたようだった。

「俺は夜警《ウォッチマン》ですよ」彼が言った。「俺の仕事は見張ること《ウォッチ》だ」

そう言って、彼はナンバープレートの文字という文字、数字という数字を並べ立てた。

キャレラとホースがチャンネル・フォーのテープを見るために休憩室に入ると、一人の巡査がベッドで向こうむきに眠っていた。この古い建物の地下においてあるテレビは、八〇年代の遺物だった。画面は二人の家にあるテレビの画面よりずっと小さかった。しかし、付属のＶＴＲがついているから、目的は達せられる。

テープを見るのは、奇妙な経験だった。

二人は、この犯罪について百十二人から百通りもの報告を受けていた。だから、ある意味では熟知していた。そして、ある意味では、その犯罪をもう一度見るわけだった。しかし、初めて見るものでもあった。客観的に。誰からも、男たちは背が高いの低いの、あるいは服は黒か青かグリーンかなどと言われずに。誰からも、犯罪行為について誤った詳細を吹き込まれずに。自分が、直接見たり聞いたりするのだ。それは、誰かが国民に直接話しかけているのを目撃しているような感じだ。数分後に、テレビコメンテーターがそれについて何やら言うのを見るのとは大違いだ。

ホースとキャレラは、たちまち意見が一致した。この子はスターだ。

まず、ホースが意見を言った。

「彼女、いいね」

彼らはタレントのスカウトではない。

それでも、彼女はいい。

「非常にいい」キャレラが、同意した。

彼らは、ターマー・ヴァルパライソが〝**ぼろろんの樹のかたえにて、られられしき思いに立ちつくして**〟いるところを見ていた。今しも襲われようとしているのに気づかずにいる。そこへ、登場する。大きくて筋肉隆々の、あのバンダースナッチかジャバーウォックが。どちらにせよ、彼女の父親が数秒前に警告した者だ。突然ダンスフロアの左手のスクリーンの後から跳びだしてくる。怖い粘土色の仮面をつけ、恐ろしげな形相で。刑事たちでさえ、暗い小道で会いたくもない。

続くレイプ未遂の場面はいかにもリアルだ。

キャレラもホースも進行中のレイプを目撃したことはない。しかし、あまりにも多くの被害者の証言を聞いてきたから、この犯罪がどういうものかよくわかっていた。強姦者を演じているダンサーは――このビデオはレイプをダンスで表現していると解釈せざるを得ない――レイプが、セックスとは無関係で（服を引きちぎられたターマーがどんなにセクシーに見えようとも）、力だけの問題だということを完全に理解しているように見える。この生物、この物、この獣は、怒りにまかせ、自分の半分しかないサイズと体重の少女を圧倒する決意でいる。力そのものによって、自分が優位にあり、支配しており、主人であることを、そして征服し、侵入し侵略し、最終的に屈辱を与え、辱め、卑しめ、名誉を汚し、完全に破滅させるつもりでいることを証明する決意でいる。それがレイプなのだ。性交が目的ではない。誰が誰を所有しているかを見せつけるものなのだ。


彼らは、介入したい気分になった。

跳び上がって「警察だ！　やめろ！」と叫びたくなった。

たぶん、眠っている巡査も起こして。

それほど、テープはリアルで恐ろしかった。

もちろん、最後はめでたしめでたしとなる。現実のレイプと違って、これはハッピーエンドだ。少女は想像上の武器に手を伸ばし、暴行者に斬りつける……

「**いち、に！　いち、に！　ぐっさりぐさり、目にも止まらぬけしにぐの剣、手練の早業！横たわりたる死体より、刎ねたる首をば小脇にかかえ、たからからからと帰り来たりぬ**」

か弱い女が、強い男を倒すために強い男になる。ここにどんなメッセージが込められているのか？

テープは終わった。

怒りに燃える真紅の仮面をつけた獣は、ターマーの足下に死して横たわっている。

再びBフラットの音だけ。あの単純なベースの反復音。

そしてターマーがブルースに似たオープニング・メロディへと流れるように歌い出す。
「なんと、なんじ、ジャバーウォックを打ちとったな？
さても、わがかんがやかしき息子よ、この腕に来たれ！
おお、よろこばしき日よ！　カルー！　カレー！
心おどりていびき笑いをいびき笑う親父どのなりき」
ターマーの目が輝き、声が響き渡る。彼女は無事に帰ってきたのだ。
「彼女、すばらしいね」ホースが言った。
「スターだ」キャレラが同意した。
「そはゆうとろどき　ぬらやかなるトーヴたち
まんまにてぐるてんしつつ　ぎりねんす
げにも　よわれなる……」
「動くんじゃねえ！」
「来たぞ」ホースが言って、前に乗り出した。
犯人が、登場した。
刑事たちは、熱心に画面を見つめた。

これは優れた技術者の手になるプロのテープだ。たまたま事件現場に通りかかったマイカーの運転手が車の窓から撮影したようなものではない。銀行やスーパーに設置されているカメラが撮った、不鮮明で人物特定の役に立たないような代物でもない。これは、はっきりして、鮮明で、焦点が定まり、詳細で、真に迫っている。進行形の犯罪の記録である。この国のいかなる法廷においても説得力を持つだろう。

男たちの顔は見えない。仮面を被っているからだ。悪事に余念のない二人の紳士、サダム・フセインとヤセル・アラファトが、黒の長袖のスウェットシャツ、黒の革の手袋、黒のデニムのズボン、黒のランニングシューズに身を包んでいる。

「リーボックだ」ホースが言った。

何とかラベルが読めたところだった。

キャレラが頷いた。

武器はＡＫ－四七。間違いない。

背の低い方、サダム・フセインは左利きだ。少なくともライフルを左手に持っている。それを天井に向けている様は、本物のフセインが空に向かって発砲しようとしているみたいだ。右手はマホガニーの手すりに載せている。

「痛！」ホースが言った。フセインが、黒人のダンサーをライフルの銃床で殴ったところだった。

彼らは、見続けた。

「ひでえやつだ」ホースが言った。フセインがターマーに平手打ちを食らわしたのだ。

もう一人の背の高い方、ヤセル・アラファトが彼女の顔に濡れたぼろ切れを押しつけた。

「動くと女を殺す！」フセインが叫んだ。

「あの男の声、黒人のように聞こえるか？」キャレラが聞いた。

「わからない。仮面でちょっと声がくぐもっている」

「目撃者はみんな、犯人は黒人だと思っているようだ。俺はそうとも言い切れない。あんたは？」

「もう一度、見よう」ホースが言って、巻き戻すため立ち上がった。

「どうしたんだ？」眠っていた巡査が、頭を持ち上げて聞いた。

「何でもない。休んでろ」ホースが言った。

「一晩中起きてたんだ」巡査はそう言うと、再びベッドに転がった。

二人は、あと二回テープを回した。

二人とも何か見落としている感じがした。

しかし、何だかわからなかった。

4

ケリーが、クローゼットのドアの南京錠を外し、ドアを開けたとたんに見たものは、彼女をにらみつけている一対の茶色の目だった。あわててドアをバタンと閉めた。

「ああ、どうしよう!」彼女はぎこちない手で南京錠を掛けがねにかけると、再びぱちんと閉めた。「エイヴ」彼女は叫んだ。「見られてしまった、どうしよう、エイヴ、見られてしまったわ!」そしてキッチンに駆け込んでいった。

二人の男は、窓際の小さな丸いテーブルに座って、カルが近くのピザ屋から持ってきたピザを食べていた。

「どうしたんだ?」エイヴリーが聞いた。

「ドアを開けたら、彼女が私を見てるのよ」

「で、どうした?」

「ドアをバタンと閉めたわ」

「じゃあ、ちらっと見ただけだ。そうだろう?」

「だけど、私を見たのよ」ケリーが今度はもっと静かに言った。ベッドの下に怪物がいるんだ、本当だよ、と両親に説明している幼い子供のようだ。「あの子、私だってわかるわ。後で、解放したときに」

「お前がどんな顔だったか覚えてなんかいないさ。ちらっと見ただけだろう?」

「そうだけど……」

「また仮面をつけよう。心配するな。大丈夫だ。ちらっと見ただけだ」

「あいつ、何してた?」カルが聞いた。「目隠しをはずしてたのか?」

「ドアを開けたら、目を大きく見開いて私を見てたわ」ケリーは頷きながら言った。

「これからは仮面をつけよう」エイヴリーが言った。「ピザを食べないか?」

「おいしいの？」

「うまいぜ」カルが言った。「あいつ、びくついてたか？」

「怒ってるみたいだったわ」

「あいつはびくつかなきゃいけないんだ。ピザを食ったら、脅かしてやろう。仮面を被って徹底的に怖がらせるさ」

「お前は、彼女に近寄るな」エイヴリーが言った。

「とにかく、どうしてドアを開けたんだ？」カルが聞いた。

「何か食べたいかと思って。私たち、彼女を飢え死にさせる予定じゃないでしょう？」

「二十五万ドル手に入れること、それが俺たちの予定だ」エイヴリーが言った。「そして、彼女を無事に傷つけずに返す。一巻の終わり」

「そう言おうとしてたのよ。無事に傷つけずにって」ケリーが言った。「ということは、食事を与えるってことでしょ？」

「ちゃんと食べさせるよ、心配するな」エイヴリーが言った。

「ああ、ちゃんと面倒を見てやるさ、心配するな」カルはそう言って、ピザに噛みついた。エイヴリーが彼を見た。

「何だよ」カルが聞いた。

「いいか、彼女に近づくな」

「あいつに近づいたのはケリーだ。俺じゃないぜ」

「後で、彼女に話してやろう」エイヴリーが言った。「食べ終わったらな。誰も傷つけるようなことはしないとわからせてやる」

「彼女、ほんとに怒ってるみたいだったわ」

「ちょっと脅す必要があるな」カルが言った。

エイヴリーが再び彼を見た。

「冗談だよ」カルは言って、降参のように両手をあげた。

「ピザを食いなよ」エイヴリーがケリーに言った。

彼、とっても落ち着いてるみたい、と彼女は思った。

たぶん、落ち着きすぎている。

あの子が私の顔を見たのに。

チャンネル・フォーのオフィスは、ジェファーソン・アベニューからちょっと入ったムーディ・ストリートの高層ビルにあった。ホースは、花崗岩の壁から滝が流れ落ちている小さな公園を抜けて、ガラスとステンレスの堂々たる建物に近づいていった。日曜の午後の明るい日差しを浴びて、数人の老人が丸い金属製のテーブルに座り、カプチーノを飲んだりサンドイッチをむしゃむしゃ食べていた。ホースは、あんなふうに年取るのは、そう、五十や六十になるのは、どんな感じだろうと思った。

ここのセキュリティは、厳重だった。

がっちり身を固めた制服姿の警備員が、聖書台サイズの机で名前をチェックしている男の隣に立っている。ホースは前もって電話しておいた。だから、ハニー・ブレアは彼の来るのを待っている。しかし、台のうしろの男は、ホースに署名するように要求し、茶封筒を開けて中のビデオをチェックし（封筒には〝警察――証拠品〟という言葉が書いてあったが）、それから階上に電話した。それで、やっとホースはエレベーターに向かうことができた。

ハニーは、七階の廊下で待っていた。

きちんと仕立てた黄褐色のスラックスをはき、グリーンのコットンのニットセーターを着ていた。ショートスカートや肌も露わなトップを着るのは、もっぱらカメラ向けなのだ。彼女は証拠品の入った封筒を受け取ると、警備員がやっていたように、留め金を外し、中のビデオをチェックした。満足すると、そっけなく頷いて言った。「ありがとう。感謝するわ」そして、向こうに行きかけたとき、ホースが声をかけた。「あのう」

彼女は立ち止まった。

「申しわけないと思ってます」彼が言った。「でも、我々は仕事をしていたのです」

「私の仕事の邪魔をしてね」彼女が言った。「お陰様で……」彼女は腕時計を見た。「今、三時。このテープはきのうの夜十一時に放送されるはずだったのよ。もう《ファイヴ・オクロック・ニュース》までだめだわ。だから、十七時間も私に損をさせたのよ。私のスクープは排水溝に流れてしまった」

「でも、まだ……」

「誰かが見てくれたとしても、その頃には古いニュースになってるわ」

「大いに注目を集めますよ。非常にいいテープでした」

「まあ、見たの？」

「証拠品です」彼は言って、ちょっと子供っぽく肩をすくめた。

「たぶん、そんなことすべきじゃなかったのよ」

「たぶん、そんなことしたと言うべきじゃなかったんだ」

ハニーは頷き、彼の顔を見た。

「もう一度見ますか？」彼女が聞いた。

エイヴリー・ヘインズは、クローゼットのドアをノックした。

「今ドアを開けるから」彼が言った。「バカなまねは一切するな。誰もあんたを傷つけたりしない。わかったな？あんたが喋れないことはわかっている。だが、俺の言うことがわかったら、ドアをキックしろ、いいな？　クローゼットから出してあげるつもりだ。オーケー？　わかったらドアをキックしろ」

ドアを激しく蹴る音がした。

さらにもう一つ。

続いて数回。

激しい怒りのキック。

「あんたを出してもいいか、迷うな」エイヴリーが言った。

またもや、何回かキック。

「大いに迷うな」彼が言った。

そして待った。

それ以上、キックはなかった。

彼は、ケリーから受け取った鍵を取り出し、ぶら下がっている錠に差し込み、ひねり、差し金から錠を外した。一時的に床の上に置いておいたＡＫ‐四七を取り上げ、用心深くドアを開けた。

彼女は、クローゼットのうしろの壁に背中をもたせて床に座っていた。膝をおって長い足をたたんでいる。スカートがびりびりに破け、パンティが見えている。最初、茶色の目は大きく見開かれていたが、突然どっと入ってきた光に、彼女は目を瞬いた。

「バカなまねはすんな」彼が言った。

彼女は、再び目を開けた。

彼は、まだばかげたハロウィーンの仮面をつけていた。頭からすっぽり被る例のゴムでできたやつだ。彼はヤセル・アラファト。彼女はまっすぐ仮面を見つめた。仮面の穴の目を読もうとした。

「よく見ろよ」彼が言った。「茶色だ。あんたと同じ」

彼女は首を伸ばし、顎を上げ、頭を激しく左右に振った。猿轡を外してほしいと言っている。

「あんた、大声をあげるだろう」彼が言った。

彼女は首を振った。

「大声を出すと、痛い目に遭わせる」彼が言った。

彼女は首を振り続けた。大声は出さない。

「腹が減ってるか？」

彼女は肯いた。それから、首を強く何度も何度も何度も振って、どうか猿轡を外してくれと頼んだ。

「大声を出さないと、約束しろ」

彼女は肯いた。茶色の目を天に向けて、厳粛な約束をした。彼は微笑んだ。

「向こうを向いて」彼が言った。

彼女は、頭を向こうに向けた。

彼は、ちょっとの間ライフルを床に置き、両手の指を使って結び目を引っ張り始めた。彼女はゆるんだと感じた瞬間に猿轡を吐き出した。咳をし続けた。彼は、彼女が叫び出すのではないかと思った。叫べば、殴ろうと身構えた。殴りたくはなかったが、叫ばれれば殴るつもりだ。

「大丈夫か？」彼が聞いた。

彼女は肯いた。

「腹ぺこか？」

彼女は再び肯いた。

「足のひもをほどいてやろう」

彼女は肯いた。

「逃げようなんてしないだろうな？」彼が聞いた。

手のひももほどいてくれるまではね、と彼女は思った。

「逃げようなんてしないわ」彼女が言った。

喉が渇いていた。ずっと猿轡を嚙まされていたんだ。

「もし大声を出したりしたら……忘れんなよ」

「大声なんか出さないわ」

「お前を殴る」

「忘れないわ」

「いいだろう。じゃあ、今足のひもをほどくからな」

よかった、と彼女は思った。一度に、一歩ずつだわ。

彼女は、脚を彼の方に伸ばした。突然、衣装がずたずたに切れ、半分裸なのに気がついた。もう少しで脚を引っ込めるところだった。彼は気づいてないようだ。ポケットから跳びだしナイフを取り出し、パチンと刃を出した。ダクトテープを水のように易々と切り裂いた。彼女は、銃よりもナイフの方が怖かった。

「さあ、立てるかな？」

「ええ」

「立ってみるか？」

彼はナイフを閉じ、ポケットにしまった。彼女は突然、昨晩自分がどこにいるかがどうしてこの男にわかったんだろうと思った。クルーズは公表されてなかった……そうね、招待客の誰かが喋ったのかもしれない。ビデオづくりに関わった誰かがこの事件に絡んでいるのかもしれない。いろいろな顔を思い浮かべた。カメラ班の裏方、舞台係、小道具係、照明係、音響技術者。このうちの一人が共犯者なのだろうか？

「信じろ、俺たちはあんたを傷つけるようなまねはしない」彼が言った。

「信じるわ」彼女が言った。「あなたの要求は何なの？」

「ただ、あんたを無事に傷つけずに返すことだ」

「そうじゃなくて……いくらほしいの？」

「あんたに関係ない」

「誰に払ってもらうつもり？」

「バーニー・ルーミス」

彼はバーニーの名前を知っている。いくらにせよ、バーニーにおカネを要求するつもりだ。まだ要求してないとすればだけど。これは内部の犯罪に違いない。誰か事情がよくわかっている者……

「明日の朝、電話する。できるだけ早く交換の取り決めをする」

交換なのね、と彼女は思った。私とお金の。

いくらかしら？

「すべて、うまく行くだろう」彼が言った。「俺を信じるんだ。あんたを傷つけたくないし、どんなトラブルも望まない。いいか、大声をだすのだけは止めろ。それからバカなまねはするな。わかったな？」

「バカなまねなんかしないわ」彼女は約束した。

「どっちにしろ、誰にも聞こえないから」彼が言った。

「何マイルも、このあたりには人っ子一人いない」

彼女は、何も言わなかった。この人私に嘘ついているのかしら？

「何か食べるものを持ってこよう、いいな？」彼が言った。

「おしっこしたいわ」


小さな暗い上映室は明らかに興奮が支配していた。

ハニーとホースは、クッションのきいた映画館のような椅子に並んで座っている。一列八席が六列。各椅子の肘掛けには、カップホルダーがついている。二人は三番目の列に座っていた。ホースは光栄に感じた。ここはお偉方の部屋なのだ。これも興奮の一部だった。彼はただの平刑事で、テレビ界の美人名士からVIPのようなもてなしを受けている。

もう一つの興奮は、ビデオそのものに関係していた。こんな立派な部屋の六十インチの画面で見るのは、狭苦しい休憩室の年代物のテレビで見るのとは大違いだった。おまけにあの時は十二フィートと離れていないベッドで巡査が鼾をかいていた。ここでは、テープはもっと刺激的で、もっと差し迫って見えた。

さらに、ホースは、刑事の目ばかりでなくハニーの目を通して見ていた。ハニーは、急激な事件の展開に反応するだけでなく、今から一時間半もしない《ファイヴ・オクロック・ニュース》で放送されるという期待に反応していた。二人の仮面を被った犯人がマホガニーの階段を降りてきたときは、実際にホースの手をつかんでひねった。左利きの犯人が黒人のダンサーを殴ったときは、「まあ、ひどい」と叫んだ。そして、ターマーをひっぱたいたときは、たじろいで頭をホースの肩に埋めた。ホースはもう少しでいってしまうところだった。

「どのくらいの人が、これを見るか知っている?」彼女が聞いた。目が輝いている。じっと座っていられそうもなかった。

「どのくらい?」彼が言った。

「三千万人」

「そんなに大勢の人がローカルニュースを見るの?」

「誰がローカルって言った? この市で五時に放送したら、次に、全国ネットワークで二度目の放送をするわ。今晩六時半、アメリカ中の男も女も子供も見るのよ! わあっ、すごい、コットン」彼女はそう言うと、衝動的に彼の方に身を寄せて頬にキスをした。

おっ、いいぞ、と彼は思った。

マジェスタの一〇四分署のアダム・フォーに乗っていた二人の巡査は、四時十五分前、勤務交替時の点呼で指示を受けていた。だから、ナンバープレートがKBG七四一の黒のフォード・エクスプロアラーを探さなきゃならないことは知っていた。しかし、見つかるとは思っていなかった。

盗難車のほとんどは、盗まれてから十分後には解体屋に納まるのがおちなのだ。

だから、昔はイタリア人、今はイスラム教徒の町の比較的静かな日曜日の午後の通りを走りながら、実を言うと、容疑のフォード・エクスプロアラーを捜すよりも、映画館や地元のバーをどこかの狂人が爆破させはしないかと心配していた。その時突然、見よ、あるではないか！

「確認してくれ」車を運転していた方が言った。

ショットガンを持っていた巡査が手帳を広げ、点呼の時に書き込んでおいたナンバープレートをチラッと見た。

「あってるぞ」彼はびっくりしたように言った。

「明日は、宝くじを買うぞ」運転手は言って巡査部長に連絡した。

その日の午後四時二十分、バーニー・ルーミスは、ダウンタウンのモンロー・ストリートにあるリオ・ビルディングの入口で、自分とキャレラの名前を書き込み、日曜の午後の広く閑散としたロビーを先に立ってエレベーターまで行き、二人は二十三階に上った。

受付のあたりは人気《ひとけ》がなく静まりかえっていた。

バイソン・レコードのロゴ——黒の円盤に乗った大きな茶色のバッファロー——が無人の机の後から二人をじっと見ている。ルーミスは、入口のドアの横に取りつけてあるキーパッドに四桁の番号を打ち込んでから、廊下を歩いていった。壁にはバイソンのレコード歌手の写真が飾られている。キャレラはターマー・ヴァルパライソしかわからなかった。

ルーミスの専用事務室には、市のスカイラインが見渡せる広い窓が二つあった。そして、巨大な黒の机、黒の革とクロームの椅子、高価なオーディオセット、大きなフラットスクリーンのテレビ、机にマッチした木製のバーがある。壁には本物と思われるピカソの作品がかかっている。

「その男は何時に来るんですか？」ルーミスが聞いた。

「四時半と言ってあります」

「やることはわかっているんでしょう？」

「ええ、わかってます」

カート・ヘネシーは四時三十五分に着いた。階下の警備員が、通してもいいか確認の電話をしてきたから――三級刑事で、バッジと身分証明書を見せたにもかかわらず――ヘネシーがエレベーターを降りたとき、ルーミスが受付のところで待っていた。ヘネシーは大きめのアルミのスーツケースを二個持っていたが、ルーミスがまたもや四桁の暗証番号を打ち込んでいる間、それを床に降ろしていた。

「ここはまるでフォート・ノックス（ケンタッキー州にある合衆国金塊貯蔵所）ですな」彼が感想を述べた。

「まあ、音楽産業ですが」ルーミスが言った。

ヘネシーは再びスーツケースを持ち、ルーミスの後からオフィスまで廊下を歩いていった。

「ここはあんたの担当かね？」彼がキャレラに聞いた。

「キャレラだ。八七分署の」

「ヘネシー。科研班。何をしたらいいんだ？」

「録音と追跡」キャレラが言った。

「裁判所の令状を見せてもらえるか？」

キャレラはジャケットの内ポケットから令状を引っ張り出した。ヘネシーが黙って読んだ。

「簡単だ」彼が言った。「ミスター・ルーミス、あなたの個人回線がありますか？」

「ありますが？」

「やつは、その番号を使いそうですかね？」

「いや、知るのは不可能ですよ」

「ふーむ。それほど簡単でもなさそうだ」ヘネシーが言った。「つまり、やつがあなたに電話するには、ここの代表番号にかけなければならない。そういうことですね？　バイソンの番号にかけるんですね？」

「ええ、そう思いますよ」

「で、かかってきた電話は交換機を通るということですね？」

「ええ」

「そうすると、電話回線をまるごとセットしなおして、バイソンが受ける電話を全部このオフィスに直接来るようにしたいのでなければ……」

「いや、それはしたくないですな」

「私もそう思いますね。じゃあ、どうするか」彼は声を出して考えていた。「電話は交換機を通らなければならない。交換手は何も知る必要はない。いつもの仕事と同じ。オーケー。彼女は電話をここにいるあなたにつなげばいい。さあ、仕事をさせてもらおうか」彼は言って、ジャケットを脱ぎ、かけるところがないか探し……

「私があずかろう」ルーミスが言った。

……それから、アルミのスーツケースの一つを開けた。

「いつもは」彼は、スーツケースの中からさまざまな道具を取り出しながら言った。その道具をルーミスのよく磨かれた机の上に置こうとすると、ルーミスの顔に警戒の表情が浮かんだ。彼はカーペットの床の上に道具を置いた。

「いつもはワイズ・ガイ（マフィアの意がある）がたむろするような場所に盗聴器を設置します。おわかりでしょう？　捜索令状と同じ裁判所の命令を手に入れます。というのも、同じことをしているわけですから。つまり、会話を差し押さえるんですな。たとえ悪いやつらの話だとしても。スティーヴン・ソンドハイム（アメリカの作詩作曲家）を知ってますか？」彼が聞いた。

「知ってるが？」ルーミスが言った。

「知ってるけど？」キャレラが言った。

「なぜ彼は『ワイズ・ガイ』という本を読まなかったんだろう？　なぜ〝ワイズ・ガイ〟っていう表現を聞いたことがなかったんだろう？　なぜ二人の兄弟の――一人はウェルター級のボクサー、もう一人は建築家だが――ミュージカルを書いて、二人がギャングでもないのに《ワイズ・ガイ》というタイトルをつけたんだろう？　彼はインテリのはずなのに、どうしてこういう事を知らないんだろう？　とにかく、ここでも同じ事だ。我々は会話を差し押さえる……だから、裁判所の令状が必要となる、キャレラ。もちろん、先刻ご承知ですよね？　とにかく、法廷で効力を持たせようと思えばね。どういうふうにやるかというと、録音器を設置して、法執行官が、我々のことだが」彼はそう言ってキャレラにウインクした。「イヤホンをつけてかかってくる電話を全部聞けるようにする。その間も録音装置が音声で作動し録音を始める。自分の電話に向かって息をするだけでも作動するんだ。その一方で追跡装置が、相手先の電話番号を教えてくれる。A、B、Cのように簡単でしょう？」彼は言った。「さあ、仕事だ、カート」彼は自分に言った。「このステキな紳士方と暇つぶしなどしてないで」

カーリー・エプワースは技術者で、ハーリー・ガールを船首から船尾まできれいに調べ上げたチームのリーダーだ。その夜の六時に電話し、クリング刑事と話をしたいと言った。クリングはすでに帰宅していた。

エプワースは伝言を残した。例のボートに指紋は残っていなかったが、繊維と髪の毛を見つけたから、逮捕したときに照合することができるかもしれない。

六時十五分、ハニー・ブレアの誘拐テープが《夜のニュース》で全国放送される十五分前のことだ。ヘンリー・ダマトという刑事が八七分署に電話してきた。バート・クリング刑事に話をしたいと言う。クリングは、ナンバープレートがKBG七四一の黒のフォード・エクスプロアラーをすべての署で探すよう手配しておいた。ダマト刑事は、クリングはすでに帰宅したと言われたため、容疑の車を発見したこと、それをマジェスタの一〇四分署の裏に置いてあること、そして、その後の指示を待っている旨の伝言を残した。もしクリングが折り返し電話するなら、夜中の十二時まで署にいるとつけ加えた。

ハル・ウィリス刑事は、ハーブ河の上で起きた誘拐事件の概要を説明されていた。だから、これは重大だと思い、クリングに電話した。クリングも同意見で、ただちに一〇四分署に電話を入れた。

「交通局に問い合わせてみたかね？」ダマトに聞いてみた。

「ええ。ポリー・オルソンという女性の名義になっています。住所が必要ですか？」

「頼む」クリングはそう言って耳を傾け、住所を走り書きした。

「盗難届は出ていましたか？」

「調べる機会がなかった」ダマトが言った。

「こちらで誰かにやらせます」クリングはそう言い、お礼の言葉を述べるとすぐにウィリスに電話した。

「ハル」彼が言った。「あのフォード・エクスプロアラーの洗い出しをしなきゃならない。ポリー・オルソンという女の名義になっている。住所はバード・ストリート三一七だ。シップ・キャナルのそばだと思う。盗難車リストにこのフォードが載ってるかチェックしたらどうだ？　いずれにせよ、ひとっ走りして、ヴァルパライソが拉致された時、この女がどこにいたか調べてもらわなきゃならない」

「どうして？　彼女も一枚嚙んでると思うのか？」

「俺は、この車がマリーナで目撃された車だということしか知らない。そして、それが彼女のものだってこと。だから、彼女の言い分を聞こうじゃないか」

「俺から見ると」ウィリスが言った。「これには二つの可能性しかない。その車は盗まれた。その場合そのご婦人は車を見つけてくれたことに感謝する。あるいは、その車は誘拐に使われた。その場合、俺がドアをノックすると、ご婦人は俺の顔めがけてぶっ放す」

「無断立入許可証《ノーノック》を申請した方がいいかもしれないぜ」クリングが半分真面目に言った。

「正気の裁判官が発行してくれるものか？」

「じゃあ、何も心配することはないじゃないか、そうだろ？」

「あのなあ」ウィリスが言った。「あんたが行って話をしたらどうなんだ？」

「俺は非番だ」クリングはそう言って、電話を切った。そしてすぐ移動科研班に電話した。

「アル・シーハンです」男の声が言った。

「やあ、アル」クリングが言った。「八七分署のバート・クリングだ。昨晩起きた誘拐事件を扱ってるんだが……」

「やあ」シーハンが言った。「俺もリバー・プリンセス号を調べた技術者の一人だよ。何か？」

「そうなのか。アル、事件に使われたかもしれない車を見つけたんだ。黒のフォード・エクスプロアラー。マジェスタの一〇四分署の裏に止めてある。ヘンリー・ダマトという刑事が夜中まで署にいるそうだ。そいつがキーを持っている。あんたの仕事の出番だ。悪党どもが何か残していないか見てくれないか？」

「一〇四分署だって？　ずいぶん田舎だなあ」

「車で三十分」クリングが言った。

「今やりかけていることがあるから、七時ぐらいまでは出られないだろう。それでもいいかい？」

「できるだけ早く、頼むぞ」クリングが言った。「俺がいるところの電話番号を教えておこう」


電話が終わったときは六時半だった。

部屋の向こうで、シャーリン・クックがチャンネル・フォーの全国版ニュースをつけるところだった。

バーニー・ルーミスのオフィスでは、彼とキャレラが同じ放送を見ようとしていた。

ルーミスにとって最も印象的だったのは、彼女の演技だった。

彼女が口パクしていたという事実はどうでもいい。彼女と黒人のダンサーが——ジョシュアだったかな？　それともジョーナ？——ビデオで見事に演じたレイプ場面を激しいダンスで再演していたときに、ステップをいくつか間違えた事実もたいしたことはない。わずか百人かそこらの前で演じるのに少々あがってしまったらしいのも別にかまわない。ただ、アリーナへの出演契約をしたらどうなる？何十万というファンが金切り声をだしたら？

しかし、そんなことはみんなどうでもいい。

このテープの三、四分間に伝わってきたものは――今、全国のどれほどの家庭に放送されているか知る由もないが――ターマーの演技の圧倒的な説得力だった。彼女の声には生々しい力がある。しかし愛らしさもある。突然変わってしまった残酷な世界で、無実を訴える哀切な響きがある。それは鷹と旋回する牧場のひばりの声だ。他にどんな魅力があろうと――彼女の輝くばかりの美貌、女性らしさ、官能性、溢れるばかりの若さ、そしてこれらすべてを合わせても――彼女の完璧なまでの正直さこそが、人の心を感動させ、心をときめかせ、眩惑させるのだ。

彼女の歌が、突然の暴力という醜い現実に遮られた後も長い間、そして、二人の侵入者が彼女をかついでマホガニーの階段を上り、あっけにとられている観客の前から姿を消した後も長い間、彼女の燃えるような輝きは、光り続ける真実のようにたゆたっていた。ターマー・ヴァルパライソは、その瞬間の純粋さ以外の何ものも売ろうとはしていなかった。そしてこの瞬間、日曜の夜六時四十五分、アメリカ全土に彼女が再び売っていた真実は、《バンダースナッチ》以外の何ものでもなかった。このニュースを見ていた人は疑いようがなかった……

「さてと、私のしたことは」ヘネシーが廊下から入ってきて言った。「あれを設置したから……」

「シーッ」ルーミスが注意した。

ヘネシーは振り返ってテレビの画面を見た。

画面では、仮面の男の一人がターマーを肩にかつぎあげていた。

もう一人が叫んだ。「動くと女を殺す！」それから後ずさりながら階段を上っていき視界から消えた。

テープは、終わった。

ネットワーク・ニュースの司会者が再び登場した。ため息をついているのが、ありありとわかる。

「昨晩の十時十五分のことでした」彼が言った。「今のところ、ターマー・ヴァルパライソを拉致した男たちからは、何の連絡もありません」

彼はちょっと間《ま》を置き、一瞬だけ意味深げにカメラを見つめ、それから言った。「モスクワでは今日……」

ルーミスは、テレビを消した。

「実際に電話が来ると」ヘネシーが言った。「こういうことになります。私がとりつけた録音器は、電話線の架線作業員が使うリモブをもっと精巧にしたもので……」

「リモブとは？」ルーミスが聞いた。

キャレラも何だか知らなかった。

「〝遠隔監視装置《リモート・オブザベーション》〟のことです」ヘネシーが言った。「電話修理工が〝電話線の状態〟をチェックするために使う、とまあ、そう言われてます。私は、彼らが電話セックスを盗み聞きするスリルを味わってるんだと思いますがね。とにかく、未使用のケーブルを見つけたので、中継器を設置しました。交換機が誰かをあなたの電話機につなぐときは、中継器が作動して、あなたの電話線を電話をかけてきた者につなぐことになる。キャレラさんはただ電話を聞くだけか、あるいは自動的に録音するかの選択ができます。同時に追跡器が電話をかけてきた者の番号をつきとめる、というわけです。さて、これはビジネスです。十二ドル三十七セント頂きましょう」ヘネシーはそう言って、ハロウィーンの夜の子供のようにニコッとした。

5

アル・シーハン刑事は、その晩八時十五分前にクリングに電話し、一〇四分署に行って、回収されたフォード・エクスプロアラーを徹底的に調べたと報告した。車はきれいにふかれていた。

「相手はプロだ」彼が言った。「でなければ、やたらと映画を見ているやつだ」

クリングは礼を述べると、ケーブルチャンネルでやっているテレビコメンテーター四人組の話を聞きに戻った。

一人が、《バンダースナッチ》のテープは、レイプや女性虐待といった暴力犯罪をますます誘発するだけのような気がすると言った。

「ナンセンス」シャーリン・クックが宣言した。

彼女は今自分のアパートの小さなキッチンにいた。二人は、橋の向こうのクリングのアパートかシャーリンのアパートで一緒に過ごすことになっている。なぜ一カ所に暮らし、家賃一カ所分を節約しないのか。これは二人がしょっちゅう話題にしていることだった。実情を言えば、仕事のスケジュールが違うことで、そのたびにどっちのアパートを使うかが必然的に決まってしまうのだ。

シャーリン・エヴラード・クックは、警察の外科部長代理。この仕事に黒人の女性として初めて任命された――もっとも〝黒い〟というのは、彼女の肌の色が焦げたアーモンド色だという点で、誤称である。変形アフロに結った黒髪は――高い頬骨、大きな口、ローム土色の目と相まって――彼女を誇り高いマサイ族の女に見せている。身長五フィート九インチ、体重百三十ポンド。少し太りすぎかなと思っているが、バート・クリングにはちょうどよく見える。バート・クリングは彼女ほど美しい女に会ったことがないと思っている。バート・クリングは死ぬほど彼女を愛している。

唯一の問題は、どこで寝るかだった。

シャーリンのアパートは、地下鉄カームズ・ポイント線の終点にあった。川向こうのアイソラにあるクリングのワンルームマンションから四十分の距離だ。クリングは朝自分のアパートから職場まで行くのに二十分かかる。シャーリンはまだ開業医をしているが、制服の一つ星チーフとして外科部長のオフィスで週十五時間から十八時間勤務しなければならない。外科部長のオフィスはマジェスタのランキン・プラザにあるが、マジェスタまでクリングのアパートから地下鉄で四十五分もかかる。というわけで、すべては夜どこで眠るかに行き着いてしまうのだ。

誘拐事件があり、クリングが明朝七時四十五分に出勤しなければならなかったから、二人は日曜の夜を彼のアパートで過ごす予定だった。しかし、シャーリンは明日ランキン・プラザのオフィスに行く前に、七時にはカームズ・ポイントのセント・メアリー・マグダレーナ病院へ行っていなければならなくなった。そこの火傷病棟に、炎に包まれたビルの下敷きになった三人の警察官が収容されたのだ。

というわけで、二人は今ここにいる。

「ストロベリーか、渦巻きチョコか、どっちがいいの？」

彼女が、クリングに聞いた。

「その質問にはトリックがあるのかな？」

彼女は、冷蔵庫の冷凍室を覗き込んでいた。

「渦巻きチョコはローファットよ」

「ストロベリーをもらおう」

「人種差別的決定ね」彼女が言った。ちょうどその時、テレビコメンテーターの一人が言った。「歌詞が二行目の最後の言葉から人種差別的です」

シャーリンが冷蔵庫から頭を出した。

クリングが膝の上の日曜版から顔を上げた。

「どの言葉を指しているのですか？」番組の司会者が聞いた。白人。細菌培養皿のアメーバのように、アメリカのケーブルテレビで無数に繁殖している長いストレートな髪のブロンドだ。自分のことをキャンダス・オデルと呼んでいるが、ゲストのコメンテーターたちはキャンディと呼んでいた。彼女の相手も、ジェニファー・オマリーという赤毛の白人で、シカゴの新聞社のコラムニストだ。

「〝ウェーブ（wabe）〟という言葉です」ジェニファーが言った。

「どうして人種差別的なんですか？」キャンダスが聞いた。

他の二人のゲストは、黒人の男と女だ。男の名前はハリデー・クームズ。ニューヨーク州オールバニーのラジオコメンテーターである。女はルーシー・ホールデン。ロサンゼルスを本拠地とする雑誌のライターをしている。覚えなければならない名前があまりにも多く、今後の動静を心に留めておかなければならない人があまりにも多い。しかしアメリカは大きな国だ。仕方ない。それにキャンダスは名前を覚えるのが得意だ。その上、画面は四等分されるから、視聴者は同時に四人の参加者全員か、ディレクターが狙った一人を見ることができる。カメラは今四人全員をとらえている。名前や顔が覚えやすい。

シャーリンはストローベリー・アイスクリームの小鉢をリビングに持ってきた。それからローファットの渦巻きチョコの小鉢を持ってクリングの隣に座った。

「考えてください」ジェニファーがずるそうに言った。「ウェーブについて」

三人は熱心に考えているようだった。ジェニファーの顔に得意げな笑みが浮かんだ。

「《セックス・アンド・ザ・シティ》を見ましょうよ」シャーリンが言った。

「シーッ、《バンダースナッチ》のことをやってるんだ」クリングが言った。

「バンダー誰？」

「例の誘拐事件だ、シーッ」

「黒人は〝ウェーヴ、ウェーヴ〟という言葉をどう発音しますか」ジェニファーが聞いた。

「私は〝ウェーヴ〟と発音しますが」ルーシーが言った。

「私もです」ハリデーが言った。

「私もよ」シャーリンが言った。

「しかし、白状しますと……」

「〝オーバールッキング・ダ・リバー〟というおちのついたジョークを聞いたことがありませんか？　〝オーヴァールッキング・ザ・リヴァー〟のことですが？」

「それは人種差別的ジョークですわ」キャンダスが言った。

「ごもっとも、ブロンドさん」シャーリンが言った。

「どうして俺のことをブロンドさんと呼ばないんだい？」クリングが聞いた。

「ブロンドさんと呼んでほしい？」

「そのジョークなら知ってます」ハリデーが頷きながら言った。「確かに、差別的です。しかし、白状しますと、私には〝ウェーブ〟と〝ウェーヴ〟にも隠れた関係が見えますな」

「私には、見えません」ルーシーが言いはった。

「私にも見えないわ」シャーリンが言った。「あなたは、ブロンドさん？」

「その渦巻きチョコ、味見させてよ」クリングが言った。

「だめ」

「どうして？」

「一度黒を味わったら、もう戻れないからよ」シャーリンが言った。

ルーシー・ホールデンは腕組みをしている。間違いようのないはっきりしたボディ・ランゲージ。

「あのブロンドは思ってるわよ、これは天才的ひらめきだったって」シャーリンが言った。「赤毛のアイルランド娘にあらゆる人種差別的言葉を探させておいて、好戦的な美人の黒人シスターはちゃんとした英語をしゃべっているってわけ」

「同種の黒人英語は〝ラッス〟という言葉にもその痕跡が見られます」ジェニファーが言った。「アメリカの貧民街に行ってごらんなさい。アフリカ系アメリカ人がネズミ《ラット》のことを〝ラッス〟と言ってますわ。同様に、〝メン〟には

〃メンズ〃、〃アンダーウエア〃には〃アンダーウエアーズ〃って言葉を使ってます」

「私は今まで一度も〃ラット〃を〃ラッス〃なんて言ったことありません」ルーシーが言った。

「あなたは、今まで一度でもネズミ《ラット》を見たことがあるのですか？」ジェニファーが言い返した。

「どっちが魅力的だと思う？」シャーリンが聞いた。「赤毛、それとも気取った方？」

「その質問も、またトリックなの？」クリングが聞いた。

「一カ所、ほんとうに人種差別的だと思うのは〃ジャブジャブ鳥〃という言葉の使われ方です」ハリデーが言った。「〃ジャブジャブ鳥にも気を許してはならぬ〃これは明らかに人種差別的警告です」

ルーシー・ホールデンが目をぐるっと回した。

「どうしてそれが人種差別的なのですか？」キャンダスが聞いた。

「そうですね、キャンディ、放送中にどこまでしゃべっていいかわかりませんが」

「ケーブルですよ。どうぞおっしゃってください」

「ジャブジャブ鳥は、例のジョンソンを指しているんです」

「何ですって？」シャーリンが噴き出した。

「なるほど」キャンダスが言った。「同じご意見ですか、ジェニファー？」

「もちろんです」

「例の歌で使われている〃ジャブジャブ鳥〃という言葉が……」

「事実、その言葉はジョンソンを意味する暗号になってます」ハリデーが言った。

「ジェニファー、どう思われますか？」

「そうです、ジョンソンを意味する暗号です」ジェニファーが頷きながら同意した。

「で、ジョンソンとは？」キャンダスは、発言を促すように微笑んだ。

シャーリンは身を乗り出した。膝を握りしめ、目を大きく見開き、口をあんぐり開けたままだ。長いためらいがあった。画面は二つに分かれ、片側にジェニファー、もう一方の側にキャンダスを映している。ジェニファーの顔は何の表情も見せていない。シャーリンは突然ひらめいた。この博学な白人女性は二人ともジョンソンが何なのか知らないのではないか。彼女は画面を見つめて待った。O・J・シンプソンがロサンゼルスの荒野を白のブロンコで逃走したとき以来のサスペンスだ。

カメラは、再びハリデーに焦点を移した。非常に困惑しているようだ。「あのう」彼が言った。「先ほど言いましたように、どこまで言っていいのかわかりません」

「何てこと！」ルーシーの声が爆発し、突然彼女の顔が大写しになった。「ジョンソンは男のペニスなんです！」クローズアップされた彼女が叫んだ。「〝スロバー・ザ・ジョンソン〟という表現がありますが、その意味は〝キスを……〟」

「ここで、休憩をいただきます」キャンダスが遮るように言い、彼女の笑顔が突然画面一杯に映った。「休憩の後、ターマー・ヴァルパライソの新しいビデオとCDが投げかけた問題について、さらに追求いたします。引き続きご覧下さい！　引き続きご覧下さい」レイスかレイプか。あなたがお決め下さい。

「引き続きこのお馬鹿さんたちとつきあうの、ブロンドさん？」シャーリンが聞いた。「それとも、下着をぬいであなたのジャブジャブ鳥にキスしてもらいたいかしら？」

クリングは、立ち上がってテレビを消した。

ウィリスの考えでは、バード・ストリート三一七番は、三一分署の二人の刑事が違法性行為に連座したと訴え出た二人の売春婦が、訴えられた刑事に溺死させられたというシップ・キャナルのところから六、七ブロック離れたところだ。このコントラストのはっきりした市では、新たに再開発されたバード・ストリートは光沢を失った真鍮の台にはめ込まれた希有な宝石のように輝いている。ここには、喫茶店、優雅なレストラン、工芸品店、ブティック、本屋、それに、複合映画館《マルチプレックス》さえある。しかし、キャナルに沿って十ブロックも行けば、毎日このあたりに流れ込んでくる何百人という商船隊員や船員をあてこんだバー兼売春宿が並んでいる。

八七分署の盗難車報告書によると、ポリー・オルソンはフォード・エクスプロアラーが盗難にあっていながら今朝の八時半まで届け出なかった。昨晩の誘拐事件発生からたっぷり十時間はある。単なる不注意かもしれない。あるいは、アリバイを作ろうとしている女の陽動作戦かもしれない。誰、私が？ 誘拐に関わっているですって？ とんでもない、車が盗まれたんですよ。ちゃんと盗難届を出していますわ。その場合、ポリー・オルソンが、ヴァルパライソ誘拐事件の共謀者だという可能性は大いにある。そうなると、AK－四七を持っている二人の仲間が、彼女のところにいるかもしれない。ウィリスは今晩撃たれたくなかった。

それどころか、もう二度と撃たれたくなかった。

この前撃たれたのは腿だった。本当のところ死ぬかと思った。ところが、今こうして、ここにいる。あの晩パーカーはいなかった。ジョージアのマキシー・ブレーンというチンピラが、ドアから入ってきた警察官五名に向かってナイン（九ミリのセミオートマチックリボルバー）をほとんど空《から》になるまで撃ちまくった。そして幸運にも——あるいは、見方によっては不幸にも——一番小さいターゲットにあたったのだ。ウィリスはパーカーと組んで銃撃戦を戦った事がなかった。だから、どんなバックアップをしてくれるか実は知らない。しかし、これから十分後ぐらいに撃ち合いがあるとすれば、組みたい相手は他にいくらでも思いつく。

それから、建物の玄関に着いたときに見たものも、気に入らなかった。押しボタンが縦一列にならんでいて、その横に名前がずらりと書いてある。上にはインターコムのスピーカー。電子ロックを開けてもらうには、名乗らなければならないだろう。

パーカーにも、彼の考えていることがわかっていた。

「ボタンを片っ端から押してしまえ」彼はそう言うと、ウィリスの同意を待たずに十個ぐらいのボタンを押した。

六つか七つぐらいの声が、すぐに応答した。

「警察だ」パーカーが怒鳴った。「屋上に強盗がいる。中に入れてくれ」

たった一つブザーが鳴った。でも中のドアのラッチを開けるにはそれで十分だ。

「このやり方は、キャレラ仕込みだ」パーカーがニヤッとしながら言った。

二人は階段を上って三階に行った。3C室の外でも同じ選択が待っていた。生きるか死ぬか？

ウィリスがノックした。

「はい？」女の声がした。

「警察です」彼は言って、ドアの脇に寄った。中から何者かが銃を連射するかもしれない。「あなたの車を発見しました」彼は言った。「ドアを開けてもらえますか？」

これで、窓から避難ばしごをつたって逃げるという選択肢を与えたことになってしまった。しかし、ドアの向こうから撃たれるよりはいい。

彼らは待った。

「よかったわ！」そう言う女の声が聞こえた。

ドアに向かって走ってくる足音がした。二人は、錠と鎖のがちゃがちゃ落ちる音が聞こえるまで脇柱のずっと後にいた。やっとドアが開き、長くて白い寝間着の上に赤いバスローブを着た女がドアを大きく開け、彼らに向かってにっこりした。ウィリスの見当では、女は五十代の初め頃。カーラーで髪をアップにし、今気がついたのだが、ピンクのうさちゃんのスリッパをはいている。顔はきれいに洗ってあり、思いがけない喜びに顔を輝かせて彼らを見ている。すごい、本当に車を見つけてくれたのね！

でなければ、彼女は大した演技をしていることになる。

「あの古いバギーは絶対出てこないと思ってたわ」彼女が言った。「どこで見つけたんですか？」

「あなたがポリー・オルソンさんですか？」

彼の目は、彼女の向こうの部屋の中を見ていた。黒いプラスチック皿に入った電子レンジ用ディナーがコーヒーテーブルの上に載っていて、その前のテレビがついている。彼は、いるかもしれない二人の共犯者と、あるかもしれない二挺のＡＫ‐四七を探していた。パーカーも同じものを探していた。二人の目はあちこちと忙しく動いていたに違いない。

「まあ、失礼しました」彼女が言った。「お入りになって、どうぞ」そして二人を歓迎するためか、あるいは仲間の銃撃犯のために弾丸の通り道を作ってやるためか脇に寄った。

二人は中に入った。誰も撃ってこなかった。ウィリスはなんだかバカらしくなった。

「奥さん」彼が言った。「盗まれたのはあなたのフォード・エクスプロアラーですね？」

「もちろんですよ。でもほんとに早かったわね！」彼女が言った。「あなたたち、表彰してもらわなきゃ」

「車の紛失を届け出たのはいつですか、奥さん？」パーカーがすぐ肝心な質問をした。十一時四十五分に勤務があけることになっており、その時間が迫っているのだ——いや、実を言うと、まだ八時三十分。だが、くだらないおしゃべりで遅くなりたくない。

「今朝よ。朝食のすぐ後で降りていった時に」彼女が言った。「毎朝早く起きて車を動かすんです。ここは片側路上駐車になっていて、一晩中駐車できるんですけど、朝には移動しなければなりません。週末でも同じ。この通りは車の往来が激しいんです、しょっちゅう配達があったりして」

「それで、下に降りたのは何時です？」パーカーがいらいらしながら聞いた。

「八時ちょっと前。午前八時から午後六時までは違法駐車になるのよ。だから、通りの向こう側へ車を移動してから教会に歩いていくつもりだったの。実際には、九時のミサに出られませんでした。車が紛失したことを届けなければなりませんでしたから。置いておいたところから」

「それはどこです、奥さん？」

「このビルの真ん前よ。八時までは安全のはずでした。だから、二、三分前に降りていったんです。結局は、誰かがもう車を動かしてくれていたってわけです。それで、すぐ三階に上がって警察に電話しました。盗難を届けるのに延々と時間がかかったわ。おかげでさっき言ったように、九時のミサに間に合いませんでした」

「昨夜は何時に車を動かしました？」

「五時から六時の間。だって、そこの標識に書いてあるわ。午前八時から午後六時まで駐車禁止って」

「ということは、昨晩六時以降に盗まれたはず、間違いありませんね？」

「ええ」彼女が言った。「昨日は、一晩中家にいました。テレビを見ながら」彼女が言った。「今晩と同じ」彼女の声が突然とても寂しそうに聞こえた。ウィリスは抱きしめてあげたくなった。彼女がテレビのことを言ったので、みんな画面の方に振り向いた。そこではおそらくその日二十回目のヴァルパライソ誘拐事件が放送されていた。

「今、車を取りに行かなければなりません？」彼女が言った。急に怖くなったらしい。「あのう……明日の朝でもいいかしら？」

「ええ、奥さん、明日の朝でもいいですよ」ウィリスはそう言って、一〇四分署の住所を教えてあげようとしたとき、突然自分がこう言っていることに気づいた。「よろしければ、こちらに寄って車に乗せていってあげましょうか」

「まあ、助かるわ、お若い方」彼女が言った。

「十時でいいですか？」

「ええ、十時で結構です」

廊下に出ると、パーカーが言った。「一目惚れか、ハロルド？」

「何とでも言え」ウィリスが答えた。

キャレラは、花嫁の父になったような気がすると愚痴をこぼしていた。リビングのソファの彼の隣に座って、テディは彼の唇と手話の手を見ていたが、今度は彼女自身が手話で語った。〝ある意味じゃ、あなたは花嫁の父よ〟

「いや、違う、ダーリン」彼は、彼女が言葉の意味やその重要性を取り違えたりしないように、すべての言葉をはっきり発音し手でその言葉を強調した。「どんな意味でも、俺は花嫁の父ではない。花嫁の息子であるし、花嫁の兄ではあるが、どんな意味でも、どう考えても花嫁の父ではない」

〝そうね。でもお母様とアンジェラにとっては、あなたは花嫁の父よ〟テディがなおも言った。

「二人がどう感じようと……」

〝あなたは花婿に二人を引き渡す役目があるのよ〟

「それはわかってる。だからといって、俺が父親に……」

〝少なくとも、結婚式の費用を出してくれたなんて言ってないわ〟

「そんなことあるはずない！」キャレラは言って、ソファから立ち上がり部屋の中を歩き始めた。「おふくろは、大男のイタリア人と結婚する……」

〝スティーヴ！〟彼女の目がきらっと光り、指がパシッと鳴った。

「だってその通りだ」キャレラが言った。「英語ときたら、俺のじいさんが初めてこの国に来たときと同じような話し方だ」

〝ルイージの英語は……〟

「ルイージだって！　できなかったのかね、もっと……」

〝あなたと同じくらい上手よ。それにとてもステキな人……〟

「……イタ公らしい名前を選ぶってことが……」

〝あなた、恥ずかしいと思わないの……〟

「ルイージだって！　まったく！」

〝いいわ、あなたを言い負かそうとは思わないわ〟テディは手話でそういうと、膝の上で両手をたたんだ。

部屋が静まりかえった。

「ごめん」彼が言った。

〝そうよ〟テディが手話で言った。〝ステキな結婚式になるわ〟

「ああ、きっとそうだ」彼が言った。「悪かったな」

しかし、絶対そうなるとは思わなかった。というのは、問題は、母がイタリア人、それも本物のイタリア人と結婚するということではないんだ。ここで生まれているのに、わけのわからないあいまいな理由でイタリア人と自称している連中ではなく、実際にイタリアから来た男と結婚する。でもそれが問題なわけではない。問題は、そもそも母が結婚するということなのだ。しかも、父が殺されてからあまりにもすぐだ。言ってみれば、葬式のご馳走が冷めないうちなのだ。

六月に迫っているダブル結婚式で、腹立たしいことがもう一つある。来月といったらもうすぐそこだ。花嫁の兄になるか息子になるか決めることもできないうちに、否応なく花嫁の父と宣言されてしまった。花嫁だって！　この巨大な市にいる多くの男の中から、いや、彼女の家のドアを叩き彼女を追いかけ回す多くの独身男の中から、妹はえりにもえってどうしてコール事件で訴追して負け、父の殺害者を釈放してしまった男を選んだのだろうか？　わざわざこんな男を？　二人の間に電気でも走ったのか？　キャレラの気がつかない何かが？

電話が鳴った。

グランドファーザー時計を見上げた。

九時三十分。

電話に出るために玄関に行った。

「もしもし？」

「キャレラ刑事をお願いしたい」

「私ですが」

「私は特別捜査官スタンレー・エンディコット」先方の声が言った。「キャレラさん？」

「はい、そうです」

「起こしてしまったわけではないだろうね？」

「いえ、起きてます」

「私はフェデラル・スクエアの合同特別捜査班を指揮している」エンディコットが言った。「ヴァルパライソ誘拐事件を担当することになった。君が最初に通報を受けたそうだが、間違いないね？」

「いや、最初に応答したのは港湾班です」キャレラはそう言ってから、どうしてFBIが出てくると、自動的に言い逃れを始めてしまうんだろうと思った。

「しかし、初動捜査をやったのは君だろう？」

「ええ、そうです」キャレラが言った。

「リバー・プリンセス号に乗船したという情報がここにある」

「ええ」

「その後も、君はこの件を捜査している、多少なりと」

キャレラは常々、我が八七分署は全力を尽くしていると考えている。しかし黙っていた。

「これまでに何かわかったことは？」エンディコットが聞いた。

「誘拐発生の少し前に港湾班が河で制止した三人組を追っています。誘拐に使われたかもしれないボートを借りた男の名前はわかっています。しかし、それだけです。コンピュータには、地元レベルでも州レベルでも連邦レベルでも、彼の情報は出てきません。偽のクレジットカードを使ったと思われます」

「何という名前かね？」

「アンディ・ハーディ」

「ほんとかね？」エンディコットがクスッと笑った。

「昨晩〇時前に戻ってきたボートを目撃した人物もわかっています……ええと、実はボートは見ていません。しかし、ボートに乗っていたかもしれない三人についてはかなり詳しく説明してくれました……」

「乗っていたかもしれない」エンディコットが言った。

「その三人がボートを戻したとほぼ確信しています。男二人、女一人。黒のフォード・エクスプロアラーで走り去り……」

「ほぼ確信している」エンディコットが言った。

キャレラは、一瞬黙った。

それから言った。「話を聞きたいんですか、どうなんですか？」

「熱心に聞いてますよ」

「それなら、余計なコメントは止めてください。いいですね？　この件を捉えて以来懸命にやっているんですから」

「そうでしょうとも」

「では、警部に電話してください。よろしいですね？　我々の報告書はすべて行ってますから、彼から必要な情報はすべて……」

「いや、君から聞きたいんだ」

「エクスプロアラーは、今朝八時半に盗難の届けが出ています。所有者と話をしたところ、彼女が車を最後に見たのは昨晩六時。その直前、駐車規制の関係で車を動かしています。三人が借りたボートは——あなたが繰り返さないうちに言わせてもらいますが、これは犯罪に使われたかもしれないし、使われなかったかもしれない——科研が上から下まですっかり調べましたが、きれいにふき取られていました。それから、バーニー・ルーミスのオフィスに録音器と追跡器も設置しました。我々の予想では……」

「彼も、そのように言っている」

「我々の予想では、犯人は明日身代金要求の電話をしてきます。オフィスは今日閉まっていましたし、やつらが彼の自宅の番号を知る方法がないからです。それに、女の両親は離婚して、一人はメキシコ、一人はヨーロッパに住んでいます。だから、犯人がもっともコンタクトを取りそうなのは、ルーミスということになります」

「彼も、そのように言っている」エンディコットが再び言った。

「今までやったのはそんなところです。わかったのもそんなところです」

「それはゼロに等しい」エンディコットが言った。

「それなら、さっき言いましたように、私の上司の警部に聞いていただいた方がいいと思います。警部ならもっと……」

「いやいや、君はすばらしい仕事をした」エンディコットが言った。「やつらが切れ者でも、君のせいではない。犯行現場の方はどうだ？　鑑識は何か言ってきたかい？」

「今夜六時前に報告を受けることになっていました。七時まで署で待っていたのですが」

「今なら来てると思うかね？」

「おそらく。刑事部屋に電話して……」

「もし来ていれば、他のものと一緒に持ってきてもらいたい」

「他のものとは、エンディコット捜査官？」

「ちょっと言わせてもらうが、エンディコット特別捜査官だ。しかし、スタンと呼んでくれたまえ。君のことは何と呼ぶのかね、刑事？　スティーヴン？　それともスティーヴか？　ここにはスティーヴン・ルイス・キャ……」

「スティーヴです。みんなスティーヴと呼んでいます」

「スティーヴ、君が現場で集めた証拠品をすべてチェックしたい……」

「あまりないんですが」

「どんな証拠品でもいい。捜査報告書に書くだろう？」

「はい」

「目撃者の聞き取りとか……」

「ええ」

「犯行現場の君自身の評価とか……」

「ええ、すべて報告書に書きます」

「写真……」

「それは鑑識から来るでしょう」

「それにだ、今晩移動科研班から入手できたもの」

「ええ、何かあったらですが、スタン。あれは大した犯行現場でしたね。船の中も外も大騒ぎでした。犯人は船の横に取りつけたはしごを登ってきて……」

「君は、検証できる足形があるかもしれないと言っているのか……」

「私は、科研が何をつかみ何をつかまなかったか知りません。足形だろうが何だろうが。犯人は手袋をはめていました。だから、潜在指紋の可能性はゼロでしょう。しかし、やつらは非常によく磨かれた階段を降りてダンスホールに入り、傷つきやすいダンスフロアを歩きましたから……」

「私が言うのはそれだよ」エンディコットが言った。「現場に対する君自身の印象。書かれたものを補うためだ。いつ、ここに来られるかね？」

「どこへ行くんです？」キャレラが聞いた。

「あたりまえだろう、フェデラル・スクエアだ、スティーヴ」

「明日一番、というのはどうでしょう？」

「今、すぐというのはどうだろう？」エンディコットが言った。「〝班〟のメンバーは皆集まっている……」

班？　とキャレラは思った。

「……あいつらが明日電話してこないうちに、さっさと取りかかりたいのだ。最初に署に寄って移動科研班の報告書が届いているか見て、その足でここに来てもらえないか？フェデラル・スクエア一番地の十九階。では、待っている」彼はそう言って、電話を切った。

キャレラは受話器を見つめた。

〝班〟か、と彼は思った。　合同特別捜査班は、自分たちのことを班と呼ぶのかな？

彼は受話器を戻した。

〝班〟。

「また、出かけなきゃならない」彼はテディに言った。

この言葉を聞くのはこれが初めてではなかった。しかし、彼女はしかめ面をした。

6

フェデラル・スクエアには、ビルが一つしかなかった。そして、それにふさわしく住所はフェデラル・スクエア一番地となっていた。下方から光の刃に照らされた四十階建ての建物は、たとえ五十ヤード四方の土地に建つ唯一の建造物でなかったにしても、威圧的に、そしていくらか恫喝的にも見えただろう。

一流のFBI捜査官六人と、同数のエリート刑事からなるチーム、合同特別捜査班はこの建物の十九階と二十階を占めていた。この階には、鍵がなければ入れない。キャレラは鍵をもっていないから、誰かが階下のロビーで彼を待っていなければならなかった。

その誰かとは、刑事警部補のチャールズ・〝コーキー〟・コーコランだった。

この広い世界に、姓がコーコランでコーキーというニックネームを持たない者はいない。これは実際にそうだ。男であろうと女であろうと、コーコランならば、コーキーでもある。チャールズ・ファーリー・コーコランは、キャレラが二十年余り前初めて警察学校で会ったとき、すでに〝コーキー〟だった。キャレラは、今晩もまだコーキーだろうと思った。スーツのポケットに、IDカードと、警部補という言葉が打ち込んであるゴールドにブルー・エメラルドの刑事バッジをクリップで留めていたが。彼は、にっこりと歯を見せて笑い、いかにもアイルランド人らしいそばかすだらけの顔にブルーの目を瞬きながら手を伸ばして言った。「スティーヴ、久しぶりだな」

彼の握手は、しっかりとして乾いて暖かかった。何年も前、二人が警察学校の新入生でロープをよじ登ったりピストルを撃ったりしていた頃と同じように、健康で若々しい。

「ようこそ〝班〟に」彼が言った。

また、〝班〟かと、キャレラは思った。この呼び方はこの市のあらゆる刑事班を無視して、自分自身を〝班〟、唯一無二の〝班〟だと宣言している。その意味で、これは最高のエゴイズムだ。まあ、ようこそか。

「呼んでもらって嬉しいよ」キャレラが言った。

彼は考えていた。誘拐事件で一晩中起きていたから、今朝は八時半まで寝られなかった。バーンズに十二時半に起こされ、その後は一日、裁判所で令状を求めたり、ルーミスのオフィスで電話偵察装置の設置を監督していた。そして今は午後十時半。少し疲れてきた。

夜勤から日勤への勤務交替の調整は、通常二日間にわたって行なわれる。真夜中から朝八時までの勤務を丸一カ月行なうと、二日間の休暇が与えられ、朝八時からの勤務にもどる。それまでに、睡眠を取り戻せるという理屈だ。ちょうど、出張ビジネスマンが時差を調整するようなものだ。

その通り。

「元気そうじゃないか、スティーヴ」

「ありがとう。まだコーキーと呼んでいいのか?」

「この頃は、チャールズと呼ばれている」とコーコランが言った。「あるいは、警部補とね」依然微笑みながら「チームの者たちに会ってくれ」と言うと、つや消しの巨大な大理石の塊を敷き詰めた広いロビーを通って一連のエレベーターのところまで案内した。19－20とだけ記されている。降りてきたエレベーターにはボタンが二つと鍵穴が一個しかなかった。コーコランはポケットからリング型のキーホールダーを取り出し、小さな鍵を鍵穴に差し込み、回してから19のボタンを押した。

「今度の事件では、いい仕事をしたそうじゃないか」コーコランが言った。

「ありがとう」キャレラが言った。

エレベーターはブーンと静かな音をたてながらシャフトを上がっていった。十九階でドアが開いた。廊下に出ると、小部屋がずらっと並んでいて、男や女がコンピュータに向かっていた。キャレラは、コーコランの後から廊下の突き当たりの表示の出てないドアまで行った。コーコランがドアを開け、キャレラを先に通した。

部屋の中には、六人の微笑している男たちがいた。

キャレラが知っているのはバーニー・ルーミスだけだった。ベージュのスラックスと茶のタートルネックセーターの上に茶のジャケットをはおり、茶のローファーをはいている。他の五人のうち三人は、濃紺のスーツに白ワイシャツとブルーのタイ。それに磨き込まれた黒の編み上げ靴をはいている。たぶんFBIだろう。どことなく似ているところがある。三人ともが、四角い顎をして、髪は黒い。その髪を、トレント・ロット上院議員で有名になった昔ながらのヘアカットにしている。もちろん、彼らの床屋はワシントンD・Cの床屋ではないだろうが。

トレント・ロット・カットは、入念に縫い合わせたトゥーペ（男性用かつら）のように頭にぴったりの精密仕上げのヘアスタイルだ。この禿げ隠しにお誂えのようなスタイルは、この三人組の捜査官ではいくぶんソフトな感じになっていた。というのは、彼らはみな三十代だから、実際よりもヒップなはずなのだ。特に九ミリのグロックとFBIのバッジをつけているのだから。このうちの一人がエンディコットだな、とキャレラは思った。他の二人は市の刑事に違いない。彼らの態度、気兼ねのない表情の何かがそう語っている。絶対、市の刑事だ。というわけで、キャレラが出会ったのは、三人の微笑している連邦捜査官と二人の微笑している刑事――ええと、うしろに立って微笑しているはずのチャールズ・〝コーキー〟・コーコランを入れれば三人――そして、最後のとりわけ……

「キャレラ刑事」バーニー・ルーミスが、微笑みながら前に出て右手を差し出した。「来ていただけて嬉しい」

キャレラが彼の手を取った。

ブルースーツ組の中から一人のFBI捜査官が進み出た。「スタン・エンディコットです」彼が言った。「本件を指揮する特別捜査官です。ようこそ仲間へ」

キャレラは警察学校で巡査部長から、銃を手にして笑っている男を決して信じるなと教わった。スーツを着て笑っている男が部屋いっぱいにいる。ジャケットの下のふくらみからして全員が銃を携帯しているとしたら、あの巡査部長は何と言うだろう。

「他のメンバーを紹介しよう」エンディコットが言って、まずブルーのスーツを着た彼そっくりの男を「ブライアン・フォーブス特別捜査官」と紹介した。続いてもう一人のFBI捜査官。しかし名前は二十世紀のようにどこかへ行ってしまった。それから二人の市刑事。一人は一級刑事でもう一人は二級刑事。キャレラはその名前から、一人は、麻薬の一味か密輸の陰謀を粉砕したとして新聞の大見出しを飾った男だと思った――それにしてもエンディコットが言った「ようこそ仲間へ」の意味は何だろう？　あるいは、コーコランの「ようこそ〝班〟へ」の意味は？

全員が微笑している。

「頼まれたものを持ってきました」キャレラはそう言うと、部屋の中央の大きな会議用テーブルに行ってアタッシェケースを下ろした。南向きの巨大な窓から、広場の向こうに新築の赤煉瓦の市警本部ビルを眺めることができた。こんな時間でもライトで明るく照らし出されている。彼はアタッシェケースの留め金をパチッと外して蓋を開け、まず自分とホースのタイプした捜査報告書を出し……

「犯行現場の目撃者に関する我々の報告書です」彼が言った。

……次に、マリーナ訪問、および夜警の聞き込みについてマイヤーとクリングが提出した報告書……

「これは問題のボートと、盗まれたエクスプロアラーに関する報告書です」

……それから、パーカーと一緒にポリー・オルソンを訪問した件について、ウィリスがタイプした報告書。

「それから」彼が言った。「移動科研班の報告書が署に届いていました。まだ見ていませんが、よろしければ他のものと一緒に置いていきましょう」

「まだわかってないようだな」コーコランが、微笑みながら言った。

　キャレラは、社会の窓が開いているのかと思った。

「何ですか」彼が言った。

「君は、我々と一緒に仕事をするのだよ」エンディコットが言った。

　キャレラは人手不足なんだなと思った。刑事が病気とか休暇中だとか。合同特別捜査班には十二名いるはずである。部屋には六人しかいない。いまだに酔った船乗りのようににやにやしている。

「我々は、ルーミス氏が好きで信頼できると思う人物と協力して事態に当たった方がいいと考えたのだ」

「実は、私からそういうことが可能か聞いたのです」ルーミスが言って頷いた。

「それでいいだろうか、スティーヴ？」エンディコットが聞いた。

「まあ……いいですよ」キャレラが言った。

「さあ、君はお偉方と仕事をすることになったぞ」コーコランがにやにやしながら言って、キャレラの背中をポンと叩いた。

　強く。


　でぶのオリー・ウィークスは、あるケーブルテレビのチャンネルを見ていた。ここは、〝公平と公正〟をスローガンにしているが、そうすることによって、自分のところの記者が取り組む問題ならどんなものも平等で偏見のない報道をすると言いたいらしい。今夜の緊急課題は〝ゲイか異形《フェイ》？〟で、題材はバイソン・レコードが気前よく提供してくれたターマー・ヴァルパライソのテープだった。

　司会者はマイケル・オーエンという男だが、仲間からは〝巻き毛《カーリー》の〟オーエンという愛称で呼ばれている。というのも彼がたまたま禿げだったからだ。この逆ひねりは〝アイロニー〟と呼ばれるもので、英語圏の人たちが好んで使う比喩的表現法である。そこでは、言葉自身が意味するものとまったく逆の意味を表現するのが賢いと思われている。

事実、カーリーは、毛むくじゃらの逆だ。その状態は、毎日毛を剃りワックスがけすることにより激化し、頭は熟しすぎのメロンのような様相を帯びていた。

今晩の二人のゲストは、政治的および文化的スペクトルの両極端にいる。一人は、聖職者で、自称〝価値観一体化を目指す市民〟あるいは〝CVC〟というクリスチャンの権利を求めて行動する団体の代表。もう一人は、ホモで、〝永遠のプリアーポス（男根で表わされる豊穣の神）〟あるいは短く〝PP〟と自称しているグループの代表である。

オリーは、自分のペニスをおちんちんと言うようなホモが、たぶんこちらもホモの聖職者と議論するところなど見たくもなかった。しかし、その時たまたまキッチンのテーブルで食事をしていて、リモコンはテレビの前のコーヒーテーブルに置いてあった。彼は隣の部屋まで行ってチャンネルを変える気分ではなかった。そのうえ、ちょうどヴァルパライソのビデオを一部見たところで、この小さなレディのすばらしい素質を認めないわけにはいかなかった。そうだ、この二人のろくでなしでも、彼女の並々ならぬ異形《フェイ》の才能について何か面白いことを言うかもしれない。オリーは、〝異形《フェイ》〟という言葉は女性の美しさに関連しているのではないかと思った。でなければ、なぜこの言葉は〝ゲイ〟という言葉の対極に置かれたのだろう？

「さて、ビデオはご覧になりましたね？」カーリーがゲストに言った。「どちらでしょう、ゲイか異形《フェイ》か？」

聖職者の名前はカール・ブレナー師と言った。血色の悪い長い顔に真っ白な髪。今夜の番組出演のために、ベンジャミン・フランクリン・メガネをかけ、しわくちゃのダークグレーのスーツに白のカラーをつけていた。偽善者め、とオリーは思った。ブレナー自身は、〝ゲイ〟と〝フェイ〟は同義語だと思っている。だから何を議論すべきなのかわからなかった。もしある人がフェイならば、それ故に、その人はゲイである。そして、ビデオのアフリカ系アメリカ人はあきらかにフェイでありゲイである。〝永遠のプリアーポス〟の代表はラリー・グラハムといった。彼は、

〝フェイ〟の一般に受け入れられている意味が〝奇妙とか異常〟だということを知っていた。しかし、彼自身、ゲイになるずっと前から奇妙とか異常と思われていた。今夜の彼は紫のタートルネックセーターの上にベージュのカシミアのジャケットをはおっている。独善的で自己満足しているように見える。ちんぴらのホモめ、とオリーは思った。実際、グラハムも牧師と同じように困惑しているようだった。もっとも、問題はバンダースナッチの役を演じた黒人ダンサーではなく、ターマー・ヴァルパライソについてだということは気がついていた。いいかな、ターマーの父親は〝**わが子（息子）よ、ジャバーウォックに油断するなかれ！**〟と警告し、後に、〝**さても、わがかんがやかしき息子よ、この腕に来たれ！**〟と大喜びするのだ。忘れんなよ。

グラハムの見るところ、問題は、ずたずたに切り裂かれた衣装に身を包んだこの豊かな胸の人物は何者か？　である。少女か少年か？　娘か息子か？　男か女か？　つまりゲイかフェイか？　暴露されたホモか単なるエキセントリックな女か、異様な思春期の少女か——あるいはあえて言わせてもらえば、予言者か？　おそらくは、〝**けしにぐの剣**〟を振りかざすジャンヌ・ダルク？

「どう思われますか、紳士諸君？」カーリーはそう聞いたとたんに、言い足した。「おっと、失礼、ラリー」そしてさらに罪を重ねるような言葉を放った。「しかし、今夜の議論はそこなんですよ。違いますか？　テープの人物はホモなのだろうか、ホモであることを進んで認めていらっしゃるラリー・グラハム氏のように？　そして、もしそうなら……」

「もちろん、そうですよ」グラハムが言った。

「牧師さんのご意見は？」

「仮面をつけたアフリカ系アメリカ人のことを言っているのでしょうか？　もしそうなら、絶対ホモです」

「どうしてわかるんです？」グラハムが即座に聞いた。

「まあ、彼の動きそのものですな」ブレナーが言った。

「彼の動きはダンサーの動きですよ」グラハムが言った。

「フレッド・アステアはあんなふうに動きません。ジーン・ケリーにしてもそうです」

「とにかく、我々はダンサーの話をしているのではありません。問題はダンサーについてではないんです」

「しかし、決してあの女のことを言っているのではありません」ブレナーが言った。

「あれこそ暗喩なんですよ」グラハムが言った。

ブレナー師は暗喩の意味も知らなかった。直喩のことだと思った。そうなら、今ここにいるホモは、襲われた少女がホモの直喩になっていると、言ってるのだろうか？

「関係があるとは思いませんね」ブレナーが言った。「ミスター・グラハム、あなた方のような組織の問題点は、世界中の人がすでにホモか、そうでなければホモになりたがっているという前提に立っていることです。それこそ、家庭の価値に対する暗黙の脅威ですし、ＣＶＣのような団体の存在理由になるのです……」

「私は信じています」ラリーが言った。「《バンダースナッチ》は、主人公が結局は少年だったという話だと。ビデオを注意深く研究すれば……」

「おお、何と言うことをおっしゃる」ブレナーが言った。

「まったくナンセンスです」

「見方を変えてみませんか？」カーリーが言った。そしてカメラに写らない誰かに向かって「もう一度回してもらえますか？」と言った。

オリーは、よし、もう一度ストリップショーを見ようぜ、と思った。

これは、ハニー・ブレアと彼女のクルーが誘拐の夜に撮ったテープではなかった。スタジオで撮ったビデオで、場面がアニメ化されている。肌は露わだがきちんと服を着たターマーが、パステルカラーの雲が漂う黄色の空の下でヒバリのようにさえずり、風変わりな花が芽を出し、奇妙な昆虫が浮いている。その間、シンセサイザーの音が……

羊飼いの少年みたいだ、とオリーは思った。突然、今しがたラリー・グラハムの言った意味がわかった。

少年のように見えていたのは、それほど長い時間ではなかった。

グレーの仮面をつけた黒人の男が、森の中からさっと登場するやいなや彼女に向かって爪を立て嚙みつき、服をリボンのように切り裂き、成熟した女の姿を曝してしまう。オリーは思った。これじゃあ、アメリカ中のティーンエージャーの少年たちは、絶対に永遠のプリアーポスから放出してしまうだろう。成熟した男性は言うまでもない。

「それこそ私が言いたかったことです」グラハムがビデオより大きな声で言った。「少年は自分を女だと認めて初めて、自分の持てる力に気づくのです」

嘘だ、オリーは思った。その時電話が鳴った。

消音ボタンを押し、受話器を取った。

「ウィークスです」彼が言った。

「オル?」

パトリシアだ。

彼はニヤッとした。

「やあ」彼が言った。「元気かい?」

「元気よ、オル」彼女が言った。「何しているの?」

「テレビを見てる。八七分署が捉えた誘拐事件は知ってるかい?」

「ええ、あの新人歌手」

「どこかのゲイが、彼女は少年だと言ってる」

「冗談でしょ」パトリシアが言った。

「ビデオは見たかい?」

「もちろん。そこら中でやってるわ」

「なかなかの少年だね?」

「あんな少年みたいになりたいわ」パトリシアが言った。

「今のままでステキだよ」オリーが言った。

「ありがとう、オル」彼女は言って、しばらく黙っていた。「電話したのは……あのう……火曜の夜の約束はまだ有効かと思って」彼女が言った。

「当然じゃないか?」

「ただ、どうかなって思っただけ。それから、アトランティスで古い映画をやってるの——アートシアターみたいな、知ってるでしょ——あなたがよかったら、もう一度見たいと思って。アル・パチーノが出るのよ。タイトルは《リチャードを探して》。リチャード三世のことなの、シェイクスピアの劇に登場する。実在の王様だけど、シェイクスピアが戯曲を書いたの」パトリシアは再びためらった。「見たい?」

「もちろんだよ」オリーが言った。「君が言うのなら何でもだ、パトリシア」

「本当?」

「もちろん、本当だ」

「よかった。きっと気に入るわ。あなたが思っているようなシェイクスピアじゃないのよ」

「おいおい、俺はシェイクスピアが大好きだ」

「よかったわ。じゃあ、私いいもの選んだのね」

「そうだよ」

彼は、いままで一度もシェイクスピア劇を見たことがなかった。

「それから、何を着ていったらいいかしら?」彼女が聞いた。「前に言ったけど、火曜日は勤務で……」

「俺もだ」

「だから、家に帰って着替える暇がない……」

「俺もない。ロッカーに入っているのを着ればいいさ。その日の朝職場に着てったものを」

「おしゃれな服は無理だわ」パトリシアが言った。「たぶんスラックスとセーターだけ」

「それでいいよ」

「わかったわ。明日は勤務?」

「ああそうだ」

「じゃあ、署で」

「じゃあな」オリーが言った。

電話にカチッという音がした。

彼は大きなため息をつくと、受話器を戻した。

ゲイと牧師はまだやっていた。

彼は消音ボタンをまた押した。

「……アメリカ中の思春期の少年にこのメッセージを送り……」ブレナー牧師が言っている。「荒れ狂ったドラゴンを殺したいと思ったら……」

「ドラゴンではありません」グラハムが言った。

「……自分はホモだと宣言しなければならないとは！　どんなメッセージを……」

「それがターマー・ヴァルパライソのメッセージとは思いません……」

「あなたはたった今言いましたよ、あのビデオの少年は……」

「お二方、落ち着いて！」

「彼女のメッセージはただ、〝自分のなりたいものになりなさい。好きなように、自由なのだから〟ですよ」

「おや、今度は堕胎の問題に行こうというのですか？」

「時間の無駄遣いはごめんだよ」オリーは声に出して言うと、テレビを消し、妹が焼いてくれたあの美味しいアップルパイはまだ冷蔵庫にあったかな、と思った。


他の市でCSIと呼ばれているものは、この邪悪な大都市では移動科研班《MCU》と呼ばれている。この二つが出会うことはない。移動科研班は、今夜は、二度もうまく行かなかった。一回はリンカーで、もう一回はフォード・エクスプロアラーで。しかし、だからといって、テレビに登場する移動科研班ほど鋭くない、あるいは、洞察力がないと言っているわけではない。反対に、今夜七時半にキャレラに届けさせた包みには――それを今キャレラはダウンタウンの〝班〟に提出したが――非常に重要な情報が一つ入っていた。

犯人はリバー・プリンセス号に乗り込み、ターマーが演じていたダンスホールへ降りていく際に手すりや隔壁に触ったかもしれない。しかし、案の定、どこにも潜在指紋はなかった。侵入者は手袋をしていたのだ。指紋についてはこれで終わり。

しかし、犯人は、靴底を特定できるランニングシューズをはいていた。ヨットの二階部分に上っていくゴム製のはしごの踏み段には回復可能な足形はなかったが、マホガニーの階段と寄せ木張りのダンスフロアには識別可能な足形を残していった。

キャレラと〝班〟のメンバーは、MCUの一級刑事オズワルド・フーパーが作成した報告書に目を通した。

報告書は、もちろん、発見された足形は、ランニングシューズをはいた二人のそれぞれ別の男によって、階段とダンスフロアに残されたものだと述べている。のちに、鑑識が靴底の比較対照を行ない、リーボックだと特定した。その靴をはいていた人物が二人とも男であることは、靴のサイズと型、および男性と女性とでは決定的に異なる足の角度によって確定された。

しかし、二人の男の別々の足形によって、男がそれぞれ違った歩行パターンを持っていることがわかった。足形が、階段とダンスフロアの右舷《スターボード》側だけで発見されている男のパターンは、あらゆる行動において左舷《ポート》側にいた男のパターンと著しく異なっている。

「スターボードは右、ポートは左です」コーコランがエンディコットに言った。エンディコットは、彼の方をチラッと見た。その目は、そんなこと知っているさ、まだよちよち歩きのころに父親がチェサピーク湾の帆走に連れて行ってくれたんだから、と言っていた。コーコランは、その目の意味を読めなかった。

「右側の男が、殴り役です」キャレラが言った。「テープは見ましたか？」

「テレビでだけだ」エンディコットが言った。

もう一人のFBI、フォーブスが言った。「そこら中でやっている」

「チャンネル・フォーに、コピーを要求した」コーコランが言った。

「もらえるんですか？」キャレラが驚いて聞いた。

「どうして？」

「私が証拠品として差し押さえた時、あいつらは市を訴えると脅したんです」

コーコランが眉毛をあげ、彼をチラッと見た。その目は、俺たちは合同特別捜査班だ、君、〝班〟だぜ、と言っている。

「では、幸運を祈りましょう」キャレラは言って、肩をすくめたが、叱られているような気がした。あるいは、警告されているような。そして突然気がついた。チャールズ・ファーリー・コーコランは、彼がこのチームにいるのが気に入らないのだ。彼は出ていこうとした。しかし何かが彼をとどめた。たぶん、バーニー・ルーミスが好きで信頼できる者として彼の存在を求めたからだろう。

「歩行パターンが、どうしたというのだ？」エンディコットが聞くと、全員がフーパーの報告書にもどって読み始めた。

明らかに、左側の男の歩行パターンは正常だった。つまり、彼が歩いた方向に引かれた想像上の線は、かかとの跡の内側の端を通っていた。一般にゆっくり歩いている男の歩幅は、だいたい二十七インチ。走っていれば四十インチ。早足の男ならば三十五インチだろう。左側の男は非常に足早に歩いていた。足跡の間隔は三十三インチ。しかし、これは正常な歩行パターンの話で、断続的なパターンではない。

しかし、右側の男——黒人のダンサーをライフルで殴り、ターマー・ヴァルパライソに平手打ちを食らわした男——は、もっとゆっくり歩いていた。足跡の間隔は二十八インチ。そして、歩行パターンは、彼が少し左足の方に傾き、軽く右足を引きずってることを示していた。

「傾いている？」エンディコットが言った。

「引きずっている？」コーコランが言った。

キャレラはもう少しで言うところだった。「シーッ」

〝右足に関し完全に平らな足跡が欠如していること〟フーパーの報告書が続く〝および、ゆっくりとした足の運びと断続的な歩行ラインを考慮すると、容疑者は過去に右足に損傷を受け、そのために現在はっきりと右足を引きずっているいると結論づけても間違いないだろう〟

「これだったんだ」キャレラが、みんなに言った。テープを見たときに気づいたものの、この瞬間まで正確に指摘できなかった点を言ったのだ。彼が何を言っているのか、誰一人としてわからなかった。

「さて、どうするか？」エンディコットが聞いた。「医療関係に警報を出すか？」

「報告書では〝過去に損傷〟となってます」コーコランが言った。

「どのくらい過去だ？　先週だったかもしれない」

「医者への警報も悪くありません」キャレラが言った。

「やってもらえるのか？」コーコランがもちかけた。

突然、キャレラは理解した。

俺は使いっ走りか。

「私の役目は、何ですか？」彼は聞いた。公然と。直接対決。

「何をやりたいのかね？」彼が即座に聞き返した。はっきりと。直談判。

「ちんぴら役はいやです、絶対に」

「そんなこと誰が言った？」

「重要なのは、私が何をやりたいかだと思いますが」ルーミスが二人に介入した。「あいつらは、私に連絡を取ってきます。私が身代金を払うと思っています。いくらになるかわかりませんが。言わせていただくなら、キャレラ刑事はここにいる皆さんと同じように、今後二、三日中に発生する事態がどんなものになっても、対応する資格があると思います。コーヒーやサンドイッチを買いに行くような仕事を与えないでいただきたい」

「私が、医者へ警報を出しましょう」キャレラが言った。

「ありがとう、スティーヴ」ルーミスが言った。

「小部屋の者にやらせよう。心配するな」コーコランが言った。

「誰にまかせるにしても、やることにしよう」エンディコットがそう言って、自分が司令官であることを思い出させた。「何が飛び出すか捜査報告書を見てみよう。スティーヴ、一通り説明してもらえるかね？」

　肝心要は、四十八時間あの少女を生かしたまま確保しておくこと。それだけ時間があれば十分だ。

　エイヴリーは、今回の悪事に必要な偽造品をすべて、以前仕事をしたことのある男から手に入れた。偽造身分証明書の調達屋だ。社会保障カードから始まって出生証明書、離婚判決書、銃器保持許可書、大学卒業証明書、運転免許証、記者証、そして実際に買い物ができるクレジットカードなど、ありとあらゆる偽造証明書を提供してくれる。男の名前はベニー・ルー。少なくともアメリカではその名前を使っている。香港の出生証明書に書いてあるベンジャミン・ルーよりも――この名前が本物だとしても――ニックネームのベニー・ルーの方が好きなのだ。ベニーは、四年前に香港の廉政公署《ICAC》にあやうく逮捕されそうになってアメリカに移住してきた。

　エイヴリーは、二年半前に彼に会った。その時は、自分がバージニア州グロスター郡のジャドソン・フィアーズなる人物であることをパームビーチのでぶの有閑夫人に証明するためにいくつかの偽造書類が必要だった。それで、やっと豪華なウォーターフロントのマンション、ついでに彼女のベッドに入れてもらった。疑い深いばあさんだ。後で、二十万ドル相当の宝石を持ってとんずらした。ありがとよ。まあ、俺を信じなかったんだからこれぐらい仕方ないだろう。しかも、宝石には保険がかけてあったし。

「昔は、香港のレストランで働いていた」初めてあったときベニーが言った。ベニーは背が高くほっそりしている。ひょうきんな笑みと目が、いつも楽しそうな表情を与えていた。指は、フラワーダンサーのように長くほっそりしている。彼がやっているデリケートな作業には貴重な財産だ。

「給料は苦力《クーリー》並みだったけど」彼がエイヴリーに言った。「ある時、自分は一定の情報を必要とする人たちに貴重な援助を与えることができると気づいたんだ」

エイヴリーは、中国人の男が〝苦力《クーリー》並みの給料〟という表現を使うのはへんだなと思った。しかし、何も言わなかった。というのは、何かを教えてもらうときは、注意深く耳を傾ける必要があると思っていたからだ。

「六年前のことだ」ベニーが言った。「日本の経済がとてもよかった。日本から観光客が大勢香港にやってきて、たくさんのカネを落としていった。連中は何もかもクレジットカードで買う。それで、例の人たちが〝スキマー〟というものを持って俺のところにやってきた。スキマーというものは……」

エイヴリーが教えてもらったところによると、スキマーは、バッテリーで作動する無線装置で三百ドルから五百ドルぐらい。ベニーのポケットにゆったりと納まる。お客のクレジットカードをこの小さな機械に通すと、そのカードの機密保持磁気帯に埋め込まれた全データをスキマーのコンピュータ・チップに読み込んでしまうという代物だ。

「名前や、番号や、有効期限だけじゃない」ベニーが機械の単純明快さを笑いながら言った。「スキマーは、カードの検証コードもコピーする。これは、買い物をするたびに商人からカード会社のセントラル・コンピュータに電子的に送付されるものだ。このコードが、会社にカードは有効だと教える。いったんこのコードをコピーしてしまえば、カードの正確なクローンを作るのに必要なものは、すべて手に入れたことになる」

エイヴリーが、三週間前再び会いに行ったとき、彼はまだニコニコしていた。ベニー・ルーは、サンド・スピット開発地区の小さな家に住んでいる。市から車で三十分の距離だ。エイヴリーは必要なものを言った。レンタカーが借りられるように偽のクレジットカードと……

彼はベニーに、ボートではなく、車を借りるつもりだと言った。なぜなら、この何年かでお袋以外は信用しちゃいけないと悟ったんだ。もしかすると、お袋さえ……

……それから、偽のクレジットカードの名前を証明するための偽の運転免許証。

「おやすいご用だ」ベニー・ルーが、ニコニコしながら言った。

彼の地下室はコンピュータ・オタクのねぐらのようだった。香港に住んでいる妹がクリスマスに送ってくれたという絹の長着を着たベニーは、ちょっとフー・マンチューのように見えた。

「妹は、中国領になっても全然変わらないと言ってる」と彼はエイヴリーに保証したが、エイヴリーにとっては、香港だろうと、イギリスだろうと、中国だろうと、いっこうかまわなかった。彼の関心は、必要なものを手に入れることだけだった。地階の窓の外は、雨が降っていた。今は四月の末。誘拐の計画が始まってから、そろそろ二カ月たっていた。

香港で、ギャングのためにクレジットカードの情報を盗み取りしていたとき、ベニーは納入する名前ごとに香港ドルで千ドルもらっていた。当時の米国ドルで百五十ドルぐらいに相当する。水曜日の休日を除き毎日三、四枚のクレジットカード情報の盗み取りをしたから、平均すると週に千ドルぐらいになった。自分のレストランを持つには足りなかったが、十分使い出はあった。香港のクレジットカード刑事が、ギャングを逮捕しさえしなければよかった。おまけに、自分も逮捕される寸前だった。

アメリカでは、レストランやガソリンスタンドの仲間にカード情報の盗み取りをしてもらい、カード一枚につき二百ドル払う。まっさらなプラスチックカードを、ドイツの会社から買いつける。この会社はこのプラスチックカードを大量生産し、彼（および大勢の彼のような偽造者）にカード一枚につき二百ドルで売る。ベニーは、昇華型熱転写プリンタを使って、アメリカン・エクスプレスや、VISAやマスターカードのグラフィックスをまっさらなカードの表面に押し、その上に元のカードの本当の所有者の名前とアカウントナンバーをエンボス加工し、それからまだ何も埋め込まれていない磁気帯に盗んだコードを埋め込む。

彼はこの偽造品を一個につき二千ドルで売る。電子的にまったく同じカードでいくら買い物しようが、一カ月後に本物のカードの所有者が請求書を受け取るまではばれないから、その点を考えると、この二倍の値段であっても安いものだ。

「カードの裏に署名する前に、紙に十回ぐらい名前を書いたほうがいい」ベニーが言った。「そうすれば自然に見える」

「アンディ・ハーディ？」エイヴリーが言った。「それが男の名前なのか？」

「そうなんだ。元のカードの名前がそうなっている」

「ミッキー・ルーニーがやった？」

「ミッキー・ルーニーって誰？」ベニーが聞いた。

「香港じゃ、昔の映画をテレビでやらないのかい？」

「やるさ。でもミッキー・ルーニーって誰？」

「アンディ・ハーディさ」

「わからんな」

「ハーディ判事（アンディ・ハーディの父親）を知らないの？」

「判事たちとは関わらないようにしているんだ」ベニーが言った。

エイヴリーは肩をすくめると、カードの裏に署名する前に、十回ほどアンディ・ハーディの名前を練習した。こうして、表に〝アンディ・ハーディ〟という名前が浮き彫りにされ、裏に自分の手でアンディ・ハーディと署名されたカードを手に入れた。

「いつまで使えるかな？」彼がベニーに聞いた。

「少なくとも、五月の末までは大丈夫のはずだ」

それなら、十分余裕がある。

運転免許証の模写は、ずっと簡単で値段も安い。

ベニーの説明によると、彼がやっている仕事の中では、〝テンプレート〟というのがあるが、これは何層にもなっているグラフィック・ファイルで、コンピュータ処理で画像やテキストを隠したり出したりできるという。二、三年前の良き時代、法執行機関が差し押さえた偽造証明書の三十パーセントがインターネットによるものだった頃、ベニーは五十州すべての運転免許証のテンプレートを買っておいた。アメリカ企業に祝福あれ！

四月の雨が、地階の窓にたたきつけている。ベニーは、デジタルカメラで、ブルーの背景をバックにしたエイヴリーの肩から上の写真を撮った。その写真を、エイヴリーのクレジットカードの署名をスキャンしたものと一緒に、コンピュータの一つに保存した。コネチカット州の運転免許証のテンプレートをロードすると、まず写真を呼び出してから隠し、次に保存してあった誰かの免許証の署名を出した。写真をもう一度出すと、署名が写真の右側に載ったように見えた。それからマウスを繰り返しクリックして画面を隠したり出したりしながら、コネチカット州の印章とエイヴリーの顔写真とアンディ・ハーディの署名を複製した。

テンプレートの隙間には、アンディ・ハーディという名前とコネチカットの電話帳から抜き出した住所、そしてその下にエイヴリーの本当の誕生日、一九六九年九月十二日を打ち込んだ。その真下には、彼がでっちあげた交付日、前年の七月二十六日を、そしてその右にエイヴリーの性を表わすM、目の色のBR、そして身長の六フィート一インチを書き込んだ。テンプレートの一番上には、偽の免許証番号と、交付日から二年後の誕生日である有効期限を打ち込んだ。最後に、今までやったことをすべて隠し、コネチカットが保護策として考え出したバーコードだけを出した。再び免許証を出すと、その下部にバーコードが現われた。

どうです！

コンピュータ上に、本物と見分けがつかない書類ができあがった。あとは印刷してプラスチック加工すればいい。エイヴリーは、アンディ・ハーディの名前と署名の隣に自分の写真が載っているコネチカット州の運転免許証を手に入れることになる。

偽の免許証は、三百ドル。

二千三百ドルで、エイヴリーはハーディ判事の息子になった。

後は、全部ただだ。

なぜなら、他のものは全部盗んだものだからだ。

そう考えると、あの女も盗品だな。

カルは年季の入った泥棒だ。自動車泥棒で一度も刑務所に送られたことがないという意味で年季が入っている。実は、彼はわずか十六歳で面白半分に盗みをはじめたから、今では盗んだ車も相当な数になっているはずだ。残念なことに、一度だけへまな銀行強盗をやらかして、経歴に傷がついてしまった。でも、まあ、完全な人間なんていないからな。

最初の車は、黒のエクスプロアラーだった。マリーナへの行き帰りに使ったが、今朝あの女とケリーを家におろした後に捨てた。早朝の通りに目を配って、人気《ひとけ》のないところに駐車してある車を探した。使えそうな車を見つけると、そのうしろにエクスプロアラーを止めた。その車のドアをこじあけ、フードを開け、ジャンパーワイヤーをつないでチャージさせ、はるかな荒野に走り去ったというわけだ。

このポンティアック・モンタナも、結構広々としているじゃないか。

エイヴリーは、都市住人がアウトドア的な名前で、ガソリンばかり食う大きなスポーツ汎用車を持つか借りたがるのを馬鹿げていると思った。こういう連中は、だいたいマンションに住み、地下鉄で仕事に行き、車を使うにしても週末でさえ近場の映画館より遠いところには行かない。それなのに、オフロードを走れるこの大きな怪物を持ちたがるのだ。どこのオフロードを走ろうっていうんだ?

ここはご存じ邪悪な大都市だ。革のブーツにカウボーイハットでも被るのでなければ、エクスプロアラーやモンタナやドゥランゴはいらない。あるいは、二十五万ドル相当の商品を運ぶのでなければだ。彼らは明日、ピカピカの百ドル札で二十五万ドルの身代金を受け取るときに、モンタナを使う。その時までに、カルは三台目で最後の車を——たぶん、キャラバンとかフォレスターとかレンジ・ローバーといった名前のもの——盗まなければならないだろう。

その三台目は、あの女を乗せてどこかに置き去りにするのに使う予定だ。

エイヴリーは、最初、適当な家を見つけるのは難しいかもしれないと思った。辺鄙なところがいいが、仕事が終わったらできるだけ早くそこを立ち去りたい。カルは、黒人女が好きだからジャマイカに行くつもりだ。ケリーは、フランスのパリに。もうすでにフランス語のレッスンを受けている。一緒に旅するのは危険だから、エイヴリーはまずロンドンに行って、一週間後に彼女に合流する。

彼が見つけた家は、市国際空港の飛行経路の真下にあった。サウスビーチの先端にちょこんと建っている。あまりいいリゾート地ではないが、海辺に位置しているから、夏の間は、一カ月に五、六千ドルはとられる。大きな古いグレーのボロ家で、籐家具とカビ臭いこぶだらけのクッションがついている。家の両側は同じように荒れ果てた二軒の家で、四月五月のオフシーズンは誰も住んでいない。

不動産屋が、オーナーは一カ月三千ドルを要求していると言ったので、エイヴリーは問い返した。「どうしてだね？　誰も、こんな家欲しがらないだろう、頭上の飛行機の轟音がこんなにすさまじいんじゃ？」不動産屋は、空港のわずらわしいチェックが長引いたり、飛行機が遅れたりする近頃では、空港に近いのはプラスだと反論した。それに、空港に近いのはテロリストにとっても好ましいことだと思ったに違いない——ということは、エイヴリーはテロリストかなにかのように見えるんだろうか？　不動産屋がエイヴリーにした質問や、熱心に調べている身分証を——偽のアンディ・ハーディさ、ハッハッ、奥さん——を考えれば、エイヴリーは若い女を誘拐するだけでなく、爆弾も作りそうに見えるのかもしれない。

女は、無事にあの家に隠してある。明日の朝、エイヴリーは最初の電話をする。その電話は——いや、この話はまたの機会にしよう。

明日の晩の今頃は、二十五万ドルを手にしていることだろう！

ありがとう、バーニー・ルーミス。そして我々一人一人に祝福あれ！

7

キャレラが、月曜日の朝八時にリオ・ビルディングに着くとデモ隊がいた。彼らは木の棒に貼りつけた手書きのプラカードを掲げている。あるプラカードは〝ロックによる人種差別！〟と書いてある。他にも〝ターマーは人種差別主義者だ！〟とか〝なぜ黒人が強姦者？〟などいうのがある。

デモ隊は一斉に叫んでいた。「バンダースナッチを禁止せよ！　バンダースナッチを禁止せよ！　バンダースナッチを禁止せよ！」

テレビのカメラが回っている。

行進の先頭に、ガブリエル・フォスター師がいたが、キャレラはべつに驚かなかった。

身長六フィート二インチ、かつてヘビー級ファイターだった広い肩と胸、傷跡が盛り上がった眉。四十九歳のフォスターは、いまだに大したことがない挑戦者なら三十秒きっかりでたたきのめせそうな風貌をしている。警察の記録を見ると、ガブリエル・フォスター牧師の生まれたときの名前は、ガブリエル・フォスター・ジョーンズ。ヘビー級のボクサーとして短いキャリアを楽しんでいたときにリノ・ジョーンズに変え、説教を始めたときにガブリエル・フォスターに落ち着いた。フォスターは自分のことを公民権運動の活動家だと思っている。警察は、民衆扇動家、日和見主義の自己宣伝者、人種を種にしたゆすり屋と思っている。事実、彼の教会は〝要注意箇所〟――招かざる警察の立入りが人種暴動を引き起こす可能性のある箇所を指す警察の符号――としてファイルに載っている。

フォスターは、この明るい五月の朝、いかにもそんな騒動を引き起こそうとしているように見えた。

「おはよう、ゲイブ」キャレラが言った。

「バンダースナッチを差し止……」フォスターは言いかけたまま、キャレラを認めると目を大きく見開いた。手を差しだし、抗議の列から離れ、大きな笑顔を見せた。牧師は、俺に会って喜んでいる。実際、キャレラはそう思った。握手をしながら、フォスターが言った。「この誘拐事件を扱ってるなんて言わないでくださいよ」

「いささか」キャレラが言った。事実だ。

「ビデオを見ましたか？」フォスターが聞いた。

「昨晩のテープは見た」キャレラが言った。「でも、ビデオ自体は見てない」

「あれは、黒人が強姦者になっています」

「まあ、あれは、黒人のダンサーが神話上の獣を表現して……」

「神話上の黒い獣ですよ」

「原作の詩に出てくる獣は、黒くないんだな」キャレラが言った。

「そこが、まさしく私の……」

「しかも、その詩は一八〇〇年代にイギリスで書かれたものだ」

「それじゃあ、なぜ……？」

「その詩には、強姦者も出てこない。そこがこの歌の新しいところだ。この女は……」

「そこが、まさしく私の言いたいところなんです、スティーヴ！　今度のは強姦者がいる。それも黒人の」

「何を言ってるだ、ゲイブ。この歌はレイプに強く反対している！　お前さんだってそれには抗議できないだろう」

「私は、強姦者が黒人だということに、断固抗議しているんです」

「強姦者が黒人なのではない。ダンサーが黒人なんだ。ターマー・ヴァルパライソは、黒人ダンサーを雇ったんだ。機会均等だぜ。これには反対できな……」

「黒人の強姦者を描くために、雇ったんです」

「ゲイブ、お門違いじゃないかな。俺は、例の歌手を知らないが、最後のドル札を賭けてもいい、彼女は別に人種差別主義者じゃないよ」

「私は百ヤード先から嗅ぎ分けられるんだ」フォスターが言った。

「たぶん、お前さんの鼻は感度が良すぎるんだろう」キャレラが言った。「じゃあ、失礼。ゲイブ、俺の忠告を聞きたくないか？」

「ああ、聞きたくないね」

「わかった。じゃあ、またな」

「やっぱり、聞かせてくれ」

「もう、おしまいにして帰るんだな。間違ったことは、しない方がいい。後で困ったことになるぞ」

「ああ、でも、私は間違ってません、スティーヴ。ビデオの強姦者は、凶暴で怪物で黒人です。人種差別的です。私には、それで十分だ」

「もう行かないと」キャレラが言った。

「また会えてよかった」フォスターはそう言って軽く頷き、デモ隊の列に戻っていった。「バンダースナッチを禁止せよ！」と彼が叫んだ。「バンダースナッチを禁止せよ！　バンダースナッチを禁止せよ！」

黒人の警備員は、キャレラの名前を聞き取り階上に電話すると、通りに面した背の高いガラス窓からちらちらっと外を眺めて聞いた。「何事です？」

「さあ」キャレラはそう言うと、署名して入館許可を待った。許可されると、エレベーターで二十三階まで行き、人気《ひとけ》のない受付区域を通って、廊下の突き当たりのバーニー・ルーミスのオフィスへまっすぐ行った。〝班〟のメンバーはすでに来ていた。ルーミスはまだだった。

「ああ、スティーヴ」コーコランはそう言うやいなや腕時計を見た。まるでキャレラが遅刻したと言わんばかりだ。キャレラは遅刻していなかった。「きのう来ていなかった者に会ってもらおう」彼は数人のFBI捜査官と刑事を紹介した。キャレラは握手をしたとたんに彼らの名前を忘れた。

オフィス自体にも、昨夜遅くから変化があった。キャレラの見るところ新しい装置が設置されていた。それどころか、FBIの技術者らしき人物が忙しげに、部屋の向こうの長い折り畳み机に設置された電子装置をテストしていた。

「我々が、ここでやったことを教える」エンディコットが言った。

彼は、すっかり目覚めているらしくきびきびしていた。今朝は、昨日のブルーのスーツよりも仕立てがよく見えるダークグレーのスーツを着ている。対照的に、コーコランは茶のスラックスをはき、格子縞のスポーツシャツの上に茶のVネックセーターを着ていた。キャレラは今日スーツを着ている。突然、市の刑事にしては服装が改まりすぎているような気がした。

「まず、君のオフィスへ直通ラインを設置した。君があそこのグリーンの電話を取ると」エンディコットが指さしながら言った。「八七分署の刑事部屋が出る寸法だ。なかなかのサービスだろう？」

キャレラは、どうしてそんなことを、と思った。

「君たちに、得意の分野で働いてもらおうと考えたんだ。そうだな、チャールズ？」エンディコットが言った。「聞き込み捜査、つまり土台、核心だ。追跡が必要となったら、君があのグリーンの電話をとる。君のところの連中が直ちに動く。それでいいかね？」

「ええ」キャレラが言った。「ありがとう」

「他のことで気がついたんだが」エンディコットが言った。「君のところの電話係は、単純な録音器を取りつけた。一人分のジャックしかない。しかし、この件では大勢が取り組むわけだから、我々はあと三セット分のイヤホーンが使える装置を設置した。なぜ必要かわかるだろう」エンディコットはそう言って、キャレラの同意を求めるかのように微笑んだ。

「多ければ多いほど楽しいですか」

「もう一つ……昨日君が手に入れた令状は、主要な地上通信業者に対するものだった――AT&T、ヴェリゾン、スプリント、MCI……しかし、他にも少なくとも半ダースのプロバイダーがある。だから、我々はそっちの方の令状も取らせてもらった。犯人は地上通信装置を使ってかけてくると想定しているがね。しかし、そうならないかもしれない」

「こういうのは、九・一一以来ずいぶん簡単になった」コーコランが言った。

「ああ、ずっと簡単に」エンディコットが同意した。「もっともほんとのところを言わせてもらえば、FBIの盗聴器設置要求を拒否した裁判官は一人も知らないね」

「相当の理由だよ、相当の理由」コーコランが言って、目をぐるっと回した。

要求がうまく通る方法について言っているのだ。裁判官は、電子監視器の申請を許可し、令状を発行するには、次のことを判断しなければならない。
（a）ある個人が、法律によって定められている違法行為を犯している、或いは犯した、或いは犯そうとしていると信ずるに足る相当な理由があること……

（b）　その違法行為に関する特定の通信が、傍受により得られると信ずるに足る相当な理由があること……

（c）　通常の捜査が行なわれたが失敗したか、或いは成功しそうもない、または過度に危険であると合理的に思われること……

（d）　通信が傍受されることになる装置或いは場所が、その違法行為の実行に関連して使用されている、あるいは使用されようとしていると信ずるに足る相当な理由があること……

　昨日の申請の一つ一つに、キャレラは〝相当の理由〟を記した。申請はすべて許可されている。しかし、コーコランは言い続けている……

「裁判官は、九・一一以来ずっと順応性を持つようになった。それ以前は、電話利用状況記録装置の令状を取るのに……」

「発信者番号通知サービスの逆のようなものだ」エンディコットが説明した。

「ええ、知ってます」キャレラが言った。

「電話の相手先の番号を記録するんだ」

「ええ、知って……」

「……相当の理由を示さなければならなかった。今では、裁判官のところに行って、この情報は捜査に関連していると言いさえすればいい。連邦法によって、裁判官は命令を認める義務がある。〝関連している〟だけでいい。信じられるかね？」

「よくなった」エンディコットが言った。

「簡単になった」

「とにかく」エンディコットが言った。「君たちが対象としたのは地上通信業者だけだった。それでこちらは、さらに無線会社の令状も取った。この部屋のコンピュータは……」

　キャレラはコンピュータを四つ数えた。

「……フェデラル一番地の中央コンピュータに情報を入力

する。もし犯人がこの市で営業している七つの携帯電話会社のどれかを使えば、それらの会社全部につながる精巧なリンクができる。そして、たちまち三角化する」

キャレラは頷いた。

〝三角化〟が何を意味するのかわからなかった。黙っていた。

「新しいおもちゃを試してみないか？」コーコランが言って、グリーンの受話器を渡した。

キャレラは耳に当てた。

「八七分署、ホース刑事です」

「コットン、俺だ。ちょっとテスト中」

「何を？」ホースが聞いた。

廊下の向こうにあるバイソンの会議室の壁際に、会社がたっぷりとビュッフェを用意していた。オレンジジュース（あるいはグレープフルーツジュース）、クロワッサン（プレーンかチョコレート）、デーニッシュペストリー（チーズかジェリー入り）、ベーグル（プレーンかオニオンかケシの実）、ノルウェーのスモークサーモン、クリームチーズ、バター、あらゆる種類のジェリーとジャム、そしてコーヒー（カフェインたっぷりかカフェイン抜き）が並んでいる。

巨大なローズウッドの会議用テーブルに座った四人の男が、サイドボードのご馳走を取り、仕事前の今、ゆったりと朝の食事を楽しんでいる。彼らは冗談を飛ばしそうなムードだった。喜ばしいことがいっぱいあった。

バーニー・ルーミスの皿は、いつもの通り溢れんばかりだった。朝食をむさぼり食っている。外目にもすごい食欲だ。周りのおしゃべりに耳を傾けてはいるが、少しも気を取られることはない。サーモンとクリームチーズを山盛りにしたベーグルの最後を飲み込むと、彼が言うところの〝ハイ・テスト・コーヒー〟の最後の一口で流し込んだ。それからいきなり質問を発し会議を始めた。「外のデモ隊を見たか？　ターマーに人種差別主義者というレッテルを貼っている！　あの連中、いったいどうしたんだ？」黒人の抗議者たちを〝あの連中〟ということ自体、ちょっと差別的だということに全然気づいていない。

「抗議では、誰も傷つきません」ビンキー・ホロウィッツが言った。

バイソンのプロモーション担当副社長として、今朝の会議前に自分の部下全員にチェックを入れていた。そして、自分たちが傷つくかもしれないのは、唯一ターマーが殺されるという事態になったときだと確信していた。ただ、本音はもらすなだ。

「どうかな」ルーミスが言った。「黒人マーケットを失うことになる。あのバカどもがデモなどしているから……」

「黒人マーケットを失うことにはなりません」ビンキーが言った。「心配ご無用です」

背が低く、か細く、腰が細く、ついでに肩幅も細い。疲れた馬に鞭打ってゴールラインを越えさせようとしている苦闘中のジョッキーに似ている。テーブルの上に乗り出し、茶色の目を緊張させて言った。「実際、今現在は、黒人マーケットを失っていません。それどころか、一時間あたりの平均で、白人向けラジオよりも黒人向けラジオで放送される回数の方が多くなっています。ＷＪＡＸを例に取ると――ところでＷＪＡＸではアリシア・キーズの《フォーリン》をリリース第一週目に百七回かけています――今朝一番にフロリダの社員に問い合わせたところ、例の誘拐のニュースが報道されて以来、特に誘拐のテープが昨夜ネットワーク・ニュースで流されて以来、《バンダースナッチ》を一時間半毎にかけていますし、リクエストがどんどん舞い込んでいます。この勢いがこのまま続けば、一日十六回が見込まれ、かける一週七日間で、来週だけでも百十二回になるでしょう。そうなれば、同局でのアリシアの一週百七回を越えます。言うまでもなく《フォーリン》は全国第一位です。それに、ＷＪＡＸは黒人向けラジオ局のトップで、ミシシッピーの田舎にあるような三十キロワットのラジオ局とはわけが違います。黒人マーケットを失う心配はありません、バーニー。保証しますよ」

「それを善良なるフォスター牧師に言ってほしいもんだね」ルーミスはそう言うと、サイドボードに行って、もう一杯コーヒーをついだ。

バイソンのビデオ制作担当副社長J・P・ヒギンズは、その時まで黙っていた。実を言うと、二日酔いに悩まされているのだ。土曜の晩のリバー・プリンセス号のパーティであまりにも精力的に飲み、続いて昨晩はターマーのビデオを全国的に有名にした誘拐事件という思いがけなくも幸運な状況を祝って、《ローリング・ストーン》の黒人レポーターと個人的に飲みあかしたのだ。

今朝はセーターとスラックスに、ブルーのベレー帽をかぶっていた。自分では、あと髭さえあれば、小粋に見えるのではないかと思っている。彼はビンキー・ホロウィッツの方を向くと、突然ひらめいたかのように質問した。「例のテープを流してくれるケーブル局をもっと増やすチャンスはないだろうか？」

「もちろんあるさ」ルーミスがサイドボードのところから言った。そこに立ったまま、サーモンとクリームチーズを載せたベーグルをもう一つ作った。「フォスターがテレビ対談に加われば、我々が作ったビデオから話を始めるかもしれない！　ビデオをして語らしめよ。あのビデオは人種《レイス》ではなく、レイプが主題だ！」

「それはいい。ラジオ局に指摘すべきですな」ハリー・ディ・フィデリオが言った。「すばらしい論点です。《バンダースナッチ》はレイスではない、レイプが主題だ。レイス、レイプ、そう言えば、韻をふんでいるようですな。いわゆる不完全韻というやつです」

今朝はダークブルーのスーツに白のシャツ、ブルーのタイ。あと黒の編み上げ靴さえはけば、廊下の突き当たりのルーミスのオフィスにいるFBI捜査官の仲間入りができただろう。ところが、合衆国元大統領のファッションセンスを真似ているかもしれないことに気づかず、ブルーのスーツに茶のローファーを合わせていた。ソックスも茶だったが、これは彼が色盲だからだ。

　バイソンのラジオマーケッティング担当副社長としてディ・フィデリオは、これこそ取り上げるべき話題だと、ディスクジョッキーに納得させる方法を絶えず模索していた。ラジオ局に放送の回数に応じた支払いをすることと、独立プロモーターにラジオ局を攻めさせることとは別物だ。しかし、ディスクジョッキーがレコードをかけたくなるような、何か良い理由を与えることができたら、成功はまず間違いない。今のところ、例のシングルは、Z一〇〇、WKTU、KIIS、WHYI、KZQZ、WNCI、KDWB、KSLZ、WEZB、その他大勢のファンを抱えるへんてこな略語の他局を含む上位四十局で百十五回以上かけられている。しかし、これがもし物議を醸すことにでもなれば……

「レイプかレイスか、と言ってもいいですね」彼はそう提案すると、両手を宙で開きはっきりと言った。「レイプかレイスか、あなたが決めて下さい」

「悪くないね」ビンキーが言った。「レイプかレイスか。我々は、火には火で応じる。フォスターでも誰でも、人種問題を持ち込もうとするやつには、直接対決する。我々の手はきれいだし、我々の実績に傷はない」彼は言った。テーブルの周りの者が誰一人黒人でないことに気づいていならしい。

「そこら中にビデオをばらまこう」ルーミスが言った。

「〝レイプかレイスか〟をキャッチフレーズにしよう。気に入ったね。わかりやすくはっきりと説明する。視聴者には電話やEメールを出すように促し、投票させてみる。これはレイプかレイスか？　あなたが決めて下さい」

「レイプかレイスか」ディ・フィデリオが繰り返しながら、再び両手を宙に広げ、結局これは自分のアイディアなんだとみんなに再認識させた。「あなたが決めて下さい」

「女性の権利グループに、このテープを擁護するように仕向けられたら、すばらしい」ヒギンズが言った。「彼らに、ターマーは何と勇気があったんだろうと言わせ、今頃は彼女がどこかで本当にレイプされているかもしれないとほのめかすように仕向ける」

「そこまではやりたくない」ルーミスがすぐに言った。

「まあ、彼女がどうしているか、本当にわからないですからね？」ヒギンズが言った。頭がずきんずきんしていた。議論などしたくなかった。

「今日、やつらが電話してきたら」ルーミスが言って腕時計を見た。「彼女と話をさせてくれるように頼むつもりだ。カネを払う前に、証拠が欲しい……」

「ちなみに……」

彼らは皆、振り返ってテーブルの向こうの端を見た。

コーヒーカップをただ一つ前にして、背が低くほっそりした男が座っていた。ブルーのブレザー、グレーのフランネルのスラックス、そして淡いブルーのシャツにゴールドとブルーの横畝織りの絹のタイをしめている。ジェデダイア・ベイリー、会社の経理担当者だ。

「やつらがどのくらい要求してくるか見当がつきますか？」

「もちろん、つかないさ」ルーミスが言った。「どうして私にわかるんだ……？」

「ただ聞いてみただけです」ジェデダイアは弁解するように、手のひらを上にして両手を広げた。ただ、ルーミスが短期間のうちに相当な額になるはずの現金を調達できるか確かめたかっただけだ。ルーミスは会社の唯一の株主であり、最高経営責任者である。彼の個人資産はいつでも現金化できるのだろうか？　ジェデダイアがはっきりしておきたかったのはそれだけだ。文句があるなら、訴えてみたら。

「今晩中に、彼女を帰してもらいたいと思っている」ルーミスが言った。

部屋は静まりかえった。

「あのう……」ヒギンズが思い切って話し始め、頭を振った。

「何だ？」ルーミスが聞いた。

「長引いても痛手をうけることはないでしょう。もう二、三日延びても」ヒギンズが言って肩をすくめた。「痛手をうけることはありません、本当に」

あえてそれに触れたのは、部屋の中で彼一人だった。

エンディコットがルーミスの個人秘書に作業命令を伝えているとき、オフィスには〝班〟のメンバーがすべて揃っていた。

グロリア・クラインは三十代初めの、平凡な顔つきの女性だった。ミニスカートにぴったりのセーターでも、レコード会社にはふさわしいと思っている。今、彼女の注意と淡いブルーの目は、エンディコットからルーミスへと絶えず移動していた。ボスがこういったことすべてに同意しているのか確かめているようだ。

「ミスター・ルーミスは、君が知っている人の電話は一切取らない。もし名前に聞き覚えがあったら、その人にミスター・ルーミスは折り返しお電話しますと言うんだ。わかったかね？」

「はい」彼女が言った。

「さて、グロリア」エンディコットが言った。「もし相手が名乗るのを拒否したり、〝プライベートな電話だ〟というようなことを言ったら、ちょっとお待ち下さいと言って、つなぐ前にミスター・ルーミスに確認すること。わかったかね？」

「はい。これはターマーと関係があるのですか？」

決まってるじゃないか、そんな馬鹿げた質問をして、とエンディコットは思った。しかし言わなかった。

「ああ、ターマーと関係がある」彼が言った。

「誘拐犯から電話があるのでしょうか、そうなんですか？」

「君は、そういうことは知らなくていい」

「はい、わかりました」

「君が名前を知っている人だったら……」

「ミスター・ルーミスが折り返し電話をします」

「聞いたことのない名前や、名前を教えてくれない人は…

…」

「ミスター・ルーミスに電話して、電話をつないでもいいか確かめます」

「よろしい、グロリア。それから、もしも聞かれるようなことがあったら、ミスター・ルーミスの他には誰もいないことになっている」

「わかりました」

「彼は一人きりだ」

「わかりました」

「それだけだ」

「ありがとうございました」グロリアが言った。そして確認のためボスと目を合わせた。

ルーミスは軽く頷いた。

机の上の電話が十二時きっかりに鳴った。

受話器を取り上げた。

「もしもし?」彼が言った。

「ミスター・ルーミス、電話がありました。あなたがこの人の電話を待っているはずだと言ってます。名前は教えてくれません」

「三分ほど待ってからつないでくれ」

彼は受話器を戻すと、みんなの方に向いた。

「名前は教えない。私が彼の電話を待っているはずだと言ってるそうだ」

「当たりだ」コーコランが言った。そして電話ボックスに似ていなくもない間に合わせの構造物の方を向いて頷いた。その壁は周りのオフィスの音をすべて遮断するようにできている。ルーミスは直ちにその電話ボックスに入り、増設電話の前に置かれた椅子に座った。エンディコットとコーコランと二人の刑事が監視装置のイヤホーンをつけた。キャレラは、八七分署に直通するグリーンの電話の傍に立った。三人の刑事と残りの捜査官は、すでにフェデラル・スクエア一番地にリンクしている電話機の前に座っていた。

部屋は、完全に静まった。

電話が再び鳴ったとき、その音は手榴弾のように宙に炸裂した。

「さあ、来たぞ」エンディコットが言った。「自然な声で話し、やつの言うことを聞いてください。居場所はかならず突き止めます」

電話が鳴り続けた。

「三回、四……」

「取ってください」エンディコットが言った。

電話ボックスの中でルーミスが受話器を取った。

「バーニー・ルーミスです」

「女を預かっている」電話の声が言った。「しるしのない百ドル札で二十五万ドル欲しい。午後三時きっかりに電話で受け渡し場所を指定する。バカなまねをすると女は死ぬ」

「彼女が生きている証拠は？」ルーミスが即座に聞いた。

「彼女と話をしたいか？」

「したい。話をさせてくれ」

沈黙が走った。

「ヴェリゾンの地上線を追跡しています」捜査官の一人が言った。

「お嬢さん、こっちに来てくれ」

そう言っているのがルーミスの電話に聞こえた。ちょっと離れた感じ。相手が誰かに向かって受話器を持ってあげているかのようだ。

「ヴェリゾンが携帯電話だと言ってます」刑事の一人が言った。

もう一度沈黙が走った。今度は長い。

「ミスター・ルーミスに、大丈夫だと言いなさい」電話の声が言った。「ダメだ。電話に触るな！」鋭い声。「元気だと言えばいい」

「AT&Tの無線です」同じ刑事が言った。

「そのまま続けろ」エンディコットが言った。

短い沈黙。

「もしもし？」

「ターマーか？」

「ええ。バーニス」

部屋の向こうで、一人の捜査官がＡＴ＆Ｔのオペレーターに携帯電話の番号を突き止め、その位置を追跡するように頼んでいる。

「大丈夫か？」

「元気よ、バーニー」

「誰も痛い目に遇わせたりしないだろう？」

「しないわ。大丈夫」

「やつらの要求するカネは用意する。すぐに帰れるからな」

「ありがとう、バーニー。ＣＤはどうなったかしら？」ターマーが聞いた。

「好調だよ、ほんとだ」

「第一タワーが追っています」捜査官の一人が言った。

「私、スターになれるかしら？」

「ああ、必ずなる。本物のディーバだ」

「よかった。もう行かなきゃ、バーニー。電話をおしまいにするように言われたわ」

「すぐに会える」ルーミスが言った。

再び男の声がした。

「これでいいだろう？」彼が聞いた。「納得したかね。ミスター・ルーミス？」

「第二タワーが捉えました」

「ああ、ありがとう」ルーミスが言った。

「午後三時までにカネを用意しろ」

「話を続けて」エンディコットが言った。

電話にカチッという音がした。

「くそ！」

「どうなっているかというと」コーコランがイヤホーンをぐいっと外しながら言った。「地上線の電話会社が無線プロバイダーに我々を引き渡す。プロバイダーは基地局のタワーを通して電話の相手を追跡する。これを三角化という。基地局には三つの無線タワーがある。おわかりと思うが携帯電話は無線電話だ。第一タワーが電話の相手までのおよその距離を判断する。第二タワーが二カ所にしぼる。第三タワーが位置を特定する。残念ながら、やつは第三タワーが正確に位置を示す前に切ってしまった」

「やつはアイソラ島のどこかにいる。それは確かだ」捜査官の一人が言った。

「情報が入ったぞ」もう一人の捜査官がそう言って最初の捜査官と一緒にコンピュータに向かった。二人とも紙を吐き出し始めたプリンターの方を見た。二人の刑事が電話から立ち上がるとすぐにジャケットを着た。

「サンド・スピットあたりか?」エンディコットが聞いた。

「所有者はロザリータ・グァダジェロー」最初の捜査官がプリントアウトを引き抜きながら言った。「ノーブル三二一五番地。サンド・スピットの近くどころか、このシティにいる」

「共犯者かもしれない」コーコランが言った。

「その女を調べろ」エンディコットが命令した。二人の捜査官が部屋を飛びだし、すぐに二人の刑事が続いた。キャレラは新しいグリーンのおもちゃの傍に立ったまま、手出しをせずにただ指揮官である特別捜査官スタンレー・M・エンディコットを眺めていた。

「こういうことには慣れている」エンディコットはそう説明して肩をすくめた。

「どうなっているんです?」ルーミスが電話ボックスから出てきて聞いた。

「やつを見失った」エンディコットが言った。

「面倒なことになりそうだ」コーコランが言った。

「どうしてわかるんです?」

「こういうことには慣れているんだ」

「彼女は生きている」バーニーが言った。「ありがたいことだ」

「すべてうまく行く」エンディコットが言った。「今にわかりますよ」

キャレラは無言だった。

「何か怒っているのかね？」エンディコットが聞いた。

特別捜査官ハーヴィー・ジョーンズは、絶対廊下でゴキブリを見たと思った。まあ、ネズミよりいいか。いとこはロサンゼルスで捜査官をしているが、彼女の話では、ビバリーヒルズにネズミがいるそうだ。干ばつのために住宅地に追い込まれたのだ。想像してもみたまえ。君は映画スターだ。朝早く塀に囲まれた大きなプライベートプールに行き、百匹のネズミと一緒に泳ぐのだ！　市のこのあたりなら当然ネズミはいるだろう――もっとも、今のところジョーンズが見たのはゴキブリだけだが。しかし、ビバリーヒルズにネズミがいるとは。ジョーンズはゴキブリやネズミを友に成長した。両方に神経質になっている。

市のこの地域は〝ラ・パーリータ〟という愛称で呼ばれている。サンホアンの、皮肉にも〝ラ・パーラ〟という名前をつけてもらったかつての悪名高きスラムにちなんでいる。〝ラ・パーラ〟はスペイン語で真珠という意味だし、真珠だったこともある。そしてこの土地に生まれ変わってみたものの、大して良くもならなかった。四〇年代の初期に、島から最初に移住してきたいわゆるマリーンタイガーズによって（マリーンタイガーという船に乗ってやってきたので、この蔑称で呼ばれるようになった）、〝ラ・パーリータ〟というニックネームをつけられたこの地域は、いまだに大部分がプエリトリコ系で、ちょっと危険である。たとえ銃を持ちバッジをつけた四人の男であったとしても。

四〇年代からはこの市の多くのものが変わった。ただし〝ラ・パーリータ〟は例外。たぶん近頃では、プエルトリコ人の三世や四世は、もう悪党みたいな口を利くことはないだろう。ビジネススーツを着て仕事に出かける男は、必ずしも麻薬ギャングの殺し屋ではないだろう。短いぴったりとしたサテンのスカートをはいた少女たちも、ダンスパーティに行くのであって、自分の持ち物を売り歩くために近くの街角に行くわけではないだろう。しかし、どういう見方をしようとも、〝ラ・パーリータ〟は、麻薬や、売春や……そうそうネズミもはびこるスラムである。しかもどんどん拡大している。考えてみれば、ビバリーヒルズにそっくりだ。だからと言って俺に苦情の手紙は書かないでほしい、とジョーンズは思った。

ノーブル・ストリート三二一五番地のアパートの四階に上って行きながら、四人の男はフォーブス特別捜査官が見たテレビ番組のことを話していた。フォーブス特別捜査官は、先日の夜、C－スパン（ケーブルテレビのチャンネル）で、ある作家が、シアトルのどこかの本屋で本の話をしているのを見たと言った。この作家は、ある婦人からもらった手紙について話していた。彼の作品にはあまりにもたくさんの人物が出てくるのでもう読まないと言ってるのだそうだ。

「そんなこと想像できるかい？」フォーブスが言った。「作品にあまりにもたくさんの人物が出てくるだとさ」

「できないな」ジョーンズが、同意と驚きを込めて頭を振った。「実をいうと、俺がこの仕事が好きなのは、いろんな人間に会えることもあるからだぜ。だから、本の中に出てくる人物が多すぎるなんて考えられないよ」

「それに、人物じゃない」ロニガン一級刑事が言った。「登場人物って言うんだ」

「ところで、この作家って誰だい？」ファインゴールド二級刑事が聞いた。

「どっかのミステリ作家だ」フォーブスが言った。

「それじゃあ、話は違う」気が変わったロニガンが言った。「ミステリなら、あまり大勢の人物を入れちゃだめだ。そうだよ。だって、出てくる人物はみんな容疑者だから……」

「登場人物だろう」

「そう登場人物だ。その登場人物が全員容疑者だからな。で、全員の動きを追うことができなければ、誰が殺人を犯したのか解明できっこない。とにかく、この解明こそがミステリの醍醐味じゃないのか？」

ロニガンの話を聞きながら、フォーブスは、それがミステリの醍醐味なのかなあと思った。

「俺はやっぱり彼の言うことがあってると思うな」フォーブスが言った。「作品にあまりにもたくさんの人物が出てくるって、女が言ったことだけど。その女は、そんなに大勢の人物がいやなら、『白雪姫と七人のこびと』を読めばいいんだ」

あるいは、『三匹の子豚』とジョーンズは思った。そして、四人の男たちは4C室のドアの前で立ち止まった。こういうことには慣れているから、ドアのところで聞き耳を立ててからノックした。そして、こういうことには慣れているから、武器を抜いた。このドアの向こうにいる者は誘拐事件の共犯者かもしれない。

「はい？」

女の声。若そうだ。スペイン語の名前なのに、スペイン訛りがない。フォーブスはコンピュータのプリントアウトをもう一度見た。ロザリータ・グァダジェロー。

「グァ・ダ・ジェローさんですか？」

「ええ。グァ・ダ・ヘー・ヨです」彼女が発音を正した。「どなた？」

「FBI」フォーブスが言った。「ドアを開けてくれませんか？」

一瞬のためらいがあった。FBI？ 何だろう？ 反応はいつだって同じだ。閉まった木製ドアの向こうの沈黙が目に浮かぶくらいだ。漫画の吹き出しみたいにポンと飛び出てくる言葉――何だろう……？

ドアがわずかに開いた。鎖はつけたままだ。隙間から細長い狐のような顔が見えた。

「身分証を見せてください」女が言った。パーフェクトな英語。訛りのかけらもない。

ジョーンズが自分のバッジを見せた。フォーブスも見せた。金地。羽を広げた鷲が本物の戦士の盾らしきものの上に留まっている。中央に圧倒的な大きさの〝US〟という文字が彫られ、上に連邦捜査局、下に司法省という言葉が小さく書かれている。《X‐ファイル》の捜査官が携帯しているプラスチックのバッジ、いわゆるバーバンク・スタジオのＦＢＩカードとは似ても似つかない。二人の捜査官のうしろで、市の刑事がゴールドとブルーエメラルドのバッジをサッと見せた。

こんなに強烈な身分証なのに、何の効果ももたらさなかった。

ドアにはまだ鎖がかかったままだ。

「何のご用件ですか？」女が聞いた。

「あなたがロザリータ・グァダジェローさんですか？」ジョーンズが聞いた。フォーブス同様名前がうまく言えない。

「そうですが。ご用件は？」

「お聞きしたいことがあるんです」フォーブスが言った。

「ドアを開けてもらえませんか？」

再びためらいがあった。それからドアを閉める短く鋭いカチッという音。フォーブスはもう開かないかもしれないと思った。令状を持って出直さなければならないかと考えていると、突然鎖ががちゃがちゃはずされる音がして、ドアが大きく開き、彼を驚かせた。

ロザリータ・グァダジェローは二十代初めのほっそりした女だった。おそらく、背丈は五フィート六インチぐらいだろう。月曜日の正午近く、明らかに外出用の服装をしている。髪は黒。茶色の目にはグリーンっぽいアイラインが引かれている。それに真っ赤な口紅、同色の丸いプラスチックのイヤリング、ひもタイプの黒いハイヒールのサンダル、短いぴったりとした黒のスカート。ぱりっとした白のブラウスは上三つのボタンを外し、イヤリングとマッチした赤いプラスチックのネックレスをやさしく受け止める豊かな胸の谷間を覗かせていた。ジョーンズもフォーブスも彼女は売春婦だと思った。偏見で推定するのはやめておこう。

「入ってもいいですか？」フォーブスが聞いた。

彼は礼儀正しく振る舞っているわけではない。

後で強制侵入で訴えられないように用心しているのだ。

近頃ときたらまったく。

「どういうことですか？」ロザリータは、彼らが中に入れるように脇に寄りながら聞いた。彼女は大きな武器を見せられて気にならないわけではなかった。しかし、ここは〝ラ・パーリータ〟。拳銃は〈クチフリート〉の店と同じようにありふれたものだ。彼らは、朝食の皿がセットされたままの小さなキッチンに入った。リビングは、格安店の三点セット家具が中身をいっぱい詰め込まれて置かれていた。二つの小さなベッドルームのドアは開け放たれていた。閉まっているドアはたぶんバスルーム。刑事の一人がドアを開けた。よかった、誰もいなかった。

「これはあなたの電話番号ですか、ミス・グァダジーョ？」フォーブスが聞いた。だんだん正しい発音に近づいているが、いまいちだ。

　彼女はプリントアウトを見た。

「そうですが？」彼女が言った。

「今日正午にこの電話からかけましたか？」

「いいえ」

「バーニー・ルーミスという人へですが……？」

「いいえ」

「バイソン・レコードの？」

「いいえ。昨日の夜遅くからは、かけようともしませんでした」

「最後に使ったのは、いつか知っているということですね？」ジョーンズが聞いた。

「ええ、たまたま知ってるんです」彼女がイライラしながら言った。「なぜかっていうと、その時ベビーシッターに電話しようとして、携帯電話をなくしたことに気づいたからですわ」

「なくしたって？」

「電話を？」

「ベビーシッター？」

「子供が二人います」ロザリータが言った。「昨日の夜はベビーシッターにいてもらいました。彼女に電話しようとしたら、電話がなくなっていたんです」

「子供が二人いるんだね？」ロニガンが言った。

「八歳と六歳。男の子と女の子ですわ」

ということは、十六歳ぐらいで最初の妊娠をしたわけだな、とロニガンは計算した。

「お子さんたちは今どこに？」

「母が見ています。一日預かってくれます。私が仕事をしている間」

「何をしてるんですか、ミス・グァダジーョ？」

ロニガンはもう知ってるよ、と思った。

「メイソンと六番街の角にブティックを持ってます」

「ブティック？」ファインゴールドが言った。

「ええ、アクセサリーを売ってます。このイヤリングはお店のよ」

「ほんとですか？」フォーブスが疑わしそうに聞いた。

「ええ、ほんとよ」ロザリータが言った。「なぜ私の電話のことを知りたいんです？」

「紛失届は出しましたか？」

「わかったのは昨日の夜遅くですよ」

「昨日の夜の何時です？」

「十時半頃。私たちが映画館を出たときね。子供たちがどうしているかと思って電話しようとしたんです」

「私たちって誰です？」フォーブスが聞いた。

「何て言う映画かね？」ジョーンズが聞いた。

「ボーイフレンドよ」ロザリータが言った。「それから、トム・クルーズの新しい映画」

「でも、電話が紛失していたということだね？」

「ええ、電話がなくなってたんです。お店に置いてきたのかもしれないわ。でなければ、誰かが私のバッグから盗んだんだわ」

「今、店に行くところですか？」

「ええ」

「あなたとご一緒させてもらうのはいかがかな？」フォーブスがもちかけた。「電話をおいてきたかどうか見るために」

「ポル・ケ・エス・エセ・プト・セルラ・タン・インポル

タンテ・デピュエス・デ・トード？（どうして携帯電話がそんなに重要なの？）」

ロザリータが聞いた――たまたまスペイン語だった。そして、たまたま捜査官も刑事も理解できなかった。

しかし、どうでもいいことだ。そうだろう？

どっちにしろ、問題の電話は店になかったんだから。

8

その月曜の朝、別件でダウンタウンに来ていたアンディ・パーカー刑事とオリー・ウィークス刑事は、それぞれの裁判官が昼の休憩を宣言したとき、刑事裁判所でばったり鉢合わせをした。二人は、いつも喜んで証言にのぞんでいる。というのは、数時間、栄光のスポットライトを浴びるチャンスがあるからだ。もっとも、この裁判制度は危険な犯人をできるかぎり早く自由にするために考案されたもののように感じている。しかし、裁判所に行くことは、八七分署や八八分署の退屈単調な仕事から解放されることだし、いわゆる正義の殿堂にいると、今までの苦労はすべて無駄ではなかったとも感じられるのである。

「おーい、オリー！」パーカーが呼んだ。

「アンディ、ヴェー・ゲーテス?」オリーが言った。「ヴィー・ゲーツ」と言ってるつもりらしい。オリーはこの言い方を上司の警部補から教えてもらったが、それはただ、この神聖な大理石の廊下をうろついているユダヤ人弁護士たちに、彼がヘブライ人の信仰に対して理解あることを証明するためだった。オリーは、〝元気かい?〟という意味だと思っているが、パーカーはどんな意味か知らない。だからオリーは「失せろ」という意味の「ヴェ・ファルブロンジェット」と言ってもよかった。しかし、まだ習ってなかった。

二人の男は、スーツにタイをしていた。抜け目ない被告側弁護士どもが自分のことをあれこれつつきだしたら、陪審員に、この人は紳士であって最近のテレビで見かける警官ような乱暴者やごろつきではない、と思ってもらうのが一番だからだ。実は、パーカーもウィークスも、ときどき乱暴者やごろつきのように振る舞う。だが、正式の警察官無断立入許可証を持って立ち入ったと証言しているときに、そんなことを陪審員に知られたらばかを見ることになる。

「中華はどうだい?」パーカーが聞いた。

二人とも完璧な偏屈者だ。

「いいところを知ってるぜ」オリーが言った。

二人の刑事は、明るい五月の陽光の下、近くのハル・ストリートにある中華料理店に向かってぶらぶら歩いていった。二人は銀行員か弁護士か株式仲買人でも通っただろう。それくらいダンディだった。パーカーは、出廷用に髭まで剃った。彼はオリーに、八七分署がこの前の土曜の晩に華々しい事件を捉えたといった。オリー、君はテープを見たかい? オリーは見たと言った。それどころか、夜も昼もターマー・ヴァルパライソばかりでうんざりしている。

「俺の本が盗まれたのは知ってるか?」彼が聞いた。

「いいや!」パーカーがびっくりしたように言った。「どの本だ?」

「俺の書いた本だ」

「お前が本を書いたのか?」パーカーが言った。何とも奇異なことだと思った。ジャングルの象が本を書くみたいに。右の牙で。じゃなければあの長い鼻で。

「ああ、小説だ」オリーが言った。「『市警本部長への報告書』と言うんだ。どっかの字も読めないうすのろが、俺の車から盗みやがった」

「そいつを捕まえたのか？」

「まだだ。しかし、捕まえるぞ。ああ、絶対に。約束する」

「俺も本が書けるんじゃないかとずっと思ってきた。近頃読まされるのはがらくたばかりだからな」パーカーが言った。「ただ時間さえあれば」

パーカーのひけらかしにケチをつけたくなかったから、オリーは才能も必要だとは言わなかった。代わりに言った。

「その通り、確かに時間はかかる」最近、一番時間がかかっているのは、盗まれた原稿の言葉を正確に思い出す作業だ。盗まれた原稿はたまたまコピーを作っておかなかったし、オリーはその原稿の一字一句が完璧のできだと思っているのだ。オリーは、自分以外のプロの作家を知らなかったから、今やっていることが〝書き直し《リライト》〟と言われていることに気づかなかった。それに、新しいページと比べる対象がないから、最初に書いた原稿よりずっとよくなっていることもわからなかった。実際、最初の原稿よりいい原稿を書くのはそれほど難しいことではないのだ。

「あの半分スペイン、半分ロシアの歌手のことだが、とにかく親はそうなんだ」パーカーが、誘拐事件の話に戻って言った。オリーの小説なんてまったく興味がない。「テレビであのテープを見た方がいいぜ」彼が言った。「でかいオッパイがこぼれまくっているから」

「もちろん見たさ」オリーが言った。「ここで食べたことあるかい？」そう聞くオリーはよだれをたらさんばかりだ。ビーズのカーテンのように見える木製のドアを押し開けて店に入った。

昼時の店は、この市の司法と金融の制度を動かしている職員たちで混んでいた。左脚の腿までスリットの入ったスージー・ウォン風のチャイナドレスを着た案内係が、二人を入口から十フィートほどの席まで連れて行き、メニューを渡した。パーカーは戻っていく案内係のスリットから見える腿を見ていた。オリーはすでにメニューを覗き込んでいた。

「彼女は、自分の倍ほどもある黒人からレイプされるんだ」パーカーが言った。「ターマー何とかという名前だ」

「飲茶《ヤムチャ》を食べてみるかい?」オリーが聞いた。

「何だ、その飲茶とは?」パーカーが聞いた。

「あるいは、今日のスペシャルはどうだ?」

「あんたが注文してくれ」パーカーが言った。「まかせるよ」

「中華料理には、ちょっとうるさいんだ」

「だから注文してくれよ、さあ。そいつは筋肉もりもりなんだ。その黒人がさ。たぶん、刑務所のジムでつけたんだろう」

ウェイターが、のろのろと二人のテーブルのところに来た。初めに、オリーは金色にふっくらと揚げた小海老八本、鳥の手羽先六本、揚げた肉団子六個、一人前五本の直火焼きスペアリブ二人前を注文した。次にホット・ロヴァーズ・チキンを頼んだ。これは揚げたチキンをピリ辛のソースでサヤエンドウ、ベビーコーン、フクロタケとともにソテーしたものだ。それからドライ・ソテー・ビーフ四川風……

「ここのは、本物の中国の家庭料理なんだ」彼がパーカーに説明した。

……それと焼きそば《ミーゴレン》。これはスパゲッティ風のヌードルで、いろいろなエキゾチックなスパイス、シュリンプ、トマト、玉子、野菜などと一緒にソテーしたもの……

「シンガポールの名物料理だ」

……それから、ヤング・ジンジャー・ビーフ、ホタテ貝のレモンソース、ブロッコリーのガーリックソース、生ほうれん草のソテー。

「これで十分だと思う」彼がパーカーに言った。「もっと欲しかったら、後で注文すればいい」

ウェイターがびっくりして頭を振りながら戻っていった。

「なぜこいつらはいつも怒ってるような顔をしてるんだい?」パーカーが聞いた。

「誰のことだ?」

「中国人のウェイターだよ。いつも虫の居所が悪いような顔をしてるぜ」

「そうじゃないんだ」オリーが説明した。「あいつらの目はやぶにらみだろう。だから気むずかしそうに見えるんだ」

「やつはほんとうに彼女の服を引きちぎっちゃうんだぜ」

パーカーが言った。

「誰が?」

「あの強姦者だよ」

「あのさあ」オリーが言った。「時々何の話をしているかわからなくなるぞ」

パーカーが説明した。土曜の夜のことだ。次の勤務当番が来る十一時四十五分、港湾班の警部から電話があって、当番の刑事と話がしたいと言ったんだ……

「そこで俺はバカみたいに、ちょうど入ってきたキャレラにその電話を渡して、この一年で一番でかい事件をプレゼントしちまったわけさ」

「レイプ事件を? 八七分署じゃレイプがでかい事件なのかい? 八八分署じゃ十分ごとに十件のレイプ事件があるんだぜ」

「誘拐だよ!」パーカーが言った。「ロックスターの! テレビでずっとやってるじゃないか。あんたテレビを見ないのか? あのテープは十分毎に放送されてるよ。世界貿易センターの攻撃の時よりもっと放送されそうだぜ」

「見たよ、見た見た」オリーが言った。「おお」彼は両手を広げて歓迎した。ウェイターが、ちょうど前菜を持ってきたのだ。

「つまりだ」パーカーがふっくらとしたシュリンプを皿に取りながら言った。「チャンネル・フォーの移動レポーターが、この歌手がアルバムの中から一曲歌うところを録画していた……これ食べるかい？」

「ありがとう」オリーが言った。鳥の手羽先と肉団子を皿に取っていた。

「そうしたら、あろうことか、黒人野郎が二人……」

「びっくり仰天だな」オリーが言った。

「堂々と乗り込んできてその歌手をさらってったんだ。あの議員が撃ち殺されて以来この市を襲った最大の事件だ。それをバカみたいに銀の皿に載っけてキャレラに進呈しちまったんだ」

「まあ、そんなふうになるなんてわからんからな。港湾班の電話くらいじゃあ、誰かが河に飛び込んだのかもしれないからな」

「俺もそう思ったんだ」

「そうだよ。港湾班。他に何が考えられる？」

「ボート事故とか」

「そうだな、ボート事故がある」


さて、食べ物がテーブルに載った今、オリーはパーカーが話しているレイプとか誘拐事件にそれほど興味が持てなくなった。食べ物がテーブルにある時は、他のものには一切関心がなくなるのだ。だから、この前の土曜日、食事が出てきた後も、まだパトリシア・ゴメスにあんなにも関心があったのには自分でも驚きだった。偶然に、とオリーは思うが、パーカーがその瞬間を捉えて聞いてきた。「この週末は何していた？」

「ここの料理どう思う？」オリーがスペアリブにかぶりつきながら聞いた。「ちょっとしたもんだろう？」

「うまい」パーカーが言った。「で、この週末は何していた？」

「土曜の晩に出かけた」

「どこへ？」

「〈ビリー・バーナクル〉」

「ほんとかよ？」パーカーが言った。「あそこにはバンドがあるだろう？」

「ああ、リバー・ラッツな」

「それで何したんだよ、女と行ったのか？」

「いや、一人でダンスに行った」オリーが言った。

「ああ、やっぱりそうだ！」パーカーが、スペアリブで彼を指しながら言った。「あのヒスパニックの制服警官だ。あんたの分署の！」

パトリシア・ゴメスのことを言っているんだ、とオリーは思った。

「土曜の晩だろう？」

「ああ」

「もちろん、あんたの言ったことは覚えているぜ」パーカーはそう言って、テーブル越しにじっとオリーを見た。

「結局、彼女とデートしたんだろ？　やめろと言ったのに」

「ああ、彼女とデートしたさ」

「俺は、スパニッシュの女と六カ月間一緒に暮らした」パーカーが言った。「しまいに、あいつは俺のペニスをたった五セントで切り取って、〈クチフリート〉に売っちまったんだぜ」

「比喩的に言ったんだと思うが」オリーは文学的表現を使った。パーカーがわかるとは思っていなかったが。

「どうとでも思え」パーカーがむっとして言った。「スパニッシュの女とつきあいたかったら、あんたのきんたまはオリーブの壺に隠しておいた方がいい」

「とにかく、パトリシアはスパニッシュじゃない。プエルトリコ人だ」

「俺が何を言ってると思ってるんだ？　プエルトリコ人はスパニッシュじゃなきゃ何なんだ？　〝ヒスパニック〟という言葉は、スパニッシュじゃなきゃどこから来たんだ？　俺が一緒に暮らしてた女は、カタリーナ・エレーラというんだ。みんなはキャシーと呼んでいた。ヒスパニックの友達はみんなそう呼んでいた。近頃じゃ、どの名前もみんなアメリカ人のように聞こえるだろう。だから、あいつらがマヤグエズの山腹の掘っ建て小屋にいたことを忘れてしまうんだ。俺が彼女に出会ったのは、落書き殺人鬼を追ってたころだ。あの事件覚えているか？　なんと、あの男、ありとあらゆる悪さをしたんだ。捕まるまでに四人も殺した。彼女の息子が最初の犠牲者だった。その子はほんものの落書き小僧だった。キャシーは離婚し、男はサン・ドミンゴに帰ってしまった。とどのつまりは、あれやこれやいろいろあった末に、一緒に暮らすことになったんだ」

「それでどうなった？」オリーが聞いた。「今は、人工器官をつけているのかい？」

パーカーは人工器官が何なのか知らなかった。彼は笑わなかった。が、オリーは自分のジョークに大笑いした。

「何がそんなにおかしいんだ？」パーカーが聞いた。「どうなったかっていうと、ある火曜日の夜に大規模な麻薬の手入れをやることになっていた。それをたまたまキャシーに言ってしまったんだ。前の晩にベットの中でな。ちょっとした寝物語さ、わかるだろう？　彼女は非常に注意深く聞いていた。スパニッシュの女はいつも熱心に人の話を聞くんだ。だけど、誰も疑ったりしない、そうだろう？　つまり、俺たち一緒に暮らしていたんだ。夫婦のように。さて、火曜の夜が来た。俺たちは防弾チョッキを着て、突撃銃を取った。六人の強者がだな、〝エル・ゾロ・カノス〟という名前だけしかわかっていない男が牛耳っているギャングの一味を急襲しようってわけだ。ところで、〝エル・ゾロ・カノス〟っていうのは〝グレーの狐〟という意味さ。この頃はあんたのガールフレンドもあまりスペイン語を教えてくれないかもしれないが……」

「あのこはガールフレンドじゃないんだ」オリーが言った。「まだ一度しかデートしたことがない……」

「〝エル・ゾロ・カノス〟。二十四歳で、髪の毛はもうグレーだ。たぶん、長いこと刑務所に入れられるのが心配なんだろう。しかし、どうなったと思う？　誰もいなかったんだ。令状を持って踏み込んだら誰もいない。もぬけの殻だ。〝エル・ゾロ・カノス〟はエル・クーポに逃げてしまった。しばらくたって気がついたら、キャシーはジェフ・アベニューのジュノーで買った挑発的な絹のドレスを着て、売春婦みたいにひもばかりのハイヒールをはいているんだ。誰かが死んで、遺産でももらったのかって聞いてみたよ。あいつは、ナンバー賭博で勝ったんだと言った。だけど嘘だ。ナンバー賭博なんかしたことがないのを知ってるからな。結局……」

「彼女がその手入れのことを密告したんだ」オリーが言った。

「どうしてわかる？　あいつに話した翌朝、手入れの日の火曜の朝だが、あいつは別れた夫のいとこのところに走っていった。そいつの名前はベルナルド・エレーラというんだが、誰だと思う？」

「ゾロ」

「当たり。あんたは刑事になるべきだな。あいつの別れた夫のいとこは〝エル・ゾロ・カノス〟。俺たちが急襲しようとしてたギャング団を率いていたんだ！　ゾロはあいつにすばらしい親戚だと言って感謝した。そして百ドル札を五枚くれた。五セントでペニスを切り取って〈クチフリート〉店に売っちまうというのは、こういう意味なのさ」

「だがな、パトリシアは俺のペニスなんか切らなかったぞ」オリーが言った。「五セントであろうがなかろうが。それよりも、あのこは〈クチフリート〉なんか嫌いだぜ」

「俺の言うことがわかっていないな。ところで、この皿のものは何だ？　誰かがシェフのペニスを切り取ったみたいだぞ」

「四川風のビーフだ」

「そうらしい」

二人はしばらく黙って食べた。

「それで、やったのか？」パーカーが聞いた。

「おいおい、なんのことだよ？」

「ちょっと気になるんでね」パーカーはそう言って、声を落とすと、テーブルに乗り出して言った。「で、やったのか？」

「やめろよ、アンディ」オリーは頭をぐいっと回して、うしろの席に目をやった。

「誰にも聞こえないよ」パーカーが言った。

「急いだ方がいい」オリーが言った。「裁判官は一時半と言ったよな？」

パーカーが彼を見た。

「何だよ」オリーが言った。

パーカーはなおも彼を見ていた。

「何でもない」やっとそう言って、食事に戻った。


十五年ぶりに、キャレラはタバコが吸いたくなった。座っている以外に何かすることはないか。

ロザリータ・グァダヘーヨを探しに送り出されていた四人の男が帰ってきた。

「女は完全にシロです」フォーブスが報告した。「″ラ・パーリータ″のマイソン・アベニューで宝石店をやっています。大部分が第三世界の国々からのがらくたですがね。昨晩十時半頃、子供に電話しようと思ってハンドバッグの中を探したところ、電話が消えていた。何者かに盗まれたってわけです」

「ホシだ」コーコランが頷きながら言った。

「頭がいい」エンディコットが言った。

「やつは、我々が電話を追跡することを知っている……」

「携帯電話からかけるにしても……」

「だから他人の電話を使ってかけた……」

「今頃、その電話は間違いなく河の底だ」エンディコットが結論を言った。

「ということは、ここにあるあなたがたの装置は全部役に立たないということですな」ルーミスが部屋中に設置された装置に向かって手を振りながら言った。

「全部が全部というわけではない」エンディコットが言った。「やつがまた電話してきたとき……」

「もし、また電話してきたらでしょう」ルーミスが言った。

「もちろん、電話してきますよ」コーコランが言った。

「このゲームの名前はカネです。カネを手に入れるまでは、電話してきます」

「そして、電話してきたときに、テープに採る」エンディコットが言った。「声紋は証拠として認められる。我々はやつを裁判にかけ……」

「やつを裁判にかけることなど私にはどうでもいい」ルーミスが言った。「そのことはもう言ったはずです。ターマーが帰ってきさえすればいいんです」

「もちろん、彼女は取り戻します」コーコランが彼に保証した。

「彼女をどんな危険な目にも遇わせたくない。やつらにカネを渡して彼女を取り戻したい。ただそれだけです」

「あるいは、その逆だ」エンディコットが言った。

ルーミスが、彼を見た。

「被害者を取り戻すことを優先した方がいいこともあるんだ」エンディコットが説明した。

「あるいは、同時に」コーコランが言った。

「あるいは、少なくとも命の証拠を手に入れる」エンディコットが言った。

「彼女がまだ生きているという証拠です」コーコランが説明した「耳とか指とか……」

バーニー・ルーミスが、突然真っ青になった。

キャレラは、こんなところで自分はいったい何をしてるんだろうと思った。


彼が警察官になる遙か前、昔の警察では、アイルランド人でなければ決して〝ゴールドを獲得《コップ》〟できないという格言が広く受け入れられていた。この場合、〝コップ〟は〝銅《コッパー》〟の省略形ではない。〝銅〟ならばステキな冶金のイメージを描くのに役立ったかもしれないが。とにかく、〝コップ〟は、達成するとか獲得するとか、もう少し具体的に言えば、制服警官からゴールドのバッジを携帯する刑事に〝昇進する〟という意味である。この市では、アイルランド人以外の者がゴールドを獲得《コップ》するなんてことは、あまりにもまれだったので、それが部外者の身に起こると、びっくりしている本人に向かって（その人の信仰にかかわらず）「お前さんのラビ（ユダヤ教の聖職者。有力な後援者という意味もある）は誰だ？」という質問が、どうしても投げかけられたのだった。

　やがて、アイルランド系以外の警察官もどんどん刑事になるようになると、「あんたのラビは誰？」は、標準的なジョークになった。もちろん、何年も経つうちに、この定説もしだいに変わって「アイルランド人でなければ、決して〝警部〟になれない」という意味になってきた。しかし、その陳腐な言い回しさえ、二人の黒人が続けて市警察本部長に任命されてからは使われなくなった。

　ワスプ（アングロサクソン系プロテスタントの白人）だらけのこの部屋で——キャレラはそう感じていた。もっともコーコランがアイルランド系のカトリックで、ファインゴールドがユダヤ系、ジョーンズが黒人だったが——突然、自分は血統書つきのでかい犬と一緒にションベンをする権利のないイタリアの小さな駄犬のような気がした。

　刑事警部補チャールズ・ファーリー・コーコランと、二級刑事スティーヴン・ルイス・キャレラは、まったく同じ日に警察学校を卒業した。コーコランは富裕階層の住む三〇分署に配属された。キャレラはアップタウンの掃きだめ、八七分署で巡査となった。

　初仕事の日、彼は真新しい制服にピカピカの靴をはき、胸には銀色に輝くバッジをつけ、右の腰のホルスターには、スミス&ウェッソンの・三八口径——当時必携の武器——をぶらさげていた。その時、パンティとブラだけを身につけた一人の女が、金切り声をあげながらある建物から走り出てきた。彼は、誰かが彼女をレイプしようとしたのだと判断した。二分後、パンツとタンクトップだけの男が彼女の後から走り出てきた。この男も、〝人殺し〟と恐怖の叫びをあげている。まさにそうなりそうな雲行きだった。というのも、彼のすぐ後から第二の女が跳びだしてきたのだ。今度の女はきちんと服を着て斧を振りかざしている。あとでわかったことだが、建物の三階にある火災報知器から抜き取ってきたものだった。二番目の女は、玄関前の階段を駆け下りながら「裏切り者!」と叫んでいた。「裏切り者! 裏切り者!」ほやほやの新人だったキャレラには、彼女より前に建物から走り出ていった半裸の男と女のことを言ってるのだとわかるのに、およそ三十秒かかった。そして、二人がベッドにいるところを斧を持った女が見つけたのだとわかるまでに、さらに三十秒かかった。

彼女の行く手を遮るように一歩踏み出し、交通巡査のように手を挙げて、正直、その瞬間交通巡査だったらよかったと思ったのだが、彼は言った。「まあまあ、奥さん、この辺で止めておきましょう」

しかし、彼女は斧を手に、怒りで目をギラギラさせたままキャレラを押しのけ……

実際、彼を生命のない障害物のように押しのけたのだ。下着姿の裸足の裏切り者に正義の刃を振るう邪魔をしているのだから。そのうち裏切り者たちは、角を曲がって見えなくなってしまった。

バランスを取り戻しながら、キャレラは発砲するのが許されるのはどういう時だったか、規則を思い出そうとしていた。警察官への暴行が該当するのは確かだ。危険な武器の携行も、武器を使用する正当な理由となる。実を言うと、当時は警察官がホルスターから武器を抜き発砲する際の規制はあまりなかった。しかし、自分が正当だと思ったとしても、太った婦人の背中を——角をめがけて走っている女は、もう彼に背中を向けていた——撃ったらメダルはもらえないのは確実だった。そこで、突然汗が噴き出るほどの暑さになった宙に向かって「警察だ! 止まれ。さもないと撃つぞ!」と叫んで、銃を抜き、初仕事の日に誰も撃たないですみますようにとはかない望みを抱いた。

女は止まらなかった。しかし、彼も撃つ必要はなかった。というのは、彼女が角を曲がったとたん、そして彼が角にたどり着き、息を切らして曲がった時には、三人は跡形もなく消えていたのだ。裸同然の二人の姦通者と——もしそうならば——斧を持った女。姿をくらます術! キャレラはまだ銃を手に持ったままだった。バカらしくなった。

「あの人たちどこへ行った?」彼は自転車に乗った子供に聞いた。

「誰がどこに?」子供が聞いた。

完全に消えてしまった。

さっきの建物に戻ってみると、大勢の人が集まっていて、キャレラがするはずの質問をしてきた。しかし、結局、キャレラにわかったのは、女はたぶん火事だと思い、下着姿の住人を建物から逃がすために斧を使ったのだ、ということだけだった。

彼は、初日にあることを学んだ。

この分署管区では、誰も、何も知らないということを。

その日、家に帰って、母親に初日の出来事を話し、二人は大笑いした。翌日の出来事はそれほどおかしくなかった。

翌日、一人の巡査が給料の小切手を現金にしようと思って、それほど遠くない銀行……

電話が鳴った。

三時きっかりだった。


エンディコットが、ルーミスに受話器を取るように合図した。

「もしもし?」

「ミスター・ルーミスか?」

「そうだが?」

「カネの用意はできたか?」

「できた」

「百ドル札だな? しるしがないやつだぞ?」

「ああ」

「そうしないと、後がこわいぜ。あんたはどんな車に乗っているんだ?」

「どんな?」

「どんな種類の……?」

「会社が、車と運転手を出してくれている。リンカーン・タウン……」

「自分で運転できるか?」

「できるが？」

「中に電話は？」

「ある」

「番号はわかるか？」

「今ここではわからない。聞いてみよう」

「聞いておけ。五分後に電話する」

「待て」ルーミスが叫んだ。

　しかし、もう電話は切れていた。

「また携帯電話だ」コンピュータを扱っている捜査官の一人が言った。「こんどはスプリント（地上通信業者）だ。今、番号をチェックしています」

「タワーの一つがやつを捉えた。だが消えた」もう一人の捜査官が言った。

「カームズ・ポイントのどこかだ」

「やつは万事心得ている」

「番号がわかりました」最初の捜査官が言って、プリンターの方へ歩いていった。プリンターから繰り出てくる紙を読んで言った。「ランドール・カーター・ジュニア。パストラル・ウェイ四二一番地……川向こうの隣州だ」彼がびっくりしたように言った。

「また盗難電話だ」エンディコットが言った。

「たぶん一ダースほど持ってるんだろう」

「やつは電話をするたびに違った携帯を使うつもりだ。まあ、見てみよう」コーコランが思慮深げに頷きながら言った。

　他の者も、皆頷いた。

　ほぼ、六分後に、電話が鳴った。

　エンディコットが頷いた。

　ルーミスが受話器を取った。

「もしもし？」

「番号がわかったか？」

「わかった」

「教えろ。ゆっくり読め」

ルーミスが電話番号を読み上げた。

「これであってるか?」相手はそう聞いて番号を繰り返した。

「ああ、その通りだ」

「第一タワーがやつを捉えました」

「では、こうしてほしい。カネは用意できたんだったな?」

「できた」

「あんたの傍におまわりはいるか?」

ルーミスは何と答えるべきかわからなかった。まずエンディコットを見、それからフォーブスを見た。二人とも首を振った。

「いや、いない」ルーミスが言った。

「嘘をついてるな。でもいいだろう。カネをアタッシェケースに入れろ。持っているか?」

「持ってる」ルーミスが言った。

「あんたの傍にいる刑事の中から一人選べ……」

「ここには、刑事はいない」

「もちろん、そうだろうな。とにかく、刑事を一人探すんだ。なんとかやれるかい、ミスター・ルーミス?」

あてこすりの皮肉が含まれている。

ルーミスは、無視した。

「じゃあ、刑事を一人探そう」彼が言った。

「よし。刑事を見つけたら、そいつにカネの入ったアタッシェケースを持たせろ。保管のためだ。俺たちが手にする前に、悪党に盗られちゃいけないからな。わかったか?」

「わかったが?」

ルーミスは面食らったように見えた。〝班〟の面々もそうだ。警察に知らせるな、知らせると被害者は死ぬというのが常套なのだから。やつらはど素人か、こういうことを百回もした末に妙案を思いついたかのどちらかだ。イヤホーンを使えなかったキャレラもポカンとしていた。しかし、彼の方は何がどうなっているかわからなかったからだ。

「第二タワーがやつを捉えました。車で移動中です」

「三時半きっかり……それだけあれば、アタッシェケースと警官を探せるはずだ、ミスター・ルーミス？」

またもや皮肉。

ルーミスは、今回も無視した。

「ああ、それだけあれば十分だ」彼が言った。

「では、三時半きっかりに、あんたと警官とケースはリムジンまで行け」相手が言った。「それから、あんたの運転で車庫を出たらリバーハイウェイのハミルトン橋方面に乗れ。わかったな？」

「わかった」

「繰り返せ」

「リバーハイウェイのハミルトン橋方面だ」

「連れは？」

「刑事だ」

「それとケース。カネの入ったケースを忘れるな」

「第二タワーが捉えました」

「今回はシンギュラー・ワイヤレス（携帯電話会社）です。いま番号を突き止めています」

「早くしろ、早く」エンディコットが言った。

「あんたが運転するんだ、ミスター・ルーミス。刑事は護衛だ。拳銃を携行するように伝えろ。全部わかったな？」

「わかった」

「よし。三時半きっかりだ。四時十五分前にまた車に電話する。質問は？」

「ある。いつターマーを返して……？」

「あせるな。だけど、聞け、ミスター・ルーミス、それと電話を聞いてるあんたら」

　エンディコットは苦々しげに頷いた。

「我々は三人だ。二人がカネを受け取るが、一人は女と一緒にいる。現場で警察の動きがあれば、女を殺す。現場から我々をつけてくる者がいれば、女を殺す。現金を受け取った後、我々を捕まえようとすれば、女を殺す。女は我々の切り札だ。わかっただろうな？　今、切り札を見せている。だから、あんたらも負けるとわかっている手に女の命を賭けたりしない方がいいぜ。全部理解したか言ってもらおう。特に、罠をしかけたりしたら、女を殺すというところだ」

「すべて理解した」ルーミスが言った。

「話を続けろ」とエンディコット。

「特にあの子が殺されるというところは」

「特にターマーが殺されるというところだ」

「やつを放すな」

「よし」電話の相手はそう言うと、突然切ってしまった。

「ちくしょう、もう少しだったのに」

「なぜ警官まで来させたがるんだろう？」フォーブスが聞いた。

「しかも、武装警官だ」

「番号がわかりましたけど？」捜査官の一人が言った。

「リバーヘッドの女性です」

「そのまま続けてくれ」コーコランがファインゴールドに言った。「しかし、また盗難電話だろう。そのうちわかる」

「やつには自信がある」エンディコットが言った。

「まあ、やつは女を握ってるから」コーコランが言った。

「話を聞きましたよね。女はやつの切り札だ」彼はほんの一瞬ためらってから言った。「私がご一緒します。ミスター・ルーミス」そして、ジャケットを着かけたときルーミスが言った。「いや」

　皆振り返って、彼を見た。

「キャレラ刑事にお願いしたい」彼が言った。

9

車の携帯電話が、三時四十五分きっかりに鳴った。バーニー・ルーミスの運転でちょうどリバー・ハーブ・ハイウェイのバフォード・パーク出口を過ぎたところだった。

キャレラが電話機を取り上げ、通信ボタンを押した。

「もしもし?」彼が言った。

「誰だ?」エイヴリーが聞いた。

「キャレラ刑事だ」

「刑事さん、あんたのファースト・ネームは?」

「スティーヴだ」

「〝スティーヴ〟と呼んでもいいかね?」

「ああ」

「イタリアの名前は苦手だ」

勝手にしろ、とキャレラは思った。

「スティーヴ、運転しているのはミスター・ルーミスかね?」

「そうだ」

「車には他に誰か?」

「いや、いない」

「車にはその電話しかないか?」

「ない」

これは嘘だった。キャレラは、ウインドブレーカーの右側のサイドポケットにもう一つ携帯電話を入れていた。

「それは持ち運び可能か?」

「え?」

「車から出すことができるか?」

「ああ、できる」

「ミスター・ルーミスに代わってくれ」

キャレラは電話機を彼に渡した。

「もしもし?」ルーミスが言った。

「ミスター・ルーミス、十七番出口まで走ってもらいたい。十分か十五分ぐらいだ。ランプの上で右折する。すると相乗りをする連中の駐車場が見える。そこに駐車して待つんだ。四時にまた電話する」

カチッという音がした。

ルーミスは電話機を置いた。

「やつは何と言いました？」キャレラが聞いた。

「十七番出口。そこに駐車して次の電話を待てと」

キャレラのポケットの電話が鳴った。彼は引っ張り出すと、通話ボタンを押した。

「もしもし？」彼が言った。

「キャレラか？　コーコラン警部補だ」

「はい？」キャレラが言った。

昔警察学校にいた頃は、〝スティーヴ〟と〝コーキー〟だった。今では〝キャレラ〟と〝コーコラン警部補〟だ。

「連絡があったか？」コーコランが聞いた。

「はい、たった今電話がありました」

「何と言った？」

「やつの要求は……」

「何をしてるんだ？」ルーミスがいきなり言った。

キャレラは彼の方に振り向いた。わけがわからない。

「いったい何をしてるんだ？」ルーミスが怒鳴った。

「ちょっと待ってください」キャレラは電話にそう言うと、再びルーミスの方に振り向いた。「コーコランは知りたい……」

「電話をよこせ！」ルーミスは乱暴に言うと右手を突き出した。

「あなたと話がしたいそうです、警部補」キャレラは言って、電話を彼に渡した。

「コーコラン警部補」ルーミスが言った。「いいですか、コーコラン警部補。あんた気が狂ったんじゃないのか？やつらは、罠を仕掛けたらターマーを殺すと言ったんですぞ。あんたに我々の行き先を言うのは――いったいこれから何をしようというんです！――まさにやつらが警告したことだと思いますね。罠を仕掛けることになる。いいですか、我々の居場所を探さないでほしい。海兵隊を送り込んだりしないでほしい。私はただカネを落として次の指示を待ちたいだけなんだ。わかりましたか、コーコラン警部補?」ルーミスが耳を傾けている。「ええ、警部補」彼が言った。「ターマーに何が起ころうと自分が責任は取ります。だから、この番号に電話しないでくれ。車の電話にもかけないでくれ。それから、後生だ、誰にも私の後をつけさせないでくれ」彼はそう言って、バックミラーを覗いた。「もしもあの子に何かあったら、この手であんたのきんたまを切り落とすつもりだ。これではっきりしましたかな、コーコラン警部補?」ルーミスは再び耳を傾けた。「よろしい。二度と罠は無しだ!」彼は乱暴に頷くと、電話機をキャレラに返した。

「もしもし?」キャレラが言った。「ええ、聞きました」彼が耳を傾けた。「わかりました。彼のやり方でいきます。では後で」彼は終了ボタンを押し、電話機を肩越しに後部座席に放り投げた。

「あの男は嫌いだ」ルーミスが言った。「あそこの連中は一人も好きじゃない。ホントのことを言えば、コーコランが一番嫌いだ。あいつはうぬぼれている」

キャレラは黙っていた。

「特別捜査班の連中は、誰一人として、今我々が扱っているのは人の命だということがわかっていない」ルーミスが言った。

「わかっていると思いますよ、ミスター・ルーミス」

「連中にとって、これは大きなゲームなんですよ。善玉と悪玉の。誘拐犯がはっきり説明したこと、切り札を見せたこと、そして何が危険にさらされているのを正確に言ったことなど、連中は全然気にかけていない。連中にとっては、まだ、警官と泥棒しかいないんです、そうでしょう?」

「そうは思いません、ミスター・ルーミス。しかし、あなたのやり方で行きましょう」キャレラが言った。「そして、最善を祈りましょう」

彼らは十五番出口に近づいていた。ルーミスは絶えずバックミラーを覗いては、後から誰かがついてきていないかチェックしていた。キャレラは思った。たぶん本件は警官と泥棒だけの話にはならないだろうと。

はるか昔のあの日、それは警官と泥棒だけの話だった。本物の警官三人、本物の泥棒三人。泥棒が、キャレラの巡回区内の、署からさほど離れていない十二番街とカルヴァーの角にある銀行から出てきた。その時、オスカー・ジャクソンという巡査が五分間の休憩をもらって、前の金曜日に受け取った給料小切手を現金にするため銀行に駆け込もうとしていた。一方、相棒のジミー・リャン巡査は、銀行の外側に停めたばかりの車をアイドリングさせたまま、運転席に座っていた。

当時の警察官は、まだ巡査《パトロールマン》と呼ばれていた。なぜなら、女性の制服警官はあまりいなかったし、性同一性の問題もそれほど深刻ではなかった。黒人の巡査もあまりいなかった。しかし、オスカー・ジャクソンは黒人だった。彼はポケットから財布を取りだし、給料小切手を抜き出そうとしていた。ちょうどその時、スキーマスクをかぶり、先端を切りつめた散弾銃を抱えた三人の男が銀行の階段を駆け下りてきた。今ならウジかAK‐四七を持っていただろう。しかし、これは昔、我々が若かったころの話だ。

キャレラがちょうど角を曲がったとき、ジャクソンが——署で見かけたがまだ名前は知らなかった——銀行の広い正面階段を猛スピードで駆け下りてくる武装した三人の男のスキーマスクを被った顔を見上げたところだった。ジャクソンには、これが進行中の強盗事件であることを教えてくれるプログラムは不要だった。キャレラにも不要だった。チャーリー二号の運転席にいたジミー・リャンにも不要だった。

三人は武器をホルスターから抜いた。ジャクソンは片側に寄るとすぐさま蹲《うずくま》って射撃体勢を取った。リャンは車から出てボンネットの後にしゃがみ肘をボンネットに載せ、銃を構えた。キャレラは大胆不敵にも（彼は若かった）・

三八を右手に銀行に向かって走っていった。三人がほぼ同時に発砲した。

泥棒が一人だけ撃ち返してきた。自分に一番近い警官に向けて撃った。たまたまオスカー・ジャクソンだった。ジャクソンは歩道に倒れ、胸に負った致命傷から血を流した。ジャクソンを撃った男も、リャンのピストルから放たれた三発によって倒された。キャレラは、他の二人の泥棒を倒すのにリボルバーを空《から》にした。銀行強盗の企ては阻止された。オスカー・ジャクソンがただ一人の犠牲者だった。リャンとキャレラが彼の脇に跪くまえに事切れていた。まだ現金化されてない小切手が、彼の傍で広がってゆく血の海に落ちていた。

あの日は、警官と泥棒の日だった。いいだろう。その後も毎日が警官と泥棒の日だった。しかし、あの日は、バーニーが言うような〝一つの大きなゲーム〟ではなかった。そして今日もゲームではない。二十歳の女の命がかかっているのだ。彼らは手順に従って捜査を進めるつもりだった。しかしバーニー・ルーミスが止めさせた。キャレラはただ、今日は誰も傷つかないようにと願うばかりだった。

「もうすぐ十七番出口だ」ルーミスが言った。

彼らは、女を二つのベッドルームの小さい方に移し、ドアにクローゼットのと同じような掛けがねと錠を取りつけた。そのベッドルームには窓が一つあったが、浜に向いて開くようになっていて、その浜にはカモメ以外の誰もいなかった。その上、女は手錠でラジエーターにつながれ、窓のところへ行きたくても行けなかった。エイヴリーは、女に叫んでも無駄だと警告した。そんなことをすれば、すぐにあんたを殺さなければならない。今夜にも、バイソンの保護者に返してやれるはずだが。

エイヴリーは、女に、今日やってしまいたいことをすべて辛抱強く説明した。これまでどのようにバーニー・ルーミスと交渉してきたか、そして事態の展開に合わせて今日一日どのように事を進めていくかを事細かに話して聞かせた。こうすれば、不測の事態や間違いがおこらないからな。現金を受け取ったら、約束通り今晩彼女を返し、一人八万三千ドル余りをせしめる。しかし、カルがすでに文句を言い始めていた。彼らの分け前が――エイヴリーとケリーのことだが、二人はカップルだから――同じ仕事とリスクに対する彼の取り分の二倍になっているというのだ。

エイヴリーは、女に説明したときのように辛抱強くカルにも説明した。この仕事《ギグ》に第三者を引き込んだら、やはり同じ金額を払わなければならなかったはずだ。ケリーをその第三者だと思えば、同じじゃないか？　ケリーはボートの操縦法を知っているし、突撃銃の使い方もエイヴリーが一応教えてある。もっとも、ケリー自身は、男たちが戦利品を手に入れてくる間に女が面倒を起こして撃たなければならなくなったら自分がどうするか、正直言って心許なかった。

今、彼女は女と二人きりでいる。

四時半近くになっていた。男たちが家を出て以来、ベッドルームからは物音一つ聞こえなかった。彼女は、女が無事でいますようにと願った。さらってきたときと同じ状態で今夜返すことになっている。彼女はベッドルームに行き、ドアをノックして叫んだ。「ターマー、大丈夫？」ロックスターをファーストネームで呼んだことでちょっとわくわくした。

「喉が渇いているの」ターマーが錠のかかったドアの向こうから言った。

「アイスティーを飲む？　冷蔵庫にあるんだけど」

「ええ、お願い」ターマーが言った。

「ドアを開けても、おかしなまねはしないわね？」

「どんなおかしなまねができると思うの？」ターマーが聞いた。

ケリーは微笑した。

「お茶を持ってくるわ」彼女はドアに向かって言うと、廊下の先のマスター・ベッドルームに行った。カルはこのことについても文句を言っている。二人は大きなベッドルームの大きなダブルベッドで寝ているけど、俺はリビングのカウチで寝なきゃならないと。カルには文句の言いたいことがいっぱいあるのだ。このギグが――あら、私ったら、ギグなんて言葉を使ってしまったわ、と彼女は思った。この言い方って伝染病ね――終われば、嬉しいだろうなあ。

仮面が三つ、クローゼットの棚の上に載っている。エイヴリーがインターネットで注文した。一つ四十五ドル。三人が例の仕事をするときと、家の中で女の傍に行くときに被るためだ。実のところ、ケリーは、女に顔を見られた以上仮面をつけるのはばからしいと思っていた。なんだか、馬が逃げた後で納屋に錠をかけるみたいだ。

彼女は、まだそのことが気になっていた。

女が、彼女の顔をじっくりと見たという事実――いや、ちらっと見ただけだけれど、本当は。それでも、女は絶対に彼女の赤い髪とグリーンの目を見た。実は、それって彼女の一番のチャームポイントで、一度見たら忘れられない魅力かもしれない。うぬぼれてるみたいに聞こえたらいやだけど。アイルランド人特有の、顔中にちらばったそばかすは言うまでもない。ターマーはこういう点をみんな覚えているのではないだろうか？　自由にしたら、こういう特徴を警察に説明できるのではないだろうか？

ほんとうに気になってしょうがなかった。

エイヴリーは、自分にはヤセル・アラファトの仮面、カルにはサダム・フセインの仮面を選んだ。近頃この二人がしょっちゅうテレビに出ているからだろう――ターマー・ヴァルパライソほどではないけれど。ケリーは自分には少なくとも女の仮面を選んでほしかった。しかし、彼は選りにも選って一番いやなジョージ・ブッシュの仮面を選んだ。これは薄気味悪いほどアルフレッド・E・ニューマンに似ていた。考えてみれば、本物の大統領もアルフレッド・E・ニューマンに似ていることになる。

ケリーは、棚からゴムの仮面を取り、頭から被って顔と短い髪を隠した。あれこれ心配しなくても、ターマーは彼女がどんな顔をしていたか忘れてしまったかもしれない。

ほんの二、三秒顔を曝しただけで、またすぐクローゼットのドアを閉めたんだから。ケリーは肩をすくめると（しかし、まだ気になっていた）、キッチンへ行って棚からスナップルのボトルを取り、蓋を開けて中身のほとんどをグラスに注いだ。残りは自分がボトルから直接飲んだ。それから、ターマーのために注いだグラスを取り、キッチンのテーブルに載せておいたAK-四七を持った。

　彼女は、片手にお茶のグラス、もう一方の手に突撃銃を持って再び廊下を歩いていき、ベッドルームのドアを開けた。

　ターマーに、絶対おかしなまねをしてほしくなかった。

　ハイウェイを降り、ランプのてっぺんの乗降区域に車を止めて三分もしないうちに、車の電話が再び鳴った。今回は、ルーミスが取った。

「もしもし」彼が言った。

「ミスター・ルーミス？」

「そうだが？」

「ホークスを西に向かって走れ」エイヴリーが言った。「ノーマンで右折し、ノーマンと百八十五番街の交差点までいったら、そこで駐車する。今俺が言ったことを繰り返してくれ」

「ノーマンと百八十五番街の角まで行く」ルーミスが言った。

「詳しくは後で」エイヴリーが言って電話を切った。

「〝荒地《ウエイストランド》〟だ」キャレラが言った。

　この市には、完全に見捨てられ、復興から取り残され、腐敗と崩壊のなすがままになっている地区がある。百八十一番街から百九十一番街までの東西約十ブロックとノーマンからジュエルまでの南北十ブロックの地区も、そのような荒れ果てた場所だった。

　この地区は、修理にこれ以上一セントたりとも払いたくない家主によって見捨てられてしまうずっと前から〝荒地〟というぴったりのあだ名がついていたが、後に空っぽのビルを住居としていた不法占拠者からも見放されてしまった。とうとう市が〝荒地〟と言われる半マイル四方の土地のすべてを接収した。窓やドアに板が打ちつけられ、かつての立派な住宅は塵と化すにまかされた。

今日、まだ日の光が弱まっていく時間なのに、もうこの地区は無法地帯そのものの様相を帯びている。ネズミが、窓やドアにはめられた木製の防柵をすでに齧り取っていた。今は、ビルからビルへ走り回り、衛生局がスケジュール通りのゴミ収集を怠ったときに近隣の住民が捨てていくゴミをあさっている。ビルのガラスのない窓が、忘れ去られた顔の目玉のない眼窩のように瓦礫ばかりの街を見つめている。

時たま、九六分署のパトカーがこの穴だらけの通りを走り抜けていった。

時たま、ネズミが骨まできれいに齧ってしまう前の死体が発見された。

キャレラは、大学生の頃、かっこよく見せたいと思った女の子に電話しては、T・S・エリオットの詩集から何節かを読んで聞かせたものだった。たいていは「プルーフロック」を読んだが、十九歳の女学生をいたく感動させた。彼って何てロマンチックで繊細で経験豊かなんでしょう。特に、〝そして僕はああした目つきを知っている〟というくだりに来るとなおさらだった。

「荒地」も読んだ——まあ、それほどたくさんではない、最初の詩のごく初めの部分だけだ。そのあたりはまだ気味悪い、死体を埋めることばかりに気を取られているような描写はない。電話で言ったものだ。「今までこの詩を読んでいたんだけど、〝きっとマギーも（あるいはアリスか、メアリーか、ジーニーか）聞きたいだろうなあ〟って思ったんだ。だから君に電話しても怒られないだろうと思って」そんなくだらないセリフを言ったけれど、まだたったの二十歳だった。それから、〝四月は残酷極まる月である〟という言葉で始まる一節を読み、突然の夏の雨に驚き、ドイツ式庭園でコーヒーを飲みながら話をする部分まで読み続けた。そうだ、ドイツ式庭園だとは思うが、オーストリア式庭園だったかもしれない。なぜなら、大公のいとこが出てくるからだ。キャレラはわざとらしく一息つくとやおら〝夜はたいてい本を読み、冬には南に行く〟という箇所を読んだ。そこは、この詩が深刻な様相を帯びる前だが、ここへ来るといつもマギーは（あるいはアリスか、メアリーか、ジーニーか）、ため息を漏らすのだった。

あの頃は、若かった。

それに、ハンサムだった、と思う。

あるいは、そうじゃなかったかも。

彼は十七歳で高校を卒業し、一年間大学に行った後、徴兵されてアメリカの多すぎる戦争の一つにかり出された。外国に連れて行かれ、生まれて初めてエリオットの記憶と欲望の痛切な混合物とはあまりにもかけ離れた荒地をまの当たりにした。（そして一度に年を取った）。わずか十九歳で戦傷を負い、アメリカに送り返された。大学に戻ったが、一年半後突然警察に入る決心をした。

日の光が弱まりゆく五月の午後、彼とバーニー・ルーミスが車を走らせている〝荒地〟は、何年も前に彼が戦ったあの荒廃した風景とあまり変わっていなかった。いや、まったく変わっていなかった。

「何てところだ？」ルーミスが愕然として言った。そして、ノーマンと百八十五番街の角に車を止めた。

「おかしなまねをしちゃだめよ」ケリーはそう言うと、本気だということを示すためにライフルを腰に構えた。

ターマーは顔をしかめた。左手が手錠でラジエーターにつながれているのに、どんなまねができるというの？

ケリーはお茶の入ったグラスを床の上、ターマーの右手が届くところに置いた。彼女はグラスを取って一口すすった。

「あなたは誰のつもり？」彼女が聞いた。

「ブッシュ大統領」

「来年になればその仮面は年代物になるかもしれないわね」

「どういう意味？」

「再選されないかもしれないってこと」

「そんなことどうでもいいわ」ケリーが言って肩をすくめた。

「その仮面をつけていると、誰のつもりかってみんなに聞かれるわよ」

「もうあんたが聞いたじゃない。どっちにしても、今夜からはもう被らなくてもいいのよ」

「どうして？　今夜何かあるの？」

「あんたを返すのよ。さようなら、ターマー・ヴァルパライソ」

「ほんとう？」

「そういう計画なの」

「誰の計画？」

「私たちの。私とあの男たちの」

「アラファトとフセインのこと？」

「そう」ケリーは仮面の後でニヤッとした。「あの仮面よくできているでしょ？」

「とてもよくできてるわ」

「これよりいいわね。私はクイーン・エリザベスかヒラリー・クリントンがよかったのに、あの人こんな変なの選んだのよ」

「どうしてあなたたちの計画だってわかるの？」

「だって仲間だもの。私たち三人はね。あの人たちはちょうど今身代金を受け取っているわ」

「いくら手に入れることになっているの？」

「あんたに関係ないわよ」

「大金だといいわね」

「もちろん大金よ」

「いくら？」

「いいかげんにしたら」

「ただ、あなたたちが私にいくらぐらいの価値があると思っているか知りたいだけよ」

「あんたは大金に値するわ。特に今はね」

「どうして今なの？」

「テレビに出ずっぱりだから。《バンダースナッチ》が一千万枚売れなかったら、このいやらしい仮面を食べてみせるわよ」

「それで、いくら要求したの？」

「お茶はどう？」

「おいしいわ。あなたが作ったの？」

「スナップルよ」

「身代金を払うのは誰なの？」

「バーニー・ルーミス。誰だと思うのよ？　彼のこと知ってるでしょ？」

「もちろん知ってるわ」

「業界の人は？　みんな知ってるんでしょ？」

「そんなことないわ。だけど、彼は会社のCEOだから」

「マライア・キャリーは知ってる？」

「会ったことはないわ。ルーミスはいくら身代金を払ってくれるのかしら？」

「私たちがしばらくやっていけるくらいはね。J・ローは？　彼女は知ってる？」

「いくらなの？」

「あんたはいくらの価値があると思う？」

「一千万枚と言ったわね？　じゃあ百万ドルぐらいかしら？」

「その四分の一、それでいいでしょ？」

「すばらしい給料日ね」ターマーは言って、グラスを飲み干した。

ケリーは腕時計を見た。

「実は」彼女が言った。「今頃、身代金を受け取っているわ」

ルーミスは、鳴っている電話を取り上げた。

「もしもし？」

「ミスター・ルーミス?」

「そうだ」

「百八十五番街を右折してもらおう。南に五ブロック半走ると、左側に壊れた車がある。番地がついてない赤煉瓦の建物の前だ。その車のうしろにあんたの車を止めろ。それ以後は、あんたを見張っている。電話で仲間と連絡しあっているから、あんたが罠を仕掛けたら、女は死ぬ。繰り返せ」

「百八十五番街を南に五ブロック半走る。左側の壊れた車のうしろに駐車する」

「罠を仕掛けたら?」

「ターマーは死ぬ」

「わかったようだな。すごいぜ、飲み込みがいいぞ」エイヴリーはおどけてそう言うと、電話を切った。

「聞きましたよね」ルーミスが言った。

「聞きました。捜査班の連中に、このことを知らせなければならない。あなたは間違いをおかしてますよ、ミスター・ルー……」

「それじゃあ、あんたは聞いていなかったんだ。罠を仕掛けたら、彼女は死ぬ。あんたもそんな目に遇いたいんですか、キャレラ刑事?」

キャレラは、そんな目に遇いたくないと思った。

〝壊れた車〟は、骸骨同然のさびた車をさす婉曲語法に違いない。車は何もかもはぎ取られ、火をつけられ、ビルの前に捨てられていた。そのビルも真鍮でできていたと思われる番地が同じようにむしり取られていた。8と3と7のかすかな跡だけが入口のドアの右手の壁に、すすに覆われた周りの壁よりも明るく残っている。キャレラは電話で住所を教えることもできたのに、と考えていた。南百八十五番街八三七番地。連邦捜査官に、周囲五ブロックを包囲させる。現金を拾った者の跡をつけさせる。しかし、無理だ。

ルーミスは、リムジンを壊れた骸骨車のうしろに止めた。黒のリンカーンは、つやつやした猫のように明るい日の光を浴びていた。前には、さびた残骸が腹を空かせたハイエナのようにあばら骨を見せて蹲っている。二人の男は黙って待っていた。電話の相手が、これ以後は二人を見張っていると言っていた。キャレラはあたりを見回した。人が住まない五つのアパートのどれをとっても、狙撃手の監視所になりうる。通りを見下ろす百の窓、そのいずれかで、ライフルを持った男が膝をついて構えているだろう。

「いったい、何でここなんだ？」ルーミスが聞いた。

「第一に、人気《ひとけ》がない」キャレラが言った。「遮るものもない。そこらの建物のどこからでも、何ブロックも見渡すことができる」

車の電話が鳴った。

彼がすぐ手を伸ばしたが、ルーミスが言った。「俺が出る」そして受話器を取った。

「もしもし？」

「ミスター・ルーミス？」

「そうだが？」

「スティーヴを出してもらえないかね？」

「あんたと話したいそうだ」ルーミスが言って、電話をキャレラに渡した。

「キャレラです」

「武器をもっているか、スティーヴ？」

「持ってる」

「どんな武器だ？」

「グロック・ナインだ」

「カネは持っているか？」

「ああ」

「アタッシェケースに入っているか？」

「入っている」

「車から出ろ、スティーヴ。あんただけだ。ミスター・ルーミスに車に残るように言え。ケースを持って出ろ、電話もだ。電話を忘れるな、スティーヴ。互いに連絡できないと困るだろう？　車から出たら、出たと言ってくれ。まだ終わってないんだ」

キャレラは後部座席のアタッシェケースに手を伸ばした。

「あなたは車に残ってほしいそうだ」彼がルーミスに言った。

「なぜだ?」

キャレラは彼に一瞥を投げると、自分側のドアを開け、歩道に降り立った。左手にアタッシェケース、右手に電話を持っている。ドアを閉め、電話を口元に持っていった。

「外に出た」

「車のうしろに行け」エイヴリーが言った。

キャレラは車のうしろに回った。

「ナンバープレートを見ろ」

「見ている」

「今、あんたを双眼鏡で見ていると信じてもらいたい」エイヴリーが言った。「ナンバープレートの番号はBR-2100だろう?」

「そうだ」キャレラが言った。

「手で何かしろ」

「どういう意味だ?」

「何か動作をしろ」

キャレラはアタッシェケースを車のルーフに寝かせてから、左手を頭の上に挙げた。

「あんたはアタッシェケースをルーフに載せ、左手を挙げた。そうだろう?」

「そうだ」キャレラが言った。

「それから、ケースは黒。これもあってるだろう?」

「ああ、黒だ」

「俺たちにはあんたが見えること、それから望遠照準器つきのライフルがあんたの頭を狙っていることを信じてもらいたい。信じるかい?」

「信じる」

「よし。ミスター・ルーミスに車から出るように頼んでくれ」

キャレラはリムジンの運転席側に回り、窓ガラスをたたいた。窓が下がった。

「車から出てほしいそうだ」キャレラが言った。

「なぜだ?」ルーミスがまた聞いた。

キャレラが、彼を見た。

ルーミスが車を降りて、ドアをバタンと閉めた。

「彼が見える」エイヴリーが言った。「アタッシェケースを彼に渡せ」

キャレラはケースを彼に渡した。

「ライフルがあんたたち二人を狙っていると彼に言え」

「やつらは、この辺のどこかから我々を射程内に入れている」キャレラがルーミスに言って、周りのビルを見上げた。

「望遠照準器つきのライフルだ」

「わかった」ルーミスも見上げて頷いた。

「スティーヴ?」

「なんだ?」

「次にこうしてもらいたい。武器をホルスターから取り出せ。我々が見ていることを忘れるな」

キャレラは電話を左手に移した。ホルスターの中に手を入れ、グロックを引っ張り出して手に持った。

「出したぞ」彼が言った。

「ここは危険な地区だ」エイヴリーが言った。「気がついたと思うが」

「ああ、気がついた」

「そのカネに何かあったら大変だ。武器から手を放すな、スティーヴ。武器は見えるようにしておけ。そこらをねぐらにしている浮浪者がすばらしいことを思いつくといけないからな」

「わかった」

「さあ、ミスター・ルーミスと一緒にそのカネをそこの赤煉瓦のビルの中に運んでほしい。我々が見ていることを忘れるな」

「あのビルの中に入れといっている」キャレラがルーミスに言った。

「なぜだ?」ルーミスが聞き、またしてもキャレラは彼を見た。

二人は一緒にビルに向かって歩いていった。入口の壁に消えた8－3－7という数字の存在をはっきり思い出させる痕跡がある。正面ドアのバリケードは消えていて、はぎ取られた板の破片がドア枠にぶら下がっている。キャレラは銃を構え、先頭になってビルに入っていった。前方にあわてふためいて走り回る音やチューチュー鳴く声が聞こえた。彼は立ちすくんだ。

ネズミは好きじゃない。

昔、彼とテディがリバーヘッドの家に一週間だけ住んでいたときのことだ。彼が地下室のドアを開けて降りていこうとしたとき、野良猫ぐらいの大きさのネズミが階段に座って彼を見上げていたのだ。ビーズのような小さい目をして髭をぴくぴくさせている。彼は急いでドアを閉めるとテディの方を向いて、必死に手話で訴えた。〝この家を売るぞ！〟

ネズミはどうあっても嫌だ。

「あれは何だ？」ルーミスがうしろから言った。次の瞬間ネズミを見て、短く鋭い悲鳴をあげた。

電話に向かってキャレラが言った。「ここはネズミだらけだ。さあ、何をしてほしいのか言ってもらおう」

「一階に行け。一四号室だ。ドアにまだ番号がついている」

「罠にはめようとしているのか？」キャレラが聞いた。

「あんたは銃を持ってんだろう」エイヴリーが言った。

キャレラを先頭にして二人は階段を上っていった。手すりはなくなっていた。反対側の壁を頼って歩いた。ビルはゴミと人間の汚物の臭いがした。ルーミスはハンカチで鼻を覆った。キャレラはもどしたくなった。一階の踊り場の、一つだけ板が打ちつけてない窓からぼんやりした光が廊下に差し込んでいた。一四号室は四つ目のドアだった。

「ついたぞ」キャレラが電話に言った。

「中に入れ」

二人は、部屋の中に入った。小さなキッチンの真ん中に立っていた。キッチンのただ一つの窓にはまだ板が打ちつけたままだった。薄暗闇の中で、さらに多くのネズミのチョロチョロする音が聞こえた。

ガス管が抜かれひっくり返されたガスレンジの前に、ゴールデン・リトリバーの死体が横たわっていた。

犬は、最近喉を掻き切られたらしかった。開いた傷口のまわりをハエが、ブンブン飛んでいる。

「犬が見えるか？」エイヴリーが聞いた。

「ああ」

「罠を仕掛ければ、あの女も同じ目に遇う」

キャレラは黙っていた。

「冷蔵庫が見えるか？」エイヴリーが聞いた。

「見える」

「ドアを開けろ、スティーヴ」

キャレラはドアを開けた。

「冷蔵庫は動いていない、スティーヴ」エイヴリーが言った。「ビルに電気が来てないからな。やばいカネは持ってこなかったろうな？」

彼は、楽しそうにしゃべっている。悪ふざけにもほどがある、あのくそ野郎。犬の喉を掻き切るし、ネズミはそこらじゅう走り回っているし、やばいカネについてふざけたことを言う、ひどいもんだ。

「ここで何をすればいいんだ？」キャレラが聞いた。

「怒ってるらしいな、スティーヴ」

キャレラは黙っていた。

「俺の質問に答えてない」

「どんな質問だ？」

「やばいカネか？」

「いや」

「絶対しるしがついたりしてないだろうな」

「しるしなどついてない」

「なぜって、女に何か起きたら大変だからな」

「しるしはついてない。さあ、何をすればいいんだ？」

「やつは、何と言ってる？」ルーミスが聞いた。

キャレラは、首を振った。

「アタッシェケースを棚に載せろ、スティーヴ」

キャレラは氷入れの下の棚にケースを滑り込ませた。

「さあドアを閉めて電話を切れ。ビルの外に出たら、こちらから電話する」

キャレラは冷蔵庫のドアを閉め、終了ボタンを押した。

彼らは再び廊下に出た。周りじゅうで、小さな生き物のチューチュー鳴く声がした。薄暗がりの中を小さな光る目が消えていく。ネズミが逃げていくのだ。彼は、まだ新米巡査だった頃、ベビーベッドに寝かされていた赤ん坊の顔がネズミによってぼろぼろに食いちぎられていたという同僚の話を思いだした。ゆっくり注意深く床に足をはわせながら、階段への道を探っていった。

「ここだ」ルーミスが言った。

右手で、再び壁を探った。左脚を階段の最初の踏み板の方に伸ばした。ネズミを踏んづけたりしたらいやだ。うしろからルーミスが言った。「やりすぎだ。なぜあの犬を殺したんだ？」

「本気だということを示すためだ」キャレラが言った。

「約束が違う」

「俺を証人にしたかったのだ。そうすれば俺がもどって、やつは本気で女を殺すつもりだと言うからだ」

「そんなことはもうわかってる。やつはすでにその話をしてるんだから」

「百聞は一見に如かずだ、ミスター・ルーミス」

「約束と違う」ルーミスがまたもや言った。まるでだだっ子のようだ。「誰も傷つかない。それが約束だ。あの犬を殺すことはなかったんだ」

二人は階段を降り、外に出た。日の光に目を瞬いた。

「やつらは彼女をこんなビルに隠しているんだろうか？」ルーミスが聞いた。

「そうじゃないといいが」キャレラが言った。

電話がすぐに鳴った。

「もしもし？」キャレラが言った。

「今度はこうしてほしい」エイヴリーが言った。「聞いてるかい？」

「聞いてる」

「車に戻るんだ。ついたら電話を耳に当てろ」

二人の男はリムジンに戻った。キャレラが再び電話を耳に当てた。

「車に戻った」彼が言った。

「あんたが見える」エイヴリーが言った。「そこに立っていろ。ケースをもらったら、また電話する。電話を切っていいぞ」

キャレラは、終了ボタンを押した。


彼らは、アンブローズ五一〇七番地のビルの七階から下りてきた。今まで道の向こうの南百八十五番街八三七番地の行動を見張っていた。今、ビルに隠れた人気《ひとけ》のない敷地を横切って裏口から八三七番地に入った。二人とも、二日前に船で使ったのと同じＡＫ－四七を抱えている。しかし、今回、カルのライフルには照準器が装着されていた。ビルの一階で、彼はエイヴリーにネズミを撃ち殺したいと言った。エイヴリーはその衝動を抑えるように言った。

黒いアタッシェケースが、冷蔵庫のキャレラが置いていったところにあった。カルが懐中電灯の光を当て、エイヴリーがケースの留め金をはずした。その場でカネを数える暇はなかった。しかし、ピカピカの百ドル札がたんまり入っているようだった。

彼らは階段を降り、再び外に出た。今回は、さっきの敷地を横切って、盗んだモンタナを置いてきたところ、ラッサー通りの十二階建てビルのうしろへ行った。車をスタートさせた音がキャレラとルーミスに聞こえたかもしれない。どっちにしろ、どうでもいいことだ。あの女が彼らの保険だ。女を握っている間は、誰もバカなまねはできない。

次に電話したのは一時間近くも後だった。その時までに、今日の午後三時から使った携帯電話は全部捨てた。もうすぐ五時になる。サンド・スピットの家から電話しているが、これもまた別の盗んだ電話機だ。

バーニー・ルーミスは電話が二度鳴ったところで取った。

「もしもし?」彼が言った。

「もうオフィスに帰ってもいい」エイヴリーが言った。

「カネを数えてからまた電話する。全部あれば、今夜女を返す。約束する」

「どこで……?」ルーミスが言いかけたが、エイヴリーはすでに電話を切っていた。

10

ターマーは、光栄だと思うべきなのかもしれないと思った。

まるでサミットのようだ。

ヤセル・アラファトがニコニコしている。サダム・フセインもジョージ・W・ブッシュも同様にニコニコしている。三人が三人とも微笑んでいる――少なくとも目は微笑んでいる――しかし、しゃべっているのはアラファトだけだ。

ターマーは、彼がギャングのリーダーだと思った。自分の目も茶色だと言った男。笑っている目が依然として茶色だ。同じ男だ。

「カネをもらった」彼が彼女に言った。「すべて滞りなくいった」

なるほどニコニコしているわけだ。

他の二人も頷いている。まだニコニコしている。ターマーは、ジョージ・ブッシュは、いいおっぱいをしている。

彼女がどっちの男と寝ているのかなと思った。

「こういうことを全部説明しているのは」アラファトが言った。「バカなまねをしないように警告しておきたいからだ」

バカなまねをするだって？　まだ手錠でラジエーターにつながれているのに！

「今からカネを数える。全部あれば、あんたをどこかで解放してやる。あんたはラストネームの綴りを言い終わらないうちに家についてるさ」それって民族差別的発言じゃないの、と彼女は思った。

「わかったわ」彼女が言った。「ありがとう」言い足した。でも、感謝することなんてないわ、と思った。

「だから、いい子でいるんだよ」フセインがニコニコしながら言った。そして三人のバカ者が出ていった。

カチッと錠の閉まる音がした。

オリーは、五時十五分前に勤務を交替すると、一服してから八八分署管区内にあるピアノの先生のアパートまで歩いていった。彼は日曜の朝早く電話して、アル・マルティーノの《スパニッシュ・アイ》の楽譜を探してもらえるか頼み……

「バックストリート・ボーイズではない方を」彼は注意しておいた。

……彼女は探してみると、約束してくれていた。今、五月六日、月曜の夜六時七分前、オリーは階段を五階まで上り五十三号室のドアをたたいた。中からピアノの音が聞こえなくてほっとした。前の生徒がもう帰ったということだ。ヘレン・ホブソンのアパートは小さかったから、前の生徒のレッスンが終わっていないと廊下で待たなければならない。

ドアを開けてくれたとき、先生はニコニコしていた。五十代後半、棒のように細く、いつもの茶のウールのスカートにグリーンのカーディガンをはおっている。彼女が言った。「まあ、ウィークス刑事、今晩は時間ぴったりね」

「いつも楽しみに来ています」オリーが言った。それは真実だった。

「さあさあ、お入りになって」ヘレンはそう言って、彼を通すために脇に寄った。

この小さなアパートで、グランドピアノを見るといつもびっくりする。先生の後からピアノに向かって歩いているときはいつも、クラレンドン・ホールのステージに案内されているような気分になる。ピアノの椅子に先生と並んで腰掛けるときはいつも、アーサー・ルビンシュタインやグレン・グールドのようなピアニストとデュエットを弾くような気分になる。

「さてと、見つけましたよ」ヘレンが彼の方を向いてニコニコしながら言った。

一瞬オリーはポカンとした。それから気がついて……

「《スパニッシュ・アイ》を？」そう聞く彼の目も輝いていた。

「もちろんそうですよ。半ダースもの店を見て歩いて、やっと〈レニーズ・ミュージック〉で見つけたわ。ダウンタウンのずっと向こう。言わせていただくけど、もう少しであきらめるところだったわ、ミスター・ウィークス」

「あきらめないでくださってよかった」オリーが言った。

「私もそう思いますわ。とてもきれいな曲」

「もう弾いたんですか？」

「家に帰ってきてすぐに。ほんとうにきれいな曲だわ。それに、とてもロマンチック」彼女が言った。「どうしてこの曲を習いたいと思ったのですか？」

「おっしゃるように、とてもロマンチックで……」

「そうね」

「そして、ほんとうにきれいな曲ですから」彼が言った。

「そうですね。さて、まず何をしましょうか？　練習してきたものをやりますか、それとも、新しい曲に、そう、挑戦しますか?」

「では、挑戦してみましょう」オリーがにやにやしながら言った。

「よろしい」ヘレンは言って、ピアノに向き直った。

《スパニッシュ・アイ》は光沢のある表紙にアル・マルティーノの写真が載っていた。ヘレンは、麗々しく表紙をめくり、楽譜そのものを出した。

オリーの目の前に音符がずらりと並んだ。

「うわー」彼が言った。「どうしよう」

「さあさあ」ヘレンが言った。「《ナイト・アンド・デイ》をマスターした人がどうしたんです?」

「はあ、しかし……」

「鍵盤に手を載せて、ミスター・ウィークス」彼女が促した。「いいですか、この曲は……」

彼らは、仮面をつけたままでいた。なぜなら、アラファトやフセインやブッシュでいると、大物になったような気がするからだ。隣の部屋のテレビをつけたままキッチンのテーブルに座って、アタッシェケースに入っている札束に次々と手を伸ばし、一つ一つの束を数えては別々の計算用紙に書き込んでいた。ひと束は二十枚の百ドル札だった。ひと束二千ドルになる。アタッシェケースには全部で百二十五束あった。あまり多そうに見えない。でも百ドル札で二十五万ドルといったらそのぐらいなのだ。

数えているうちに、そのカネで何をしようかという話になった。もっとも、そのカネを目の前にするとそれほどの大金には見えなかったが。

ヤセル・アラファトは、自分の分け前の八万三千三百三十三ドルで八百三十三人の自爆者を雇い、一回百ドルでイスラエル中のレストランや、スクールバスやダンスホールなどを爆破すると言った。エイヴリーはアラファトになったつもりで話していたが、ケリーの想像では、彼はたぶん反ユダヤ主義者だ。

サダム・フセインも自分の役を演じて言った。自分の取り分で大陸間弾道ミサイルを買い、〝あんたの親父〟を撃つつもりだとケリーに言った。〝今この場で片づける〟

ジョージ・W・ブッシュは、自分の取り分でプラダのストラッピー・パンプスを買うつもりだと言った。

「それじゃあ、あんたの役をやってないよ」エイヴリーが彼女に言った。

「アルマーニのドレスを着てそれをはけば、やってることになるわ」

「あんたはブッシュなんだぜ」

「誰でもいいわ」彼女は言って、陽気に肩をすくめた。こんなにたくさんのお金で、頭がもうろうとしてきたのだ。ところが、実際あんなふうにアタッシェケースの中に収まってしまうとそれほどの大金に見えない。

彼らは数え続けた。

隣の部屋で、六時のニュースが始まろうとしていた。

トップ・ニュースはターマー・ヴァルパライソの誘拐事件だった。彼らは思わず一斉にキッチンのテーブルから立ち上がった。カネは全部そのままにして——慣れてしまった今では、それほどの大金に見えない、本当だ——リビングに行き、学校から帰ってきたばかりの子供のようにソファにぴょこんと座った。不幸にもブッシュとアラファトとフセインに似てしまった三人の子供たち。その同じ時間、本物のブッシュもアラファトもフセインもCNNを見ていたかもしれない。仮面はつけていなかったろうが。そして、ターマー・ヴァルパライソにも関心がなかったろうが。

ニュースキャスターが、ロックスターの所在についてまだ手がかりが得られてないと言っている。〝スター〟という言葉を聞いたとき、誘拐されるまでターマーはスターでなかったことに気づいて、三人の世界のリーダーは互いに顔を見合わせた。

ニュースキャスターは、警察もFBIも身代金の要求があったかどうか言明するつもりはないと言っている。

「よし」アラファトが言った。

アラファトはエイヴリー・ヘインズ。ケリーかカルが忘れてしまったかもしれないから念のため。

ニュースキャスターが言った。「一方、ビルボード二〇〇では、ディーバの物議を醸しているアルバム《バンダースナッチ》は……」

「〝ディーバ〟だとさ、聞いたかい？」フセインが言った。

「シーッ」とブッシュ。

「……一位を獲得、先日の金曜日に発売して以来七十五万枚を売りました。これはチャートで四位につけたアヴリル・ラヴィーンのニューアルバム、六位のディキシー・チックス、八位のイグジビットよりも上位になります」

ニュースキャスターが、息を継いだ。

「イスラエルで今朝、新たな自爆……」

エイヴリーが立ち上がってテレビを消した。次の瞬間、仮面を脱ぎ捨てた。ケリーもカルもそれをきっかけに仮面をとった。突然、彼らの顔つきは非常に真剣になった。

「あいつはスターなんだ」カルが言った。

「彼女に一千万と言ったの」

「何だって？」カルが聞いた。たまには英語を喋ってくれよ、と言ってるかのように彼女を見ている。

「彼女に一千万枚売れるだろうって言ったの」ケリーが説明した。「彼女のアルバムのことよ」

「売れたのはたったの七十五万枚だ」カルが言った。まだ怒っているようだ。

「ナンバーワンになれるかなれないぐらいの枚数だ」エイヴリーが言った。

「百万ドル要求すればよかったのにって彼女が言ったわ」

男たちが彼女の顔を見た。

「だけど、それは私が一千万枚売れるだろうって言ったときのことよ」

男たちは、なおも彼女を見ていた。

その晩の六時十五分、バーニー・ルーミスのオフィスの電話が鳴ったとき、ジョーンズ特別捜査官は用を足しに行っていて、その場にいなかった。エンディコットはイヤホーンを耳につけながら「ちょっと聞いてみないか?」とキャレラに言った。そして、ジョーンズが置いていったイヤホーンをキャレラがつけるのを待った。エンディコットがルーミスに頷いた。ルーミスが受話器を取り上げた。

「もしもし?」彼が言った。

「ミスター・ルーミス?」

「そうだが?」

「ミスター・ルーミス」エイヴリーが言った。「カネは全部数えた……」

「ああ。それでいつ……?」

「……札にしるしがついているかいないかの問題はさておいて……」

「しるしはついていない。私は約束した……」

「……数が足りないという些細な問題がある」

「第一タワーが捉えた」

「足りない?」

「そうだ、ミスター・ルーミス」

「あんたは言った……」

「俺は百万ドルと言った、ミスター・ルーミス。足りない額は……」

「違う。あんたは言ったんだ……」

「……七十五万ドルだ。俺にはよくわからないが……」

「ちょっと待て。あんたは絶対に……」

「……あんたが何を企んでいるんだか。しかし、俺は女の安全が最優先すると思っている」

「第二タワーが捉えた」

「あんたは百万ドルなんて絶対に言わなかった」ルーミスが電話に向かって怒鳴った。「二十五万と言ったんだ。だから、それ……」

「俺が何と言ったとしても、今は百万ドルだ!」エイヴリー自身も今は怒鳴っている。「残りを明日の午後三時までに用意しろ。また電話する。おやすみ」彼はそう言うと電話を切った。

「ちょっと聞け……」ルーミスが言いかけたが、彼はもう消えていた。

彼はうつろな顔で受話器を見つめ、もとに戻すと、刑事とFBI捜査官を見てもの悲しげに言った。「約束したんだ。二十五万ドルで合意したんだ。やつはわかってるはずだ。こんなのフェアじゃない」

「我々のやり方でやらせてくれればよかったんです」コーコランが言った。

「プリントアウトです」ファインゴールドが言った。

「また盗難電話だ、絶対に」エンディコットが言った。

ファインゴールドが、名前と住所を読み上げた。ヴォイストリーム（無線通信事業者）の契約者はこの市のど真ん中にいる。

「追いかけろ」コーコランが命令した。「二人だけでいい。いずれにせよ、時間の無駄だろう」

ジョーンズが、部屋に戻ってきた。

彼らの顔を見た。

「何かあったのか？」彼が聞いた。

「また出かけるんだ」コーコランが言った。「ズボンのジッパーを上げろ」

「警部補」キャレラが言った。「ちょっと話があるんですが、いいですか？」

「ああ、もちろんだ。何だね？」

ニコニコ笑っている。人の脚を切っておきながらその当人に笑顔を見せる。そんな男だ。

キャレラは彼を、脇に引っ張っていった。

「もし皆さんがよければ、私は家に帰らせてもらいます」彼はそう言った。ジョン・ウエインのようなセリフをはき、ロベルト・ベニーニのような気分だった。

「なぜかね？」コーコランが聞いた。

キャレラは、彼をじっと見つめた。

「ここでは何もやることがありません」彼が言った。

「あんたの助けを求める声があったんだ、スティーヴ」

「あなたの方で断わるべきだった」

「我々は常に助言を聞いているのだ」

「嘘だ」彼が言った。「警部補」言い足した。

「何だと……」

「さよなら、コーキー。楽しんでくれ」

「ちょっと待てよ」

キャレラは千分の一秒すら待たなかった。彼に背中を向けドアの方へ行った。ルーミスが、廊下で彼に追いついた。

「今度のことでは、申しわけない」彼が言った。

「もともと、私にはここにいる権利がなかった」キャレラが言った。

「私が頼んだんです」

「頼まなければよかった」

「連中には血の臭いがする」ルーミスが言った。「いまだに炭疽菌の入った手紙の送り主を見つけられないでいる。たぶん、今後もだめだ。警報を出し続けているのは、万一近くの核施設やテレビ局が爆破された場合に、自分の身を守るためだ。だから、今度、ターマーをさらったやつらを捕まえれば、一躍有名になると考えているんだ。もっとも、電話を突き止めることさえできないでいる。連中は理解できないんだ。やつらを捕まえようが捕まえまいが、私にはどうでもいいってことを。私は、ただターマーに帰ってきてほしいとそれだけを願っているんだ」

「しかし、あなたの願いをかなえるお手伝いはできません、ミスター・ルーミス。連中は私に何もやらせないでしょうから。いいですか、あなたは優秀な専門家に助けてもらっています。もし私があなたなら、そんなに心配しないでしょう」

「これは何です、クラブですか？　ひどい仕打ちをされたのに、まだ弁護するんですか？」

「連中は、よくわかってやってるんです」

「あなたもですね」

「前にもお話ししましたが、私が捜査した一番新しい誘拐事件……」

「被害者を取り戻しましたか？」

「ええ、しかし……」

「今私が望んでいるのはそれだけです」彼はキャレラの肩に手を載せた。「残ってください」彼が言った。「お願いです、残ってください、スティーヴ」

「いや、それはできません。向こうでも多すぎるほどの犯罪が私の特別な才能を求めているんです」

「皮肉はあなたに似合いません」

「屈辱も似合わないんです」キャレラが言った。「頑張ってください、ミスター・ルーミス。うまくいくように祈ってますよ」

「ありがとう」

もう言うことはなかった。ミスター・ルーミスが手を差し出した。キャレラは彼の手を軽く握ると、エレベーターの方へ歩いていった。

彼は奇妙なほどいい気分だった。

今回は、一人で部屋に入ってきた。

またもやアラファトの仮面をしている。


彼が言った。「少しばかり障害があった」

彼女は彼を見た。

「数えたら足りなかった」

彼女は彼を見続けた。

彼の言うことを信じない。それをわかってほしかった。

「ミスター・ルーミスに、残りのカネを明日の朝までに用意するように頼んだ」

「いくら足りないの？」

「たくさんだ」

「それで、いくら？」彼女はなおも聞いた。

すでに何とかして逃げなければと考えていた。この男たちは大うそつきだ。今度いくら要求したにせよ、お金を手にしたら私を殺す。それだけのことだ。だから、どうにかしてここから脱出しなければ。

「何もかも話してるのは……」彼が言った。

「ええ、ええ」

「……俺たちのせいじゃないとわかってもらいたいから

だ」

「じゃあ、誰のせいなの？」彼女が聞いた。「誰なの、ランチに乗り込んできて……」

「これは個人的なことではない」エイヴリーが言った。

「ふざけないでよ」彼女が言った。「もちろん、個人的なことだわ。私は個人。あなたも個人。これはとっても個人的だわ！」

「保証するよ……」

「あなたは何をしたの？」彼女が聞いた。「バーニーに約束しておきながら、私がだんだん注目を浴びるようになったら気が変わったんじゃないの？」

彼女に見えるのは、アラファトの仮面のうしろにある茶色の目だけだったが、図星だということはわかった。

「違うの？」彼女が言った。「私はテレビに出ずっぱりなんでしょう？　あのD・Cの狙撃事件の犯人よりも有名なんだわ！」

彼は黙っていた。茶色の目がすべてを語っていた。茶色の目はラスベガスのスロットマシーンの窓のようにパチパチしていた。もしかして言い過ぎたか。でも、どうせ殺されるんだ。だからいい。言うだけ言うわ。

「そうなんでしょ？　事態が変わったのを見て、金額を上げたんでしょ？」

「身代金は変わってない」彼が言った。「あんたのボスがよこしたカネが足りなかった」

「あの人は私のボスじゃないわ」彼女が言った。「ほんとは、彼が私のために働いてるのよ」

彼女は、身代金がいくらになったかわからなかったが、二、三時間前は二十五万だったことは言わなかった。大きなオッパイと、赤毛と、グリーンの目と、そばかすのブッシュ大統領がそう言ったのだ。そしてブッシュ大統領の言葉が信じられないなら、この腐った世の中で誰を信じたらいいの？　彼女はそのことは言わなかった。女を厄介な目に遇わせたくなかったからだ。彼女の感じでは、あの女は
……

「情報は、これからも与える」アラファトは言って、ドアに向かった。部屋を出る前に言った。いったい何度言ったら気が済むのか。「ばかなまねをするな」

そして、行ってしまった。

彼女は、錠のカチッという音を聞こうと耳を澄ました。

待った……

待った。

ほら来た。

錠をまわす重そうな鈍い音。

彼女は、ばかなまねとはヘアピンで手錠をこじ開けようとすることかしらと思った。もっとも持ってはいないわ。さもなければ、茶色の目ばかりのアラファトとの約束を破ろうとすることかしら。彼は、あきらかにこの事件の首謀者だし、第一級の犯罪者だし、この愚かな誘拐計画の裏にいる天才だわ。しかし、もうバーニーを裏切った。それなら彼と交渉したって生き残るチャンスがあるかしら？　しかも、もしどこかに彼のボスがいてすべての采配を振るっているとしたら――これは大いに可能性があるわ――そして彼女が考えたくもない何かを企んでいるとしたら。

サダム・フセインと交渉できないことはわかっていた。あの男はかわいそうにジョーナをライフルの銃床で殴りつけ、それから彼女を気絶するほどひどくひっぱたいた。ダメ、フセインは近づくべき相手ではない。

結局、あの女が、わずかでもチャンスがあると感じられる相手だ。

あの女はバカではない。しかし、弱い。

でも、やはりあの女に働きかけるほかないだろう。

ホースは、ハニー・ブレアが毎晩六時に出勤し、時には朝の二時三時までスタジオにいることを知っていた。これは警察の深夜勤務よりひどい。彼は七時十五分前に彼女のオフィスに電話した。まだ仕事で街に出かけていなければいいが。

彼女は三回ベルが鳴ったところで電話を取った。

「ハニー・ブレアです」

「やあ」彼が言った。「コットン・ホースです」

ちょっとした沈黙。コットン・ホースって誰だったかしら。彼女がちょっと口をつぐんでいるのは、ホースの名前を思い出せなかったんだ。

「刑事です」

またもや沈黙。

「ヴァルパライソ事件の。ビデオを見ました……」

「ああ、そうだったわ」

「……一緒に」

「ええ、思い出したわ」彼女が言った。「お元気？」

「ええ、元気です。ありがとう。あなたは？」

「忙しいわ」

沈黙が流れた。

「犯人はもう捕まえましたか？」彼女が聞いた。

「いえ、まだです」

「それで、お電話下さったのでしょう」

「いや、そうじゃないんです」

「あら」彼女は言うと、再び黙った。

彼はためらった。電話を切ってしまおうかと思った。彼女は、なぜ電話がかかってきたのか全然わかっていない。期待して……

「あのう、ハニー」彼が言った。「実は……」

沈黙。

「今晩、何時なら時間があくのか知りませんが……」

なおも沈黙が続いた。

「今、仕事が終わって、明日の朝までは署に戻る必要がないんです。それで、実は……」

「私は、カームズ・ポイントでロシアのダンサーにインタビューしなければならないの」彼女が言った。

「そうですか」ホースが言った。

「〈アカデミー・オブ・ミュージック〉で」彼女が言った。

「でも、八時前には終わるはずだわ」

ホースは、待った。

「その後なら、会えるわ」彼女が言った。

「よかった」彼が言った。それから、あまり熱心そうに聞こえないようにしながら、すぐに言った。「どこで？」


彼女は、まだカメラ用の服を着ていた。〈カームズ・ポイント・アカデミー・オブ・ミュージック〉でダンサーにインタビューしたときのものだ。オリーブグリーンのウールのスカート、誘拐事件のおりにはいていたのと同じブーツ、それに襟が鎖帷子のように厚い茶のタートルネック。今夜はキロフ・バレーの初日だったのよ、と説明した。プリマ・バレリーナのインタビューは今夜の《イレヴン・オクロック・ニュース》で放送されるわ。

「ところで」彼女が言った。「あなたはカームズ・ポイントによく来るの？」

「ときどき」彼が言った。


彼らはアカデミーの近くの、彼女が知っている非常においしいステーキ店に歩いていった。二人ともまだ夕食を食べてなかった。今は、客足の鈍い月曜の八時十五分になったばかり。店は二人が借り切ったも同然だった。ボーイ長は入ってきたハニーをすぐ認め、特等席に案内した。うしろから人工的に光を当てているステンドグラスの窓の近くだ。ホースは、もし自分一人で来たら、男性トイレか電話ボックスのそばに座らされていただろうと思った。このような店だとステーキはいくらするだろう？　テーブルクロスは、真っ白なリネンだし。


ハニーは、ビーフフィーターのマティーニを注文した。ストレートで非常に辛口だ。オリーブが二、三個入っている。ホースは、ジョニーウォーカーの黒をオンザロックで頼んだ。彼女が乾杯した。

「あなたの事件に」彼女が言った。

「君のインタビューに」彼が言った。そして二人はグラスをカチンと合わせると飲んだ。

「うーむ」彼女が言った。

「実にうまい」彼が言った。

「私、飢え死にしそう」彼女が言った。「すぐメニューを見てもいいかしら？」

ホースは、ウェイターに合図した。

ハニーは、サラダとベイクドポテトを添えたフィレミニョンを頼んだ。ホースは、サーロインにフライドポテトと蒸したほうれん草の付け合わせ。

「その白い一筋の髪は、どこでもらってきたの？」彼女が聞いた。

彼は、手を伸ばしてこめかみに触った。いつもこの白い一筋の髪について質問される。そして、いつもこの白い一筋の髪が魅力的だと言われる。

「ある強盗事件を捜査していたんだ」彼が言った。「話を聞いているうちに、被害者が突然ヒステリックに叫びだした。管理人が手にナイフを持って階段を駆け上がってきて……」

「まあ」ハニーが言った。

「そうなんだ」ホースが言った。「この俺を、強盗かなにかと勘違いした」彼はスコッチを一口すすった。「結局、ナイフを持ったまま私に向かってきて、左のこめかみをぐさりとやったんだ」

「おお、痛っ」ハニーは言って、マティーニのオリーブをつまみ上げて口に放り込んだ。

「ああ、痛かった。医者が傷を縫うために毛を剃った。で、出てきた毛が白くなったってわけだ」

「魅力的よ」彼女がよく見ながら言った。

彼は、信じてもいいような気になってきた。

「そう思うかい？」彼が聞いた。

「ええ」彼女が言った。「ほんとにそう思うわ」そして、またマティーニをすすった。

「それで、今夜は何を学んだんだい？」

「ダンサーから？」

「プリマ・バレリーナだ、すごいねえ」

「一言も英語を喋れないのよ」ハニーはそう言って、しかめ面をした。「クルーの一人がとうとう通訳したの。お母さんがロシア人。私がもたもたしている間、カメラに映らないようにして助けてくれたわ。すごいインタビューでしょう？」

「彼の母親がそうしてくれたの？」

「もちろんよ」ハニーがニヤニヤしながら言った。

「だけど」ホースも笑い返しながら言った。「それってちょっといいかもしれない」

「そう思う？」彼女が言った。

「ああ」彼が言った。「ほんとにそう思うよ」そしてまたスコッチをすすった。

「考えてみると」彼女が言った。「ターマーのお母さんも、ロシア人でしょう？」

「ロシア人の母親に、メキシコ人の父親」ホースが頷きながら言った。

「昨日の夜ABCで、あの人たち一緒にインタビューを受けてたわ。画面が二つに分かれていて、父がメキシコ、母がパリ。五分間の有名人。あなた見た？」

「いや」

「二人とも完璧な英語を話すわ。あの人達がやったことといったら、娘がまだ行方不明だというのに、誰も娘のことを考えてないって文句をいうだけ」

「まあ、しかし、一理はある」ホースが言った。「人種差別主義だの、同性愛だのといったことが……」

「それでアルバムが落ち込むなんてことは一切なかった。あらゆるチャートで、もうナンバーワンになっているわ」

「そこが問題なんだ。こんな誇大宣伝に踊らされていると、人はとかく被害者のことを忘れてしまうもんだ」

「でも、きっとあなたは忘れてないのね？」

「あっ、ステーキが来た」ホースが言った。「ビールはどう？」

「いただくわ」

「ハイネケンでいい？」

「いいわ」

ハニーはトラックの運転手のように食べた。

次の言葉を発するまでに少なくともたっぷり五分はあった。

「どこで、そんな食べ方を習ったの？」彼が聞いた。

「ナイフとフォークでという意味？」

「それもそうだけど、そんなに美味しそうにっていう意味だ」

「アイオワでよ。お腹がすくと、裏に行って牛を殺したの」

「そこの出身？」

「そう、アイオワのスーシティ」

「そんなところはないさ」

「賭ける？」

「どうして、ここへ？」

「地元テレビ局のKTIVの移動レポーターをやっていたの。あちこちの殺人事件を追っかけていたわ。まさかと思うでしょうけど、スーシティにも殺人はあるのよ。結論を言えば、ここのチャンネル・フォーの目に留まって、東部に来るように言われたの。給料は上がるし、邪悪な大都市だし、若い女に断わるなんてことできると思う？」

「断わらなくてよかったよ」ホースが言った。

「私もよかったと思ってるの」彼女が言った。「今は」とつけ加えた。

一瞬、テーブル越しに二人の目が会った。

彼女は再びフィレミニョンを食べ始めた。

彼はサーロインを食べ始めた。

二人は黙っていた。

「うまいステーキだ」彼がやっと言った。

「この市で一番好きな店なの」彼女が言った。「CP－AMで事件をたくさん取材して、そのあといつもここに来るのよ」

「俺たちも、またここに来なければ」彼が思いきって言った。

「いつでもいいわよ」彼女が言った。

またもや、二人の目があった。

「それで……あのう……これは何なの？」

「何が何だね？」

「わかるでしょう。これ」

「悪いが、わからない」

「頭を刺された大きくて勇敢なお巡りさんなのに？」

「まあ、でも、それほど勇敢でもないよ」

「さあ、言って」

「俺と結婚してくれないか？」彼が言った。

「いいわよ」彼女が言った。「いつ？」

「まじめに言ってるのかもしれないよ」

「いいわよ。で、指輪はどこ？」

「ハニー……」彼が言った。

「なあに、コットン？」彼女はテーブルに肘を載せ、両手で顎を支えた。

「おそらく、君は今まで出会った女性の中で一番美しい」

「おそらく？」

「実際、君は……」

「謝っても、遅すぎるわ」彼女が言った。

彼女の目が踊っている。

彼は、しばらく黙っていた。

彼女が眉毛を上げた。

それで？　彼女の眉が聞いている。彼女の目が聞いている。

「もし君にデザートはどうと申し込んだら……」彼が言った。

「それで？」彼女が言った。

「……承諾してくれる？」

「それとも？」

「それとも、家に帰ってテレビで君を見たいかい？」

「申し込んでみて」彼女が言った。

「ハニー……」

「なあに、コットン？」

「デザートを食べたいかい？」

「いいえ。家まで送ってほしいわ」彼女はそう言って、まだカメラに向かっているかのようにニッコリした。「デザートを食べたい?」彼女が聞いた。

11

昔にもどったみたいだ。

愉快な月、五月の明るい朝。八七分署の刑事たちが火曜の朝の会議のために警部の部屋に集まっている。警部は遅れていた。アーサー・ブラウンが酔っぱらいドライバーのジョークを話している。

「オートバイの警官が、一日中茂みに隠れていた。スピード違反を捕まえようと思ってな。やっとのこと、時速八十マイルで飛ばしてきたコンバーティブルのジャガーを止めたんだ。そして、顔中ニヤニヤ笑いを浮かべながら、ジャガーにもたれてこう言った。〝一日中、お前さんを待っていたんだぜ〟ところで、ジャガーの男はかなり酔っぱらっていた。で、そいつは言ったんだ。〝だから、お巡りさん、俺はすっ飛ばして来たんだ〃」

ブラウンが、吹き出した。

部屋にいた他の刑事たちも吹き出した。

全員で七人。男六人に女一人。この市のほとんどの刑事部屋はこんな構成だ。アンディ・パーカーは、どうしてもアイリーン・バークをからかわずにいられなかった。

「もう一人オートバイの警官が、同じ酔っぱらいを止めた」彼が言った。「今回の警官は女だ。婦人警官が、酔っぱらいに言った。〃あなたは黙秘する権利があります。あなたの言ったことはあなたの不利になることがあります〃その酔っぱらいは言ったんだ、〃そりゃいい《テイッツ》（おっぱいの意もあり）〃」

アイリーンは、ロッカーをこじ開けられて靴におしっこをされるよりいいと思った。実際、このジョークはかなり面白い。今朝はこのミーティングのあと、ある女に面会することになっている。この女は十五歳の時からずっとコカインを吸っていたが、今は、計画住宅地にある彼女のビルを恐怖に陥れているギャングと、対決する覚悟ができている。麻薬の仲間と縁を切るというだけで十分に大事だ。その上、子供を引きずり込もうねらっている連中から我が子を守らなければならない。彼女には十一歳の子供がいるが、すでに誘惑の手が伸びている。もうたくさんだ。

「スピード違反で警官に止められた男がいたんだけど？」リチャード・ジェネロがおずおずと言った。この班で一番新米の刑事だ。週に一度のミーティングでどう振る舞ったらいいかまだ自信がない。しかし、警部はまだ来ていないし、今朝のみんなは何でも受け入れてくれそうなムードだ。だから、彼は思いきってジョークを言おうと思ったのだ。

「警官は、男がそんなに急いでどこに行くのか知りたいと思った。男が言った。〃ニュー・ヘーヴンでショーに出なければならないんです〃そこで警官が聞いた。〃どんなショーだ？〃スピード違反の男が言った。〃私は曲芸師《ジャグラー》です〃警官は本当かねと思った。〃へえー、そうなのか？じゃあ、何か曲芸を見せてくれ〃スピード違反の男が言った。〃お見せしたいんですが、道具はみんな劇場においててあるんです〃それじゃあと、警官は彼を自分の車のうしろに連れていき、トランクを開けて三本の発煙筒を取り出した。そして火をつけると男に渡した。〃さあ、これで投げ《ジャグ》物曲芸《リング》を見せなさい！〃たまたまこの男は本物の曲芸師だった。彼は発煙筒を宙に投げ、ちょっとした芸を見せていると、誰あろう、あの同じジャガーの酔っぱらいが猛スピードでハイウェイを走ってきた！　彼は一目見るとブレーキを踏みこんだ。そして警官の所まで歩いてくると言った。〃さっさと刑務所に入れてください、お巡りさん。あのテストには絶対受かりませんから〃」

みんながまだ笑い転げているときに、バーンズが入ってきた。小さくて丸い頭にグレーの髪の男。自分の机のうしろまで歩いてくると、どら声で「おはよう」と言った。それから聞いた。「何がそんなにおかしい？」

ジェネロが、酔っぱらい運転手のジョークを話していたと言った。

「酔っぱらいが酒屋から出てきて」バーンズが言った。「歩道の縁石のところでオートバイのお巡りが駐車違反の切符を切っているのを見た。彼はよたよたと警官のところまで行くと言った。〃ねえ、お巡りさん、大目に見てあげなさいよ〃警官は切符を書き続けた。〃ねえ〃酔っぱらいが言った。〃そんなナチみたいなこと止めてください〃そこで、警官はタイヤが摩耗しているという二枚目の切符を書いた。酔っぱらいは、警官をばか野郎と呼び、警官はフロントガラスのワイパーがすり切れているという三枚目の切符を書いた。そんなことが十分間も続いた。酔っぱらいは悪態をつき、警官は次々と切符を切っていった。やっと警官が帳面を閉じて言った。〃これで満足したかね？〃酔っぱらいが言った。〃俺にとっちゃどうでもいいことですよ、お巡りさん。俺の車は角の向こうに駐めてあるんだ〃」

刑事たちは大笑いした。そこにはたぶんお愛想笑いも。

「ベーグルとコーヒーはどうだ」バーンズはそう言ってから、法律本が詰まった本箱の傍に立っているキャレラの方を向いて「昨夜はどうなった？」と聞いた。キャレラは、フェデラル・スクエア一番地や他の場所で彼の身に起こったことを洗いざらい話した。

「それで？」バーンズが言った。

「あの職場は放棄しました」キャレラが言った。

「なぜ？」

「ずっと我慢してきました」

「我慢だと？　さて、〝わがかんがやかしき息子よ〟、本部長がこのまま続けろと言ったとしたらどうする？」

キャレラが彼を見た。

「これは、みんな駆け引きなんだ」バーンズが言った。

「通報を受けたのは我々だ。もし連邦捜査官が事件を解決すれば、我々は無能に見える。もし我々が犯人を挙げれば、功なり名を遂ぐというわけだ」

「連中はまだ何もつかんでいません。私もですが」キャレラが言った。

「だからここに集まっているんだろう？」バーンズはそう言うと、みんなの方を向いた。「さあ、聞いてもらおうか、紳士諸君？」そしてすぐ言い足した。「アイリーン？」

「うまく切り抜けましたね、警部」アイリーンが言うと、みんな笑った。女性に一点入ったわ、と彼女は思った。そして女性であることを強調するため、見事な脚を組んだ。

コットン・ホースは、昨晩ハニー・ブレアが足を組んだことを思い出した。

「これまでにわかったことだが」バーンズが言った。「知っての通り、我々は土曜の晩にこの誘拐事件をつかんだ……」

「実は、俺がつかんだんだ」アンディ・パーカーが言った。

「でかした、メダルが欲しいか？」バーンズが聞いた。

「合同特別捜査班が介入してきた。そして、被害者がキャレラを求め……」

「被害者じゃありません」キャレラが訂正した。

「そうだ。被害者のレコードを作った会社のCEOだ。諸君もテレビに出ずっぱりな彼女を見たと思う。そのCEO

が、この事件にキャレラも加わってほしいと頼んだ。彼とならいい関係ができると思った……」

「きっとあのスマイルだ」マイヤーが言った。

「きっとそうだ」キャレラが言って、歯を見せてニヤッとした。

「とにかく、連中は、彼をバカにして田舎のいとこみたいに扱った。ただし、例のＣＥＯが身代金の受け渡しに彼の同行をもとめたときは別だ。俺の言ってることはあってるか、スティーヴ？」

「おおよそは」キャレラがいった。

「そこで、昨晩、連中がまたもや侮辱するから、彼は職場放棄をしたというわけだ。コーキー・コーコランに言ってやった……彼のことは知ってるかね？」

「嫌味《ブリック》なやつ（ペニスの意味もある）さ」ブラウンが言った。「失礼、アイリーン」

「なぜ？」アイリーンが言った。「ホントに嫌味《ブリック》なやつだもの」

「とにかく、スティーヴはそんな仕事はするもんかと言ってやった」

「よく言った」マイヤーが言った。

「ところが、一つ問題がある」バーンズが言った。「昨日の夜、本部長から電話があった。ことの次第を聞いてすぐ電話してきたんだ」

「どういうことですか？」ジェネロが聞いた。

「コーコランが本部長に電話した。訴えたんだ」

「嫌味《ブリック》なやつ」アイリーンが言った。

「本部長は同意した。彼はキャレラが——つまり、我々が——引き続き事件を捜査することを望んでいる。それどころか、我々が事件を解決することを何よりも望んでいる。しかも、特別捜査班より先に」

「なかなか難しいぞ」パーカーが言った。「連中には、最新のテクノロジーがあるからな」

「犯人を突き止める役にはたたなかった」キャレラが言った。

「あそこで何がわかった、スティーヴ？」ブラウンが聞いた。

キャレラは、連邦捜査官が設置したあらゆる設備機器について説明した。犯人が彼とルーミスを〝荒地〟まで引っ張り回したことについて話し、死んでいたゴールデン・リトリバーについて話し……

「ひでえやつらだ」パーカーが言った。

「女を殺す覚悟でいることを知らせるためだ」キャレラが言った。

「他にやりようがあったろうに」

「ルーミスもそう思った。彼は、まだやつらが約束を守ると思っている。取り決めをしたらそれを守ると思っている。やつらは最初二十五万ドル要求した。そして届けると、今度は百万ドル要求した。それでも、彼は考えているらしい……」

「あと百万ドルも？」クリングが聞いた。

「いや、全部でだ」

「女は、それだけの価値がある」ホースが言った。「あの誘拐のテープを見たかい？　俺はチャンネル・フォーの大きなスクリーンで見た」彼はそう言って、ばかみたいにニヤッとした。

「話は変わるけど、移動科研班の報告書を手に入れた」キャレラが言った。「男は足を引きずっている」

「どの男だ？」

「犯人の一人。左利きの男だ」

「そりゃ、大した情報だ」パーカーが言った。

「もう医療関係には警報を出してある」ホースが言った。

「何かひっかかったかしら？」アイリーンが聞いた。

「今のところ、まだだ」

「俺が言いたいのは、この市には何人ぐらい足が悪くて左利きの男がいるかってことだが？」パーカーがもっともな質問をした。

「それにベテランの泥棒」キャレラが頷きながら言った。

「なぜそうなんですか？」ジェネロが聞いた。

「誘拐の晩に使ったエクスプロアラーを盗んだ。それから、樽いっぱいの携帯電話も盗んだ。だから、少なくとも一人は泥棒だ」

「ということは逮捕歴がある。もしかしたら」ホースが言った。

「左利きで、たぶん」

「それに足、忘れるな」

「誰か《落ちた雀》という映画を覚えているか？」バーンズが聞いた。

みな彼を見た。

「悪党がそうなんだ。足をひきずる。この映画で一番怖いシーンは、ジョン・ガーフィールドが彼を待っているところだ。顔には汗がいっぱい吹き出ている。そして、聞こえるのは、廊下を引きずって歩く足音だけなんだ。だんだん近づいてくる」

「ジョン・ガーフィールドって誰ですか？」ジェネロが聞いた。

「あれこそサスペンスだ」バーンズが言った。「近頃のスクリーンときたら、テクノロジーばかり。監督はそれがサスペンスだと思ってるんだ」

「医療関係に、二度目の警報を出すべきだと思いますが？」アイリーンが言った。

「悪くはない」ブラウンが言った。「医者ってやつはみんな忙しがって、一回ぐらいじゃ注意を向けないからな」

「金儲けに忙しい」ホースが言った。

「メディケア（高齢者を対象にした政府の医療保障）からくすねるのに忙しい」クリングが言った。

「やめてください。僕の叔父は医者ですよ」ジェネロが言った。

「俺だけかい、二個目のベーグルを食べに行くのは？」パーカーはそう聞くと、部屋にたった一つしかない安楽椅子から身を起こして、窓の傍のテーブルの方へ行った。

「それで、これは我々の事件ですか、それとも連中のですか？」キャレラが聞いた。

「俺の想像を言おうか?」バーンズが言った。

「俺の想像と同じですよ、きっと」

「俺の想像では、我々の事件であり、連中の事件でもある」

「それじゃあ、競走だ」パーカーがそう言って、もう一杯コーヒーを注いだ。

「だから、勝つんだ」バーンズが言った。


古き良き時代には、月曜から木曜までの朝九時、この美しい市のあちこちからやってくる刑事たちが、いわゆる〝面通しの義務〟を果たしていた。これは、各分署から二名の刑事が自分の分署に出勤しないで、アップタウンか、ダウンタウンか、市を横切るか、あるいは川を渡ってハイ・ストリートにある本部ビルまでのこのこ出かけて行くことを意味している。本部では、刑事部長が采配を振るって、前日に市で逮捕された重罪犯を行列させている。

この面通しの目的は、犯人の確認だった。刑事部長は、犯罪者を一人ずつ連れてくると、逮捕の理由となった犯罪名を言い、簡単な前科歴を読み上げ、それから十分間ぐらいの尋問を行なった。ここに来る連中のほとんどは、経験豊かな泥棒だった。だから、もちろん本部長は、裁判で有罪に持ち込めるような情報を引き出せるとは思っていない。彼のしていることは、ただ刑事たちに、この市で悪事を働いている者たちの顔を覚えさせることだった。交代制だったから、月曜から木曜にかけていつでも、刑事たちは過去と現在のトラブル・メーカーの顔をじっくりと観察することができた。将来、彼らの顔を見分けて、これ以上のトラブルを防ぐことができるだろうと考えたのだ。

泥棒は一度やったら、やめられない。

今日でも、警察は〝面通し〟(あるいは、ときどき言われているように〝ショーアップ〟)をする。しかし、目的は別種の犯人確認作業だ。今では、自分の分署の部屋でやる。容疑者を、私服刑事や警官と一緒に舞台の上に並べ、被害者に、一月五日の夜誰がレイプしたか、刺したか、あるいは目をくりぬいたか選ばせるのだ。昔は、本部の講堂は、市のあちこちから来た百人もの刑事で満杯だった。今は、一方からだけ透けて見える防護ガラスのうしろに被害者や、逮捕した刑事、警部補が座る。もし訴訟で勝ちそうならば地方検事局からも誰かが来る。偉大なる昔を思うとなんともちゃちだ。そう思わないかね？

しかし、今はコンピュータがあって、誰が悪党か教えてくれる。質素な講堂の硬い椅子に座って、悪事を働くやつらをじっとにらみつける必要はない。散らかった机の前の座り心地がいい自分の回転椅子に座って、いい情報が得られるようにとコンピュータに質問する。

最近右足に怪我をしたと思われる男について、医療関係警報が出されていたが、その火曜の朝までに返事をよこした医者は一人もいなかった。アイリーンが二度目の警報、今回はもう少し緊急っぽく書いたものを送っている間、キャレラはオズワルド・フーパー刑事の報告書にあった二番目の仮説に注意を向けていた。移動科研班《MCU》がリバー・プリンセス号から採取した足跡についての報告書だ。彼は、右足の傷が過去のある時期に発生した可能性について考えていた。

八七分署の男たちと一人の女は、ターマー・ヴァルパライソを誘拐した連中は絶対に素人ではないという前提に立って仕事を進めていた。多くの点で、この想定は昔の〝月曜から木曜の面通し〟の日々へ後戻りするものだった。そこのステージに乗ってる男たちを見たか？　昨日、あいつらは殺人や、武装強盗、レイプ、自動車強盗などをやらかした。その上、どいつもこいつもやたらと長い重罪歴があるらしい。だから、よく顔を見て覚えておけ。なぜなら、同じあいつらがまた同じ重罪やら違った重罪をやらかすからだ。

泥棒は一度やったらやめられない、そうだろう？

アメリカでは、誘拐は二度も三度もやるような犯罪ではない。遠く離れたどこかの国なら、ある種の犯罪人の間で身代金目当てにビジネスマンを捕まえて監禁するのが流行っているかもしれない。しかし、それはそれ、これはこれである。どこかの国ではワニの目玉を生で食べるのが流行っているそうだし。しかし、八七分署では連続誘拐犯というのを聞いた者は一人もいない。誰かを誘拐したら、まんまと成功させ、リオに飛んで夜明けまでサンバを踊りまくる、あるいは、捕まって残りの人生を塀の向こうで過ごすかになる。どちらにしても、たいていは一回きりの犯罪になる。

そういうわけで、その火曜日の朝コンピュータに向かったとき、キャレラは州の刑務所記録にアクセスするために、まず自分の名前とパスワードを入れた。しかし、クリアされたあと、彼は**誘拐**というキーワードを打ち込まなかった。その検索では結果が得られないと思ったからだ。それどころか、犯罪を一切特定しなかった。彼が探しているのは足の悪い左利きの犯罪人だ。もっとはっきり言えば、右足を引きずりながら刑務所を出て、この間の土曜にリバー・プリンセス号へまっすぐ乗り込んでいった左利きの犯罪人だ。

彼は州全域に検索をかけた。しかし、それを過去五年間に限定した。そうしなければ、これからの五年間コンピュータの前に座り続けることになるだろう。彼はいきなり要点をついた。キーワードとして**怪我**と打ち込んだのだ。

頭、**胴体**、**四肢**の中から選択するようにというメニューが出た。

四肢を選んだ。

腕と**脚**のどちらかを選ぶように要求された。

脚を選んだ。

画面に出てこないうちから次に何を要求されるかわかった。だから驚かなかった。

右を選んだ。

刑務所の夜のように長いリストが出てきた。

この記録全部に目を通すには来週いっぱいかかるだろう。五、六百件はありそうだ。右脚に怪我をしている犯罪人がこんなにいるとは、誰も夢にも思わなかっただろう。そして、この中からどうやってあの男を捜せばいいのか……

待てよ、見当違いのところを探しているのかもしれない。

この州では、すべての定期刑を受けた者に対し釈放後一定期間の保護観察が義務づけられている。たとえば、クラスBの重罪は五年から二十五年の禁固刑を科すことができるが、仮釈放された場合、二年半から五年の期間シャバで保護観察を受けなければならない。他方、クラスEの重罪では一年半から四年の間刑務所に送られる。しかし、釈放後は少なくとも一年半あるいは三年もの間、仮釈放官に報告する義務がある。メッセージは従来のものとまったく同じである。刑期を勤められないなら、犯罪を犯すな。

キャレラは刑務所のシステムを終了し、**仮釈放の区分**をクリックした。オンライン上の名前とパスワードを要求され、**スティーヴン・L・キャレラ**とバッジの番号**714-5632**を打ち込んでクリアされるのを待った。オンラインになると、五年間遡る検索をした。

仮釈放者の**名前**を聞かれ、**不明**と打ち込んだ。


犯罪？

不明
傷、入れ墨、その他目立つ特徴？

左利き
障害または疾患？

この質問には**右足に傷**と打ち込んだが、**答えは無効**と出て、もう一度同じ質問が現われた。**障害または疾患？**

今回は**歩行障害**と打ち込み、ヒットした。

現在、州のさまざまな刑務所から仮釈放された犯罪者で、左利き、かつ脚に傷を負っている者が七人いる。そのうち四人は左脚に、残りの三人が右脚の傷だ。

この三つの傷のうち、一つはキャッスルビュー州立刑務所の機械工場で負ったもの。ナンバープレートを作る重い金属製の打ち型が囚人の足の上に落ちてきて、くるぶしの骨を砕いてしまったのだ。その囚人がのちに州を訴えたことに、キャレラは気づいた。ちなみに、負けている。二年前に釈放されたが、その後バスにはねられ、頭蓋骨をくだかれて不慮の死を遂げた。キャレラは、生まれつきの負け犬もいるんだなあ、と思った。

あとの二人は、まだ生きている。

キャレラは、**プリント**のボタンをクリックした。


彼女は、鍵が錠に差し込まれる音を聞いた。

鍵が回るカチッという小さな音がする。

ドアの外で手探りしている音が聞こえ、ドアが開いた。

そこに立っているのはサダム・フセインだった。

大きなライフルを抱えている。

誰一人として武器を持たずに部屋に入ってくる者はいない。彼女を極めて危険だと思っているに違いない。こんなふうにラジエーターに手錠でつながれているのに。もしかして、彼らはいかにもマッチョな男らしく階段を駆け下り、大量破壊兵器を手にして――今と同じだ――「動くんじゃねえ」と叫んだけれど、その前に、〝バンダースナッチ〟をチラッと見たのかもしれない。もしかして、彼女が目に見えぬ〝けしにぐの剣〟に手を伸ばし〝おどろしき獣〟を打ち据えるところを見たのかもしれない。

フセインはドアを閉めると、右足を引きずりながら彼女の方にやって来た。

彼女は、彼にひっぱたかれたことをまだ覚えていた。

彼が近づくと尻込みしそうになった。

「怖がらなくていい」彼は小声でそう言うと、彼女から二、三フィートのところで立ち止まった。

彼女は、黙っていた。

自分がすくんでしまっていることに気づいて肩をそびやかそうとし、それがかえって突き出た胸を強調することに気づいて、再び背中を丸くした。フセインの仮面のうしろの目が青く光っている。彼は左手にＡＫ‐四七を持っていた。

「あんたに悪かったと言いたかった」彼が言った。

そうでしょうよ、と彼女は思った。

「この間の晩、あんたを殴って」

「いいのよ」彼女は言った。「もう忘れて」

「いや、本当に悪かった」彼は言って、彼女の傍の床に膝をついた。「ちょっと興奮しただけなんだ」

この人私に近寄りすぎてる、と彼女は思った。気をつけるのよ、ターマー。

「何をしたらいいかな？　あんたをもっと心地よくしてあげるには」彼はそう言って、右手を彼女のむき出しになっている膝の上に置いた。

「やめて」彼女は身体をラジエーターの方にずらした。

「ごめん」彼は、やけどをしたかのように手を引っ込めた。

この手錠を外してくれるっていうのはどう？　と、彼女は思った。

ここから逃げる唯一の方法は、銃を手に入れることだ。

どの銃でもいい。

ここでは全員が銃を持っている。

「手首が痛いの」彼女が言った。

「そうか」彼が言った。「なでてあげようか？」

「手錠を外してもらった方がいいわ」

「でも、鍵を持ってないんだ」彼はそう言って、再び手を彼女の膝に載せた。

今度は、やめるように言わなかった。

「鍵を取ってくれれば？」彼女が言った。「こういうの、とっても苦しいわ」

「エイヴリーが鍵を持っているんだ」

エイヴリーって言うのね、と思った。一つ名前がわかった。

「彼に頼んで」

彼は手を腿の方に滑らせた。

「だめ、やめて」彼女が言った。「今はだめ。初めに鍵を取ってきて。この手錠を外してよ」彼女はそう言ってにっこりした。

「あんなふうに半裸で人の前で踊るのはどんな気分だい？」彼の目が仮面の穴の中でギラギラ光っている。腿の上の手が震えている。

「鍵を取ってきて」彼女が言った。「あなたのために踊るわ」

「鍵を取りに行かなくてもファックできるんだぜ」声も震えている。

「自由にしてもらった方が、もっといいわよ」彼女がささやいた。

「約束するか？」彼の手が腿をきつくつかんだ。

「約束するわ」彼女はそう言うと、唇をなめた。

「すぐ戻ってくる」彼は言って、ライフルを左手に急いでドアに向かった。

銃を持ってくるのを忘れないで、と彼女は思った。

彼のうしろでドアが閉まった。

またも錠のかかるカチッという静かな音が聞こえた。

今は、彼女も震えていた。

この市には一つはっきりとした原則がある。環境のいい地区にはホームレスのシェルターや、犯罪者社会復帰センターや、仮釈放事務所が絶対にないということだ。アパートを探しているとしよう。不動産屋に、こうした施設に一番近いのはどのあたりかと聞いてみたらいい。もし「その角を曲がったところよ」というような返答が返ってきたら、スカートをたくし上げて、さっさと逃げることだ。どんなところに住みたくないといって、そこほど住みたくないところはないからだ。

その火曜日の午後早く、キャレラとホースはダウンタウンの仮釈放事務所に行った。そのあたりは、せいぜい〝法の執行に無関心〟な地区ぐらいと思っていたが、街角ごとに売春婦や麻薬の密売人がいるところを見ると、どうも即断に過ぎたようだ。午後一時には、川を渡り、すばらしいカームズ・ポイントの並木道に入った。あたりの居住地は、サンライズ・ショアーズとして知られている。というのは、かつてはディックス河の湾曲部から上ってくる日の出を見ることができる優雅なウォーターフロント住宅地だったからだ。

この地区にギャングがはびこるようになってから、もう長いことたつ。ギャングたちも、昔は仲間内のけんかで満足していた。価値もない縄張りや、そこら辺の女の子の奪い合いが至上の喜びだったのだ。が、今ではそんなことは卒業して、大規模な麻薬の密売をするようになった。走行中の車から発砲して互いに殺し合ったり、無実な傍観者から犠牲者を出したりしている。タバコを一箱買いに角の食料雑貨店に行くのも、命がけだ。

サンライズ・ショアーズ仮釈放事務所は、そうした食料雑貨店の二階にあった。店の外では、ティーンエージャーが集まってタバコを吸いまくっていた。いいかげんにわかってもよさそうなものだ。だからといって、俺に文句を言ってくるなよ、とキャレラは思った。このような地区を歩くには、二つのやり方がある。たとえ、警察官であってもだ。透明人間のふりをするか、ジャケットの下にダイナマイトを巻きつけているふりをするかだ。肩をそびやかし、頭をまっすぐ上げ、二人の刑事は歩く爆弾のように食料雑貨店の脇の階段を上っていった。外でタバコを吸っていた連中は、こいつらは前科者で、決められたとおりに事務所に顔を出しているのだと解釈した。だから手出しをしなかった。さて、アクターズ・スチュディオの練習もこれまでだ、とキャレラは思い、小便の臭いのする階段を上っていった。ホースが、後から偉そうについてきた。二階に上がると、曇りガラスがはまった木製のドアがあり、次のように書いてあった。

仮釈放室
室長　カービー・シュトラウス

事務所は小さく、たぶん八七分署の刑事部屋よりもみすぼらしい。金属製の机が六つ、一定の間隔をおいて置かれていて、そのうち二つが、破れた日よけのかかったカーテンのない窓に向いている。机の脇にはそれぞれ背もたれのまっすぐな木製の椅子が置いてある。早い午後の陽光が日よけを黄色に染めていた。ダークグリーンのファイルキャビネットが窓のない壁に並び、開いたドアから中の便器とシンクが見えている。大昔のコピー機がそのトイレと並んで壁際に置いてある。部屋の片隅には木製のコート掛けがあって、数枚の上着と帽子が一つ掛かっている。

二人の男が、窓際の机のうしろの回転椅子に座っていた。特別席だ。

刑事たちが入っていくと、二人ともこちらを向いた。キャレラは、帽子はどっちのものだろうと思った。

「シュトラウスさんですか？」彼が聞いた。

「そうですが？」

五十代だろうと、キャレラはふんだ。茶のズボンに茶のカーディガン、その下にシャツとネクタイ。右側の机に座っている。禿でいくぶん太り気味。地元の郵便局で、切手を売っていてもおかしくない。キャレラは、帽子は彼のものだと思った。

「先ほどお電話しましたが」彼が言った。「キャレラ刑事です。こちらはパートナーのホース刑事」

「ああ、そうですか」シュトラウスは立ち上がり手を差し出した。「こちらは職員のレーサムです」左手でもう一つの机に座っている男を示した。レーサムが頷いた。シュトラウスは二人の刑事と軽く握手すると言った。「おかけ下さい。ウィルキンスの件でいらっしゃったんですね？　彼のファイルを取ってきましょう」

刑事たちは、シュトラウスの机の傍の椅子に腰を掛けた。シュトラウスはファイルキャビネットのところに行って、その一つを開け、中を探し始めた。

「外は、雨が降りそうですかね？」レーサムが聞いた。

「降りそうもないですよ」ホースが言った。「なぜですか？　雨が降るって誰が言ったんです？」

「骨が感じるんですよ」レーサムが言って、悲しそうに頭を振った。

実際、ちょっと神経痛を病んでいるように見える。背が高くやせ型だ。ブルーのコーデュロイのズボンにグレーのスポーツジャケット、襟がすり切れ薄汚れた白のシャツを着て、ズボンにマッチしたダークブルーのニットタイをしている。厚紙でできたスターバックスの容器が、コンピュータと並んで机の上においてある。

「ありましたよ」シュトラウスは言って、再び机に座ると、マニラ・フォルダーを自分と刑事たちの間に置いた。「コンピュータでもできるのですが、プリントアウトしたものの方が見やすいですからな」そう言ってフォルダーを開けた。「カルヴィン・ロバート・ウィルキンス」彼が言った。「二十七歳。二十歳の時に武装強盗で逮捕。事情を説明しますと、彼は一人で銀行に入っていった。やけっぱちになってたんでしょうな。そう思いませんか？　窓口係の顔に銃を突きつけ、その時現金引き出しに入ってたものをつかんで逃走した。三千ドルぐらいですよ、信じられますか？　三千ドルと豚箱二十五年を賭けたとはね？　銀行から車で逃走しているときに、タイヤがパンクした。とうとう車からはい出て走り出した。車から出てきたところを警官が追いかけ、一人の警官がぶっぱなした一発が、彼の脚を捕らえた……」

「右の脚ですね」キャレラが頷きながら言った。

「ええと、チェックしてみましょう」シュトラウスが言って、報告書を見た。

「そうです。右脚です。やつはひっくり返り、ボニーとクライドのキャリアも一巻の終わりとなったというわけです。重罪Bに相当する窃盗一の有罪判決を受けた……まあ、この点はご存じですね。運良く情け深い裁判官に当たったから、初犯だとかその他ご大層な理由により二十年の刑になった」

「仮釈放は、いつでした？」

「六カ月前。感謝祭の目前でした。あの子は感謝しなければならないことがいっぱいあるんですよ」

「どうしてですか？」

「仮釈放監察委員会に最初に出頭したとき、二十年のうちわずか七年しか勤めていなかった。まったく運がいい」

「初犯とおっしゃいましたね……？」

「まあ、初めて捕まったと言いましょうか。こういった連中は……」

「出てから何か問題を起こしましたか？」

「ええ。まず、仮釈放の規則を破りました」

「何をしたんです？」

「仮釈放後の一年間は、いわゆる〝強化監察〟下に置かれます。再調整期間のようなものです。彼は毎週この事務所に顔を出し、こちらからも誰かが——この事務所には六人の職員がいます。かなり小さな事務所ですが——二週間に一度とか一ヵ月に一度、彼の家に行きます。強化期間というか、まあ、強化監察ですな。これが少なくとも一年間続きます。その後は、通常監察になり、家庭訪問の回数も、こちらの事務所に来る回数も少なくなります。

　さて、彼は感謝祭の直前にミラマーから出所しました。ミラマーはキャッスルビューよりひどい州立刑務所で……ええと、これはご存じですな。そして、週に一度、正確にここに顔を出すようになりました。質素な家具つきの家に住み、カーペンター通りの総菜屋で皿洗いの仕事も見つけました。白状しますと、彼は早期放免の第一候補者だと思ってましたね。ということは、最高の五年ではなく三年だということです。ところが、突然、クリスマスの翌週に出頭しなかった。休日続きだから仕方ないかと、まあそう考えたんです。そうでしょう？　しかし、一月の最初の二週も来なかったんです。やつは失踪したと思いましたよ。結局その通りになったんですがね。ここに出頭しない、無断で住所を変更する、私の知る限りでは州外に出ることもそうです。古典的な失踪のケースですが。逮捕状を出しました。捕まったら、最高の五年を刑務所で過ごすことになる。懲りないやつがいるもんです」

「一番新しい住所を教えてもらえますか？」

「いいですとも。しかし、役にはたたないと思いますよ。もういないですからね。それにここは邪悪な大都市ですから」

それでもシュトラウスは立って、ウィルキンスのファイルをコピー機のところへ持っていった。トイレのドアが開いているのを見て、便器が見えるのは川向こうから来た客人に失礼にあたると思ったらしく閉めた。「なぜこの男のことが知りたいのですか？」

「誘拐事件に関与しているかもしれないんです」

「せっかく昔の犯罪を卒業したっていうのに？　懲りないやつがいるもんです」彼が再び言った。

「ところで、そいつの足はどれくらい悪いんですか？」ホースが聞いた。

「そうですね、そんなにひどいものではありません、もしそう考えておられるなら。右足をちょっと引きずる程度です。おわかりでしょ？」

「どの程度か、ちょっとやって見せてくれませんか？」キャレラが聞いた。

「チャーリー、ウィルキンスの歩き方をやってみてくれないか？」シュトラウスが言った。

レーサムが、机のうしろから立ち上がった。

舞台に出る前に心を落ち着かせている俳優のように、彼は一瞬立ち止まって考えた。それから部屋を横切るように歩き出した。かすかに足を引きずる程度だった。彼の演技は、刑事たちがハニー・ブレアのテープで見た仮面の男の歩き方を完璧にとらえていた。

「どうですか？」レーサムが聞いた。

「完璧だ」シュトラウスが言った。「君をミラマーに送って、彼の刑期を勤め上げてもらった方がいいかもしれないな」

「ええ、そうですね」レーサムはそう言ったが、演技が大成功で気をよくしているらしかった。

シュトラウスはコピー機から紙をひと束持ってきた。それをホチキスで留めながら「重要なものは、全部持っていた方がいいでしょう」と言った。そしてキャレラに渡した。

「もし、彼を見つけたら教えてください」彼が言った。

「ほんとうに早期釈放の候補者だと思ってたんですよ、あのバカが。まあ、そんなものですかね」

ほんとに彼は悲しそうだった。

カルヴィン・ロバート・ウィルキンスは、まだサダム・フセインの仮面をつけていた。

左手にライフルを持っていた。

右手には何も持っていない。

鍵も何もない。

彼がドアを閉めた。

彼女の方に、足をひきずりながら近づいてきた。

「鍵をくれないんだ」彼が言った。

絶対に仮面の裏でニヤニヤしている。

彼女から一フィートも離れていないところに立って、ズボンのジッパーをおろした。

現実はこういうことなのだ。

今度は〝けしにぐの剣〟がない。


ゆっくりとしたストリップショーも、音楽の伴奏もない。彼女の衣服をつかんで見せつけるように引き裂いていく爪もない。今度のは、衣服の上半身が乱暴に胸からはがされることであり、乱暴な手が、すでに切り裂かれているスカートの下に伸びてパンティを陰部の上で引き裂くことである。嚙みついてくる顎はなかった。彼は嚙みつかなかった。ただ何度も何度も平手打ちを食らわした。彼女が手錠のかかった手をラジエーターから外そうともがいている間も、叩き続けた。彼女の顔が痛みでずきずきしあざができるまで叩いた。ライフルが置かれた床の上を、自由な手がぱたぱたたたき、見えない指でライフルを見つけようとしている間も、平手打ちを食らわし続けた。とうとう彼女はめまいがし、弱り果ててつぶやいていた。「やめて、お願い、お願い、お願い」

しかし、彼はまだレイプはしなかった。

叩き続けることに喜びを感じているようだった。彼の手がリズミカルに彼女をうち続ける。手の裏、手のひら、再び手の裏と。ついに彼女はラジエーターに寄りかかるようにくずおれ、声もなく、止めて、お願い、止めて、お願いとつぶやいていた。

　今度ばかりは、彼女を助ける〝けしにぐの剣〟はなかった。

　これは、ただのレイプだ。

　乱暴に彼女の脚を広げ、無理矢理、彼女の中に入った。押し入るときに組織を引き裂いた。彼女は力ずくの挿入に悲鳴を上げた。彼がまたもや平手打ちを食らわし、彼女はまた悲鳴をあげた。彼は黙れと命じ、再び何度も何度も叩いた。彼の手は彼女の胸の上で乳首をきつく絞り上げ、彼の強烈に硬い物を彼女の下腹部に突っ込み、うめいた。彼の手は、次に彼女の顔か、胸か、尻か、どこを痛めつけようかわからないかのように、絞り上げ、叩き、殴り、つねった、胸を殴り、顔を殴った。突然、鼻から血が噴き出した。とうとう彼女は苦痛の余り叫んだ。「お願い、やめて」その瞬間、彼は射精した。そしてドアが開き、ヤセル・アラファトが部屋に入ってくると「このバカ野郎」と叫んだ。彼女は気を失った。

12

特別捜査班の面々はいささか困惑していた。慌てふためいているとさえ言えるかもしれない。たった今、本件を指揮している特別捜査官スタンレー・マーシャル・エンディコットが本部の上司から聞いたのだが、市警察本部長が八七分署の刑事班にヴァルパライソ誘拐事件の捜査を続行するように命じたというのだ。

「アップタウンのろくでもない分署のくせに」彼が文句を言った。明らかに憤慨している。

バイソン・レコードの大会議室に詰めている捜査官や刑事たちは、頭を振りふり、まじめくさった顔で同意した。ただし、警部補のチャールズ・ファーリー・コーコランは部屋の中を歩き回っていた。アイルランド人だとしても、顔が赤すぎる。

「私の訴えを却下した」彼は、ぶつぶつ言っていた。明らかに怒っている。「キャレラは、私の指揮下にない。だから彼が不服従だったということはあり得ない、と言うんだ」

「さて、どうしますか?」ファインゴールドが聞いた。

「とにかく、この事件は誰のものなんですか? 我々は解散ですか?」

「これは我々の事件でもあり、やつらのでもある」エンディコットが言った。

「競走ということですね」ファインゴールドが、苦々しげに言った。

「勝たなきゃいけない競走という意味だ」

「もしも、街でオートバイの警官が私を侮辱したら?」コーコランが誰ともなく聞いた。まだカンカンに怒っている。

「それなら不服従なのか?」

「その通りですよ」ジョーンズが同意した。ちょっとしたごますり。いたずらに白人だらけの警察の中で生きてきたわけではない。

「あのろくでなしが、また三時に電話すると言ってる」エンディコットが言った。

「本部長がですか？」ロニガンが聞いた。頭の切れる方じゃない。しかし、マジェスタでヘロインの大ギャング団を壊滅させたという功績はある。もっとも、それは十年前のことだ。

「犯人だよ、犯人」エンディコットはそう言いながら、自分もますます混乱してきた。「今回こそ、突き止めるぞ」彼が言った。明らかに興奮している。「もしルーミスがやつをつなぎ止めておけなければ、自分のこの手でやつのキンタマをちょんぎってやる」

「犯人のをですか？」ロニガンが聞いた。

エンディコットは、ただ彼を見るだけだった。

三時きっかりに、電話が来た。誘拐犯が時間を守らなければ、もう誘拐犯でも何でもない。グロリア・クラインは声の主がわかったが、いちおう、どなたですかと聞いた。誘拐犯が「プライベートな件ですから」と答えたので、彼女は少々お待ち下さい、と言ってルーミスのオフィスに電話を入れた。

「もしもし？」ルーミスが言った。

「また、例の人からです」彼女が言った。

「やつからです」ルーミスがエンディコットに言った。彼はすでに自分専用の電話ボックスに向かって歩いていた。

「あなたの準備ができたら、いつでもどうぞ」エンディコットがそう言いながら、イヤホーンをはめた。「やつが話し続けるようにしむけて下さい」

電話ボックスの中に座ると、ルーミスは内線電話を取り上げた。

「ルーミスです」彼が言った。

「カネは用意できたか？」

「今夜六時までに用意する。売らなければ……」

「百ドルの新札で七十五万だろうな？」

「そうだ」

「よし。キャレラを出せ」

「ここにいない」

電話が沈黙した。

「どこにいる？」

「わからない。あんたがまだ彼を必要としているとは知らなかった」

「必要ない」

「第一タワーが彼を捉えた」ジョーンズが言った。

「他に刑事がいるか？」

コーコランが頷いた。

「いる」ルーミスが言った。

「そいつは、この電話を聞いているのか？」コーコランが、首を振った。

「いや」ルーミスが言った。

「嘘だ。そいつを出せ」

「第二タワーが捉えた。やつは移動中の車にいる」ファインゴールドが言った。

コーコランが内線電話を取り上げた。

「もしもし？」彼が言った。

「誰だ？」

「刑事警部補のチャールズ・コーコランだ」

「チャールズと呼んでもいいかな？」

「女は、まだ生きているのか？」

「質問は俺がするんだ、チャールズ！」

コーコランの口が引き締まった。エンディコットが顔をしかめている。

「午後七時きっかりに、リムジンまで行け」電話の相手が言った。「あんたとミスター・ルーミスとカネだ。リバー・ディックス・ドライヴに乗って東に走れ。その頃までにラッシュアワーは終わってるはずだ。七時十五分にまた電話する。罠をかければ、女は死ぬ。この電話も盗品だ」彼はそう言って笑った。

電話に、カチッという音がした。

「このろくでなし、おたんこなす、くそいまいましい野郎」ジョーンズがわめいた。「やつはいつも三角化の直前に切ってしまう」

「これは、プリントアウトした方がいいですか？」ファインゴールドが聞いた。

「聞いただろう、あれは盗品だ」エンディコットが言った。

「それまでにカネはできますか？」コーコランがルーミスに聞いた。

「六時までにはできます」

「今度は、我々の流儀でやらせてもらいます」コーコランが言った。

彼らは、一時十五分過ぎから外で待っていた。女家主は、三時近くになってやっと現われた。マラケッシュ風の服装をしている。

頭のてっぺんからつま先まで隠すブルカは着ていなかった。代わりに質素な黒のアバヤをまとっていた。シュメール人のガレー船に張られた帆のように膨らんで、顔とほっそりした手以外に何も見えない。目は非常に濃い茶色で、アバヤの黒とさして変わらなかった。服が何もかも隠しているので、どちらの刑事も、彼女の正確な歳を言い当てることはできなかった。たぶん、四十代の中頃だろう。彼女の目はちょっと誘惑的だ。

アパートは、カームズ・ポイントのアラブ人口が多い地区にあった。住民はほとんどが、エジプトやモロッコなど北アフリカからの移民たちだ。通りには、トルココーヒー店、ホムスやバクラワ、カターイフやキッバ、マジャッダラやタブーラなどを売る店が並んでいる。この市全体でもモスクはわずか十二しかないが、その一つが、昨年末にカルヴィン・ロバート・ウィルキンスが借りたと思われる家具つきの部屋から二ブロックのところにある。

「感謝祭の直前からクリスマス過ぎまで、家具つきの部屋を借りていた男を探しているんです」キャレラが、女家主に言った。

女家主が頷いた。

「誰のことを言っているのか、おわかりですか？」ホースが聞いた。

「ええ、わかります」

彼らは彼女の後について三階に行った。

「契約は一月一日まででした」彼女が言った。「ずいぶん、急いでいたんでしょうね？」

仮釈放事務所のカービー・シュトラウスの言ったことは正しかった。ウィルキンスが失踪する前に借りていた部屋は〝完璧に質素〟だった。小さくて、こぎれいで、カネがかからないように格安中古店の家具が備えつけてある。

「彼は部屋を借りたとき、一月に出ると言ってたのですか？」キャレラが聞いた。

「いいえ。月極で借りたいと言ってました」女が言った。「こちらはそれで文句なし《オキドキ》でした」

アメリカの俗語をひけらかしている。茶色の目が光る。腰に置かれた左手。その手の親指に大きな銀の指輪。鮮やかなグリーンの石。翡翠ではない。何か他の石。エメラルドでもない。銀の台にエメラルドということはない。

「彼が出ていくと初めて言ったのは、いつですか？」

「クリスマスのすぐ後です」

「どこへ行くか言いませんでしたか？」

「もちろん、ジャマイカ」

「ホントですか？　ジャマイカへ？」

「ええ、そうです。ジャマイカって知ってますか？　友達と一緒に行くのかって聞いたら、一人で行くって言ってましたよ」

「友達って？」ホースがすぐ聞いた。

「しょっちゅうここに出入りしていた人たちよ。男と女」

「しょっちゅうとは……？」

女はたっぷりとした服の下で肩をすくめた。服がつま先までさざ波のようにゆれた。彼は、彼女が靴下をはいていないのに気づいた。右脚の親指にも指輪が。ここのは赤い石だ。

「三回か四回ぐらい。たった一ヵ月しか借りてなかったですからね。一ヵ月ちょっとかもしれません」

「ひょっとして名前はわかりますか？　彼の友達の？」

「訪ねてくる人たちの名前は聞きません。問題がなければ、名前は聞きません」

「どんな人たちでしたか？」キャレラが聞いた。

「男はあなたぐらいの背の高さでしょう。目もあなたのような茶色。髪は黒の巻き毛でとっても体格がいい」彼女はそう言って、目をぐるっと回した。「女は赤毛。あなたの赤毛とは違うけど」彼女はホースの方を向いて言った。

「もっと茶色がかっているでしょう？　目がグリーンで……何て言うんでしたっけ？　顔に点々が出ているのを？」

「そばかすですか？」ホースが言った。

「ほんとに英語って」彼女は頭を振りながら言った。「そうそう、そばかすでした。あの二人は結婚してないと思うわ。でも、それに近いわね？」彼女は言ってウインクした。

「つまり、婚約しているってことですな」ホースが頷きながら言った。

「いいえ、一緒に寝てるってこと」彼女は言って、またウインクした。

「それで、彼はジャマイカに行くつもりだが、友達は連れて行かないということですか？」キャレラが言った。

「ええと、あの時は違います」

「どういう意味です？」

「この部屋を出たら、すぐにジャマイカに行くはずではなかったんです」

「では、いつジャマイカに行く予定でした？」

「春、と言ってました」

「春のいつですか？」

「ただ、春とだけ。〝春にはジャマイカのビーチだ〟って言ってたわ」

「じゃあ、今はジャマイカにいるかもしれない。そういうことですか？」

「今は、春だから」女が言った。「ほんと、今頃、行ってるかもしれないわ。何とも言えないけど。私は、ジャマイカってどこにあるかも知らないの。どこにあるか知ってます？」

「ええ」

「行ったことがおあり？」

「いいえ。でも、どこにあるかは知ってます」

「どこかしら？」

「カリブ海です」

「どこなの、そのカリブ海っていうのは？」

「ミスター・ウィルキンスが、今頃いるかもしれないところです」ホースが言った。

「ミスター誰？」彼女が聞いた。

「ウィルキンス。カルヴィン・ウィルキンスです」

「私が聞いた名前は、違うわ」

ホースが彼女を見た。

「何だか違う名前だったわ。そんなんじゃなかった」

「何て、言いました？」

「見なきゃわからないわ」

彼らは、彼女の後について彼女の部屋まで行った。ビーズのカーテンと、ダブルベッドと、アラビア語で書いてあるカレンダーがあった。彼女はペンキを塗った小さなタンスの一番上の引き出しを開け、台帳のようなものを取り出した。それを開け、頁の上に人差し指をすべらせた。爪が、指輪の石と同じグリーンに塗ってあった。

「あったわ」彼女は言って、名前の一つを軽く叩いた。

彼らはその頁を見た。

繊細な女性の手で書かれた名前は、

リッキー・マーチン

「リッキー、そう、それ」女家主が言った。

「リッキー・マーチン」ホースが言った。

「そうです。彼の友達が初めて来たとき、そう呼んでたわ」

「リッキー・マーチン」ホースが再び言った。

「そうよ」

「リッキー・マーチンというのは歌手だ」

「この人は、歌手だったの？」

「いや、この男は泥棒です。リッキー・マーチンが歌手だ」

「あの人はここに一ヵ月以上住んでたけど、歌ってるのを聞いたことはないわ」女はそう言って、再び黒い服の下で肩をすくめた。

「彼はどこに行くか言ってませんでしたか？　ここを出た時に？」

「ジャマイカって、言ってたでしょう」

「一月のことです。彼が部屋を出たときのこと。その時彼がどこに行こうとしていたか？　あなたに言いませんでしたか？」

「ええ、言ったわ」

「どこです？」

「友達のところ。おそらく、あの人たち〝メナージュ・ア・トロワ（夫婦と片方の愛人との三人所帯）〟を考えていたんじゃないかしら？　だから、あんなに急いでいたんだと思うわ」

ホースは、かつてジャネットという名前の女を知っていた。あるいは、アネットだったかもしれない。彼女は、そのことを〝メナージュ・ド・トロワ〟と言っていた。彼自身もずっとそう言っていた。

「あなたたちもお急ぎ？」女家主が聞いた。「でなければ、おいしいジャスミンティーをいれましょうか？」

そうそう、あの女はローレットだった、とホースは思った。

「ありがとう」彼が言った。「おかげさまで助かりました」

「レコード会社だからと思いません？」彼女が聞いた。

刑事たちには、何の話だかわからなかった。

「あの人が歌手の名前を選んだのは？」

まだ、わからない。

「あの人がレコード会社で働いていたから?」

「レコード会社って、どこの?」キャレラが、すぐさま聞いた。

「ローラ何とか」彼女が言った。「シティの。ダウンタウンのどこかだわ」


ダウンタウンのどこかと言ったら、そこらじゅうがダウンタウンのどこかになってしまう。

この市では、向こう側の地区から橋を渡ってくれば、〝シティ〟に向かっていることになる。そして、いったんシティに入ってしまえば、必然的にダウンタウンに向かう。というのはすべての活動が、そこに集まっているからだ。

まず、アイソラのイエローページから始めた。アイソラは島《アイランド》をそのまま翻訳したイタリア語だ。まず〝レコード、テープ、コンパクトディスク〟という見出しの下を見た。そして〝コンパクトディスク、テープ、レコード——小売店を見よ〟という小見出しを見つけた。Cの欄に戻ると、ぴったり百十二軒のレコード店が載っていた。どれ一つとして、ローラ何とかではなかった。Lの欄には十七軒あった。すぐにウィルキンスの前の女家主に電話した。

「次の名前のどれかに、聞き覚えがあるでしょうか?」そう言ってから、名前を読み上げた。「〈L&Mレコード〉、〈レイン・ブックス・ミュージック&カフェ〉……」

「知らないわ」彼女が言った。

「〈ラーク・ミュージック〉、〈ローレンス・レコード〉、〈ルイス・ミュージック&ビデオ〉、〈レキシントン・エンターテイメント〉、〈ライオン・ハート・レコードショップ〉……」

「どれも、聞き覚えがないわ」

「〈ライブ・ワイヤ・コンパクトディスク〉、〈ローン・スター・レコード〉、〈ロング・ジョーンズ・ミュージック〉、〈ローレライ・レコード〉、〈ロータス……」

「そのローラというのは、何?」

「えっ？」

「ローラ・リー、だったかしら？」

「〈ローレライ・レコード〉のことですか？」

「そうだわ」彼女が言った。「ローラ・ライ」

〈ローレライ・レコード〉は、サム・グーディーズのようなチェーンショップである。アイソラだけでも六店舗あるが、二店舗だけが一応ダウンタウンと考えられるところにある。一つは、本当は〝ミッドタウン〟になるセント・ジョーンズ・アベニューにあり、もう一つは島の最先端の金融街にある。最初の電話で、大当たりした。


「高級なところじゃないという話だったわ」パトリシアが言った。

「そうだよ。ここは、ちょっとしたイタリアンだ」オリーはそう言って、彼女が先に入れるようにドアを開けた。

「すてき」彼女が言った。「今夜は、割り勘にしましょ」

「いや、俺が誘ったんだから」

「ええ。でも私が映画を選んだわ」

「どっちにしても同じことだよ。今日は俺に奢らせてくれ。いつか俺をデートに連れて行きたくなったら、その時は君の奢りだ」

パトリシアがニヤッとした。

「わかったわ」彼女が言った。「そうするわ」

「やあ、ウィークス刑事」バーのうしろに座っていた男が声を掛けると、すぐに立ち上がって手を差し出した。「久しぶりですね。お元気でしたか？」

「パトリシア、こちらはアーティ・ディ・ドメニコさん、このすばらしいレストランのオーナー兼経営者だ。アーティ、こちらは同僚のパトリシア・ゴメスさんだ」

「はじめまして」ディ・ドメニコが彼女の手を取り、優雅にキスをした。パトリシアはイギリスの女王になったような気分だった。「こちらへ」彼が言った。「よいお席をご用意してあります」そして、部屋の向こう側の窓際のテーブルに案内した。まだ五時半なので、レストランはからっぽ同然だった。彼らは勤務を交替した後、そのまま分署から歩いてきた。外は、まだ暗くなっていなかった。

「お飲物は？」ディ・ドメニコが聞いた。

「ワインは、パトリシア？」

「だって、あなたに本当に……」

「いいさ、気にすんな」オリーが言った。「アーティ、あのおいしいシミのシャルドネはあるかね？」

「ええ、もちろんですとも」ディ・ドメニコが両手を大きく広げて言った。テレビの白黒映画で、ヘンリー・アーメッタが同じようにやっているのをパトリシアは見たことがある。「すぐに、お持ちします、ウィークス刑事！」

「ほんとに、ありがとう」パトリシアが言った。

「でも、俺たちあまり食べられないよ」オリーが言った。

「時計がチクタク言ってるからね」

パトリシアは怪訝そうな顔をした。

「映画は、七時四十五分に始まる」彼が説明した。

「まあ」彼女が言った。「どっちにしても、私あまり食べないわ」

「俺は食べる」オリーが言った。「それに、ここのイタリアンは実にうまいんだ」

「私もっとエレガントな服を着てくればよかったわ」白いテーブルクロスのかかったこぎれいな小さなテーブル、あちこちで燃えているキャンドル、そして壁にかかったイタリアの村のポスターを眺めながら、彼女が言った。

「君の服は完璧だよ」

事実、彼女の服装は、きちんと仕立てた茶のスラックス、パンプキン色のカシミアのセーター、その上に小さめのこぎれいな黄褐色のジャケットだった。首の周りには一連のパールネックレス。オリーは、彼女を美しいと思った。腕時計を見た。

「五時三十五分」彼が言った。

「時計がチクタク言ってるわ」パトリシアが言った。

「その話は、今まで出会った中で一番賢い人から聞いたんだ」

「誰?」

「ヘンリー・ダガート。実は、個人的には会ったことがない」

「その人は警官?」

「いや、編集者だ。秘密工作員かもしれないが」

「スパイだってこと?」

「たぶん、CIA」オリーが頷きながら言った。

「冗談ばっかり!」

「本気だよ。編集者というのは見せかけだったかもしれない。しかし、いいアドバイスをくれたのは確かだ。仕事で使える」

「職場でですか?」

「いや、本を書くときにだ」

「例の男を、絶対捕まえてほしいわ」

「ああ、俺もそう思っている」

「だって、どうしてもあなたの本が読みたいんだもの」

「俺も読んでもらいたい。『市警察本部長への報告書』というんだ。盗んだのは、女の服を着たがるエミリオ・ヘレーラっていう売春婦まがい。あのペニス野郎め。おっと下品な言葉で失礼。とにかく、捕まえるぞ。やつがわかってないのは、時計だ。チクタク言ってるんだ」

「それって、どういう意味なの?」パトリシアが聞いた。

「本を書くうえで?」

「良いサスペンス小説の決定的要素は、時を刻む時計、と言う意味なんだ。ジェームス・パターソンのような真に偉大な文学者を例に取ろう。彼のuvを知ってるかい?」

「なんなの、それ?」

「彼のuv。〝一連の作品〟を指すフランス語だ。みんなuvと言ってる」

「忘れてたわ、あなたは外国語を勉強しているんでしたわね」

「ああ、そうだ」

「それって、とってもすばらしいわ。あなたにはわからないでしょうけど」

「パターソンの本には、いつも時を刻む時計が出てくる。ヘンリー・ダガートは、俺の知る限り小説の編集者兼スパイの達人だが、彼の言葉を借りれば、〝チクタクと時を刻む時計を紹介しなければならない〟」

「誰に紹介するの?」パトリシアが聞いた。

「読者に、つまり、本の中に登場させるということだ。彼によれば〝主人公は限られた時間内で問題を解決しなければならない〟。それと、〝時間をカウントダウンすることで、差し迫った状況を定期的に読者に思い起こさせなければならない〟」

「うわあ、そんなに複雑だなんて知らなかったわ」パトリシアが言った。

「そうなんだ。この商売にもコツというものがいっぱいある」オリーは断言すると再び腕時計を見た。「五時四十五分」彼が言った。「メニューをもらおうか?」

パトリシアが、眉毛をピクピクさせた。

「時計ね。チクタク言ってるわ」


ターマー・ヴァルパライソの巨大なポスターが、セント・ジョーンズ・アベニューにある〈ローレライ・レコード〉の正面のショウウィンドーにかかっている。ずたずたに引き裂かれた《バンダースナッチ》用の衣装を着て脚を広げて立っている。ポスターは獣が実際に彼女を襲っている場面ではないが、その〝おどろしき〟獣が彼女の身体に影を落とし、恐ろしい顎と爪が暗示されている。額に入ったポスターの周りにはそこらじゅうに、タイトルソングとアルバムが入ったCDケースが積んである。

店の経営者は、アンガス・ヘルドという黒人だった。背が高く細い。黒のジーンズと黒のスポーツシャツに、グレーのショールカラーのセーターを着て、店の奥のオフィスから出てきた。彼は、刑事たちがなぜここに来たのかわかっていた。前もって電話をしておいたからだ。

「カルに何かあったんですか?」彼がすぐに聞いた。

電話でも同じ質問をしていた。

みんな同じ質問をする。

今回は、単刀直入に言った。

「仮釈放の規則を破ったんです」キャレラが言った。

「仮釈放中だったんですか。知らなかった」彼は頭を振りながら言った。

「彼を最後に見たのはいつですか?」ホースが聞いた。

「ここを辞めたときです。四月の中頃だったでしょう。イースターの頃ですよ」

「ジャマイカに行くと言ってませんでしたか?」

「いいえ。そこに行ったんですか?」

「我々にもわからないんです」キャレラが言った。「今捜している最中です」

「どのくらい、ここで働いていましたか?」ホースが聞いた。

「クリスマスの直前に働き始めました。祭日になると、来たり辞めたりするみたいですな。なぜ刑務所に?」

「銀行強盗です」

「フーッ」ヘルドが言った。

「ここにいるとき、問題を起こしたことは?」

「全然ありません。仮釈放中だったそうですね?」

「そうです」

「なぜ違反するのか、理解できませんな。ここでいい仕事をしてたのに」

「何をしてたんですか?」

「倉庫係です。ここは場所がいいもんだから、商品をたくさん扱ってるんですよ。どうして仮釈放の規則を破ったりするんだろう」

キャレラも、同じことを考えていた。ウィルキンスは、皿洗いの仕事を止めて、ここでもっといい仕事を見つけた。仮釈放事務所に駆けていってメダルを申請してもいいものを。それなのに失踪した。何のために? ターマー・ヴァルパライソを誘拐するためか? 正面のショーウインドーに写真が飾ってあるあのターマーを?

「倉庫係と話をしてもかまいませんか?」ホースが聞いた。

「ご案内しましょう」ヘルドが言った。

ローレライの倉庫には、三人の男がいた。一人はヒスパニック、一人はアジア系、もう一人は黒人だった。アジア系の男だけが、まだ働いている頃のウィルキンスを知っていた。

「静かなタイプだったな」彼が言った。

ほとんどの人が暴力犯罪者のことをそう説明する。

「つきあいはいい方じゃなかった」

これもよく言われることだ。

「彼が悪いことをするなんて想像もできないよ」

あーあ、またか、とキャレラは思った。

「なぜ仕事を辞めるのか言わなかったかね？」ホースが聞いた。

「でっかい計画があるとか」

「どんな？」

「ジャマイカに引っ込むつもりだと言ってたな」

またジャマイカか。

「その計画について何か話さなかったか？」

「何も」

「成金になるような計画は？」

「いや。さっき言ったでしょう、やつは人づきあいが悪かったって」

「一緒にいるのを見たことはないか、赤毛の女と……」

「ないですね」

「……背が俺ぐらいの男は？」キャレラが言った。「友達だったかもしれないんだ。茶色の目に黒い巻き毛。体格がいい男だ」

「エイヴみたいだな」

「エイヴ？　エイヴって誰だ？」

「エイヴリー。彼のちゃんとした名前だと思うよ。レコードのセールスをしてる男だ。何回か一緒にいるのを見た」

「エイヴリー何？」ホースが聞いた。

「エイヴリー・ヘインズ」経営者が言った。「以前は〈ザ・ウィズ〉でコンピュータを売ってたんですが、去年の今頃雇ったんです」

「ウィルキンスと友達だったということですが」

「たぶんそうなんでしょう。いつも音楽のことをしゃべってましたから。エイヴリーは、レコードのことなら何でも知ってました。どうしたらもっとレコードが売れるかいつもアイディアを持ってきましたよ。リスニング・ブースを設置しようと言ったのも彼です。給料を上げてあげようと思ったときに、辞めちゃいましたがね。考えてみれば二人とも同じ頃に辞めました。イースターの頃に」

「たぶん、何かでかい話が舞い込んできたんでしょう」キャレラが言った。

「たぶんそうでしょう。確かに、彼は日和見主義者でしたから」

「どういう意味です?」

「ああ、儲かりそうな話がないかいつも気をつけていたということです。お客さんとの話でも、ただ、ジャズはお好きですかとか、ヒップホップはお聴きになりますかとか、トニー・ベネットのファンですか、だけじゃない。どんな種類の仕事をしているのかとか、ミュージシャンか、広告か、出版かなどと聞いているんです。もっといい仕事を探しているんじゃないかと感じてました。一生をレコードのセールスマンで終わりたくない。一年中旅して。その意味がおわかりですか、一年中旅している意味が?」

「ええ」キャレラが言った。「わかりますよ」

「だから、たぶん何か見つけたんでしょう」ヘルドが言った。

「たぶんそうなんでしょう」キャレラが言った。

「彼の住所がわかりますかね?」ホースが聞いた。


もし、キャレラとホースが、その晩の七時五分きっかりにセント・ジョーンズ・アベニューの〈ローレライ・レコード〉の角を曲がっていたら、リオ・ビルディングの地下の駐車場から一台の黒のリンカーン・タウン・カー、続いて二台の覆面のマーキュリー・セダンが出ていくのを見ただろう。バーニー・ルーミスが、リムジンを運転していた。コーコランが隣に座り、新札の百ドル札で七十五万ドルが入ったアタッシェケースを膝に乗せている。エンディコットとロニガンが先頭のブルーのマーキュリーに、ファインゴールドとジョーンズがそのうしろの白のマーキュリーに乗っていた。特別捜査班の残りのメンバーはフェデラル・スクエア一番地にもどり、コンピュータに向かっている。今回は、彼らの流儀でやる。今回、合同特別捜査班は、本部長がはじめさせた競走に、何が何でも勝つつもりでいる。

キャレラとホースが曲がった角は、バイソン・レコードのオフィスへ行く方向ではなかった。また、二人とも、〈ローレライ・レコード〉と、そこから百ヤードも離れていないモンロー・ストリートの会社とを結びつけて考えてはいなかった。

例の車列が、夕方のラッシュアワーの最後の混雑の中を南へ走り抜けている間、刑事たちはウィンストン・ロード八四一二番地に向かって反対方向に走っていた。そこは、〈ローレライ・レコード〉の経営者が、エイヴリー・ヘインズの最後の住所として教えてくれたところだ。

次第に、暗くなってきた。

13

バーニー・ルーミスのリンカーン・タウン・カーでは、携帯電話が七時十五分きっかりに鳴った。すでに、彼とコーコランはリバー・ディックス・ドライヴに乗り、次第にすいていく高速道路をダウンタウンに向かって走っていた。

ルーミスがすぐさま電話を取った。

「もしもし?」

「どこにいる?」エイヴリーが聞いた。

「ドライヴに乗っている。ヘッドレイ・ビルディングに近づきつつある。十二番出口だ」

「五番出口で降りてそこのパーキングエリアに止めろ。十分後にまた電話する。罠を仕掛ければ、女は死ぬ」エイヴリーはそう言うと、電話を切った。

「何と言った?」コーコランが聞いた。

「五番出口のパーキングエリアだ。そこについたら、また電話がある」

コーコランが、すぐさま自分の電話に向かった。

「やつは言ったんだぞ、罠を仕掛けたら……」

「わかってる。しかし、こっちはいくつか罠を考えてますよ」コーコランが言った。

「エンディコットだ」

「やつは、五番出口に行けと言ってます。そこのパーキングエリアです。そっちの一台が先に行ったらどうですか? そのあたりをぐるぐる回っていてください。目立たないように」

「そうしよう」エンディコットが言った。

「罠を仕掛けたら、ターマーを殺すと言われてるんだぞ」ルーミスが言った。

「やつが考えている罠と、我々が考えているのとは違うんだ」コーコランが言った。「あんたは女を取り戻したいんだだろう、そうじゃないのか？」

「彼女を取り戻しさえすればいい」

「彼女を取り戻す唯一の方法は、まずやつらを捕まえることだ」

「私の考えはそうじゃない」

「あんたのやり方はもう試した、ミスター・ルーミス。それであんたは裏切られたんだ。ここは専門家にまかせなさい。いいですね？」

「ターマーには共犯者がついてるんですよ。それは知ってるでしょう。こちらが何かおかしな真似をすれば……」

「ちょっと言わせてもらいますが、ミスター・ルーミス、いいですか？　ターマー・ヴァルパライソは……」

「聞きたくありません……」

「……もう、死んでいるかもしれないんだ」

「まあ、ひどい」ケリーが言った。

彼女が部屋に入ったとたん目にしたのは、血だった。


彼女はドアを閉めると、ラジエーターのそばに縮こまっているターマーのところへ急いで行った。まだ手錠でつながれている手首は、なんとか手錠をはずそうともがいたところで皮膚が破け血が固まっていた。鼻にも血が固まり、唇は腫れ、目はふくれあがり変色していた。腿にも脚の上の方にも血がついていた。

「かわいそうに、あいつ、何てひどいことをしたの？」ケリーはそう言って、ライフルを床の上に置き、ターマーの自由になる手を取った。


「いつまで説教するつもりなんだ？」カルが聞いた。

「黙れ、この異常者め」エイヴリーが彼に言った。「カネを手に入れたら、お前はお払い箱だ」

「あいつが、やってくれって言ったんだぜ」カルが言った。

「俺のせいじゃない」

「黙れと言っただろう。お前はこの取引を台無しにした。彼女を無事に返すのが取引なんだ。それなのにお前は彼女の顔をめちゃくちゃにした。お前は取り返しのつかないことをした。このバカ野郎」

「どっちにしたって、やつはカネをもってくるぜ。女がどんな顔になってしまったかなんて知らねえもんな。やつが知ってんのは、俺たちが女を押さえてるってことだけだ。女がどんなことになったかなんて知らない。見てろ、やつは七十五万持ってくる。そしたら、俺たちはバイバイさ」

「いいから黙ってろ。お前の言うことなんか興味ない」

エイヴリーは、腕時計を見た。

七時十七分だった。

ウィンストン・ロード八四一二番地にあるビルの管理人は、ラルフ・ヘドリングスと名乗った。ホースには〝ラルフ・ヘッドリンス（頭の毛のリンス）〟と聞こえた。そう聞こえても別にかまわない。というのは、ヘドリングスも、ホースのことを馬《ホース》と聞いたのだから。彼らが七時二十分に着いたとき、管理人はまだ食事中だった。先月に出ていった借家人を探している二人の刑事に、食事を邪魔されてあまり愉快ではなかった。とりわけ、偉そうな態度をとるやつに邪魔されるのは、愉快ではない。しかし、ヘドリングスは妻に〝晩餐〟――本当にそう言ったのだ――を暖めておくように頼み、ビルの外に出ると、タバコの火をつけた。

「妻は、私がまだタバコを吸ってることを知らないんです」彼は説明すると、満足そうに毒の煙を吐き出した。「彼女の兄が、先月喉頭癌を摘出したんですよ。だから、あいつは今では、世界中の人間が喉の癌になると思いこんでいます。もっとも、私は十六の時からタバコを吸ってるんですが、咳一つしませんよ。なぜ、エイヴリー・ヘインズを探してるんですか?」

「二、三質問したいことがあって」キャレラが言った。

「ご存じですか、どこに……?」

「彼は、ガールフレンドと一緒に、一年近くここに住んでました。突然、契約が切れたら出ていくと言いだしたんです」

「それはいつのことです、ミスター・ヘドリングス？」

「四月一日です」

「どこに行ったか見当がつきませんか？」

「さあ、さっぱり」

「ガールフレンドと住んでいた、とおっしゃいましたね？」

「赤毛の女でした」

「名前はわかりますか？」

「ケリー。スペルの最後がｉｅです」

「ケリー何ですか？」

「知りません。彼が契約書に署名しましたから」

というわけで、三つの名前がわかった。

もっと正確に言えば、二つと半分だが。

五番出口で降りたとき、ルーミスはエンディコットとロニガンの乗ったブルーのマーキュリーが、駐車場を通り過ぎて行くのを見た。通りのどこかの住所を探しているかのように、ゆっくり止まっては走り、止まっては走りしている。彼は駐車場に車を入れると、座ったままハンドル越しにリバー・ディックス・ドライヴを疾走して行くいくつものヘッドライトを見た。隣のコーコランが自分の電話に向かって言った。「着きました。何かわかりましたか？」

「何も」エンディコットが言った。

一瞬おいて、車の携帯電話が鳴った。

ダッシュボードの時計は午後七時二十六分を指していた。

「いまどこにいる？」エイヴリーが聞いた。

「五番出口を降りたところだ」ルーミスが答えた。

「左折してフェアレーンに出ろ。ダウンタウンに向かってクロンレイの〈グレース・ワグナー・スクール・オブ・デザイン〉まで行け。そこの彫像の前で止まれ。罠をしかけるな」

電話に、カチッという音がした。

「何と言った？」

「クロンレイの、〈ワグナー・スクール・オブ・デザイン〉だ。そこの彫像の前で止まっていろと」

コーコランは、自分の携帯のボタンを押した。

「エンディコットだ」

「ダウンタウンに向かって、クロンレイの〈ワグナー・スクール・オブ・デザイン〉まで行きます。そこで止まっていろと言われてます。そのビルをチェックしてください。注意して。やつらは前回と同じように見張ってるかもしれません」

「移動する」エンディコットが言った。

「やつは、罠を仕掛けるなと言ってるぞ」ルーミスが言った。

コーコランは頷くだけだった。

「この映画は、ミステリのようなものかね？」オリーが聞いた。

「全然違うわ」パトリシアが言った。「シェイクスピアよ。言ったでしょう」

「《リチャードを探して》なんていうタイトルだからさ」オリーが言った。「ちょっとミステリみたいに聞こえるだろう？」

「たぶんね」

「失踪した人物とかね？」

彼らは、スクリーンのコマーシャルを見ていた。ポップコーンを食べながら映画が始まるのを待っている。オリーはバターをたっぷりかけたポップコーンの大きなカートンを二つ、用心するに越したことはないからダイエットペプシにして二本、パトリシアがポップコーンを食べてもまだお腹がすいているといけないからアーモンド入りのハーシーのチョコレートバーのでかいのを二本買っておいた。彼は、こんなところに座って、レストランや洋服店のコマーシャルを見るのは、チケット代も払わずに何かをただでもらうようで、どうも気になってしょうがなかった。

また、この映画がどんな映画なのか正確にわからないのも気になった。もし失踪した人物の話なら、そういうことには経験があるから、簡単にその映画を理解できるだろう。しかし、パトリシアがいうようにシェイクスピアの映画なら、どうして《リチャードを探して》などというタイトルをつけたんだろう。誰かが誘拐されたように聞こえるじゃないか?

「これは確かにシェイクスピアかい?」彼が聞いた。

「そうよ」彼女が言った。「『リチャード三世』を演じる《ドゥーイング》話なの」

「ハハーン」彼が言った。「ミステリだ!」

「そうなの?」

「言ったばかりじゃないか、リチャード三世を捕まえる《ドゥーイング》話だって」

「あら、そんな意味でドゥーイングって言ったんじゃないわ。劇を演じるって言ったつもり。『リチャード三世』を演じるって」

「じゃあ、なぜ《リチャードを探して》なんていうんだろう、もしチクタク言う時計がないなら?」彼が聞いた。それで思い出したのか、腕時計を見た。七時四十三分だ。映画は七時四十五分に始まることになっている。ええと、何だっけ? なぜここに座ってアンティークショップのコマーシャルを見なければならないんだろう、まるで使い古しの家具を買いたい人がいるみたいに?

「この映画をまた見られるなんて、わくわくするわ」パトリシアが言った。そして突然彼の手を探してぎゅっと握った。

「俺もだ」オリーはあいまいに言った。

彼の手は、バターでべとべとしていた。

でもかまわない。彼女の手もべとべとなんだから。

〈グレース・ワグナー・スクール・オブ・デザイン〉は、かつては合衆国二十七代大統領にちなんでウイリアム・ハワード・タフト高校と呼ばれていた。当時はいわゆるアカデミックな高校だった。つまり、学生たちは大学入学の資格を与えてくれる学科を取っていたということなのだ。しかし、それは古き良き時代のことだ。

今は、手っ取り早くハイファッションの世界に入ろうと思っている子供たちのための職業高校だ。平均Cの成績を保ち、まっすぐな線が描ければ、〈グレース・ワグナー〉に入ることができる。ついでながら、この名前は教育委員会のメンバーでありフルートを吹いていた女性にちなんでつけられている。

巨大な稲妻が特大のサッカーボールに落ちたように見える彫像が、学校の前庭のまだらな芝生の上に立っていた。ルーミスが、リンカーンを彫像の前に寄せた時には、すでにエンディコットとロニガンは学校の周りのブロックを二回も回っていた。二人は怪しい人物が潜んでいるのは見かけなかったが、学校の最上階の窓の一つに明かりがついていて、人影が動いているのを見たような気がした。

エンディコットが、このことをコーコランに知らせた。

「やつらは〝荒地〟の時と同じ手口を使っているかもしれない」コーコランが言った。「高い場所を捜して、双眼鏡であたりを見張ってくれ」

「二台目の車が来るまで待つ」エンディコットが言った。

「裏に回り、やつらを驚かせよう」

「女を危険にさらすようなことはするな」コーコランが注意した。

ルーミスは、これは自分のために言ってくれたのだと思った。

またもや、電話が鳴った。

「もしもし？」彼が言った。

「我々には、あんたが見える」エイヴリーが言った。「車を降りろ。二人ともだ。カネは後部座席に置いていけ。車は鍵をかけず、キーをイグニションに入れたままにしろ。学校の入口に向かって歩け。今だ！　今やれ！」彼はそう言って、電話を切った。

「やつはカネを置いて車を降りろと言ってる。学校に向かって歩け、ドアはロックせずにキーを入れたままにしておけと」

コーコランが、自分の携帯のボタンを押した。

「エンディコットだ」

「やつらは、我々を出し抜こうとしている」彼が叫んだ。

「学校の正面に回れ！　急げ！」

「何だと？」エンディコットが言った。

車の電話が、またもや鳴った。

ルーミスが取った。

「はい？」彼が言った。

「今すぐ、と言ったはずだ」エイヴリーが言って、電話を切った。

「行こう」ルーミスが言った。「お願いだ！」

二人が車から降りた。コーコランが通りを見た。グリーンのスポーツ汎用車がリンカーンに向かってスピードをあげてくるのが見えた。

「来たぞ」彼は言って、ジャケットの下のショルダー・ホルスターに手を伸ばした。

「やめろ！」ルーミスが叫んだ。

あまりにも、急激な展開だった。後で、捜査官も刑事も、誰一人それを正確な順序で再構成することができなかった。映画学校を卒業したばかりのほやほやが監督した映画のようだった。画面が飛び、フラッシュフォワードし、四つ五つのストーリーが同時に進行している例の映画だ。

最初のストーリーは、あちこちで銃が火を噴いたとたん、バーニー・ルーミスがズボンを濡らした話。実際には、はじめ銃は一つだけだった。そして、それは刑事警部補チャールズ・ファーリー・コーコランの右手にあった。二人の男が今になればグリーンのモンタナだとわかる車から降りて、〈グレース・ワグナー〉の前で待っている黒のタウンカーに乗り込んだ瞬間、彼が発砲した。次の瞬間、リンカーンのエンジンが轟音とともに命を吹き返すと縁石から離れていき、それと同時に後部の窓がするすると下がり、第二の銃が火を噴いた。今回は、ライフルがたてつづけに弾を連射してくる。ルーミスがズボンを濡らしたのはこの時だ。というのも、弾丸が彼の右耳をかすめてヒューッと飛んでいく音が、実際に聞こえたからだ。

ちょうどその時、二台のマーキュリーが角を曲がってきた。エンディコットとロニガンが前の車、ファインゴールドとジョーンズが二台目の車だ。その時には、コーコランはすでに縁石までダッシュしていて、手を振ってブルーのマーキュリーを止めた。ルーミスは、この銃撃戦よりもっとましな映画でやっていたように、地面に身体を投げ出した。もっとも、その時にはもう弾丸は飛んでいなかったが。

コーコランがブルーのマーキュリーに飛び乗り、誰かが「あの車を追え」と叫んだ瞬間、あるいはその前にすでに、黒のリンカーン・タウンカーは走り去って姿を消していた。エンタープライズ号が星の散りばめられた宇宙の彼方に飛んでいったように。

飛んでいった先は、一マイル離れたところだった。そこに、盗んだ車の最後の一台が駐めてあった。

彼らは、七時半にカームズ・ポイントのウィンストン・ロード八四一二番地を出た。橋のところで渋滞にひっかかり、刑事部屋に着いたときは、八時一分過ぎだった。その一分後、キャレラは電話会社のスペシャル・アシスタンス係の番号を回していた。

合同特別捜査班のハイテク三角化手法は、結局効果を上げなかった。盗聴追跡手法も、盗まれ捨てられる携帯電話の前には無力だった。というわけで、結局、疲れた刑事が、すすけた刑事部屋のタバコの焼けこげだらけの机に座って、古き良き時代さながら電話することになった。多くの点で、古き良き電話会社は信頼できるのだ。もっとも、彼らの対応は必ずしも丁寧とはかぎらない。重要案件を扱う法執行機関を援助するのが仕事になっているスペシャル・オペレーターでさえ、その対応ときたら辛うじて容認できる程度だった。

「我々が探しているものは」キャレラは、ミス・ヤングという女性に話した。彼女にはファーストネームがない。ただミス・ヤング。「カームズ・ポイントのウィンストン・ロード八四一二番地にエイヴリー・ヘインズという男が住んでたんです。この四月一日以前の一年間ほどです……」

「そのウィンストンは、ウィンストン・シガレットのウィンストンですか？」ミス・ヤングが聞いた。

「そうです、ウィンストン・チャーチルのウィンストン」キャレラが言った。「それからカルヴィン・ウィルキンスという男がいます。カームズ・ポイントのパリッシュ・プレース三七九番地に、感謝祭の直前から同じ四月一日まで住んでいました。パリッシュはRが二つのパリッシュ」

「それでご用件はなんでしょうか、刑事？」

「三月に、この二軒の電話からかけられた相手先の電話番号のリストです。電話番号と名前と住所が欲しいのです」

「それには裁判所の令状が必要です」

「私は、そうは考えていません。その二つの回線に、電話利用状況記録装置でも設置しようというわけではないんです。それどころか、その番号はもう使われていないでしょう。私が必要なのは、この人たちがかけた相手の電話番号と名前と住所だけなんです。おたくにはそれがあるはずです。請求書を送るためだけでも」

「私の理解ですと、裁判所の令状……」

「我々は、誘拐事件を扱っているのですぞ。あなたが力を貸してくだされば……」

「ちょっとお待ち下さい」ミス・ヤングが言った。

キャレラは待った。

「ミス・コールです」別の声が言った。「ご用件をうかがいましょう」

キャレラは用件を説明した。

「それには裁判所の令状が必要です」

「緊急事態なんです」

「お気の毒ですが」

「また電話します」彼はそう言って電話を切った。

八時五分過ぎだった。今からダウンタウンに行けば四十分かかるだろう。そしてこんな時間に裁判官を探し回って令状を書いてもらうには、さらに四十分かかってしまうだろう。その頃には、ターマー・ヴァルパライソは死んでしまうかもしれない。彼は電話機を取り上げ、ダウンタウンの合同特別捜査班の番号を回した。

「特捜班です」という声が聞こえた。

「キャレラです」彼が言った。「どなたですか？」

「ジェイクス特別捜査官だ」

「助けてもらいたい、ジェイクス」

彼らは、今日早い時間に止めておいたグランド・チェロキー・ラレードのところに戻り、その少しうしろにリンカーンを横づけした。カルは、ジープのフードを開けてジャンプスタートさせ、きっかり三分後には再び走り出していた。リンカーンはイグニションにキーを差したまま、〝カネか命か〟が子守歌になるような地区に残していった。エイヴリーは、渋滞にかからなければ三十分後ぐらいに浜辺の家につくだろうと計算した。そうしたら、女を返して終わりだ。

すべて終わり。

二人は、あの家に武装した危険人物がいるという事実、そして彼女はまだ二十四歳でAK-四七を撃ったことがないという事実を、全然考えてもみなかった。

「キャレラ刑事ですか？」

「そうですが？」

「ミス・コールです」

キャレラは、刑事部屋の壁の時計を見た。八時十五分だった。

「たった今ランドール・ジェイクスというFBI捜査官から電話をもらいました」ミス・コールが言った。「あなたの要望事項を対象とする裁判所の令状をファックスしてきました。そちらに、ファックスはありますか？」

彼は、彼女にファックス番号を教えた。

五分後、彼の机にはエイヴリー・ヘインズとカルヴィン・ウィルキンスが、三月にそれぞれの電話機からかけた電話のリストが、二枚載っていた。当然ながら、ヘインズからウィルキンス、またはその逆の電話が多かった。ウィルキンスの電話からは、エア・ジャマイカとアメリカン・エアラインへの電話が五、六回あった。ヘインズの番号からは、アメリカン、ブリティッシュ・エア、バージン・アトランティック、デルタ、そしてエール・フランスへ十二、三回電話している。〈キャプショー・ボート〉への電話もあった。誘拐に使ったと思われるリンカーを借りたマリーナだ。ベンジャミン・ルーという名前の人物にも電話している。いずれ誰だかわかるだろう。また、三月には、ほぼ毎日、〝番号非公開〟としか載ってない人物に電話している。その頁の上部の星印は〝顧客の要望により、番号は公開されない〟という意味だ。さらに、三月には、ラッセル郡の不動産屋に数回電話している。

キャレラは電話機を自分の方にひっぱってきて、再びダイヤルし始めた。

八時二十七分までに、キャレラはマーガレット・ホームズ不動産に、二度電話していた。一度目は、ちょっと席を外しただけかもしれないと思ったからだ。二度目に、この時間では店を閉めたと結論を出し、番号案内に電話してオペレーターにサウスビーチのマーガレット・ホームズという人の自宅の番号を教えてほしいと言った。ホームズは、シャーロック・ホームズのホームズと同じで、サウスビーチには彼女の不動産事務所がある。オペレーターが電話口に戻ってきて、その名前の番号はないと言った。彼はラッセル郡のすべての町を見てチェックしてほしいと頼んだ。彼女はそんなことはできない、特定の町を指定してくれなければ無理だと言った。彼は、自分は誘拐事件を捜査している警察官だと言った。彼女は上司を呼んでくるから待ってくれるようにと言った。上司も特定の町を指定してもらわなければ困ると言った。いったい、ラッセル郡内にいくつ町があるのかご存じなんですか？　キャレラが、再びスペシャル・アシスタンスの番号にダイヤルし、ミス・コールを呼び出した時は、八時三十三分だった。

「例の番号は、もうファックスしましたよ」彼女が言った。

「まだ受け取ってないのですか？」

「受け取っています、ミス・コール」彼が言った。「ご尽力、本当に感謝します」急に愛嬌をふりまきながら言った。あのT・S・エリオットの詩でも読んでやったほうがいいかなと思った。「ミス・コール。もう一度助けていただきたいのですが」彼が言った。「マーガレット・ホームズという人の、シャーロック・ホームズのホームズですが、自宅の番号を知りたいんです。ラッセル郡のどこかなんですが、町は特定できません。助けていただけませんか？　感謝します」

「ふーむ」ミス・コールが言った。

しかし、次に言った。「少々お待ちください」


ミス・コールが教えてくれた電話は、四回鳴ったところで誰かが取った。

「もしもし？」女の声がした。

「ミス・ホームズですか？」

「ミセス・ホームズですが」

「八七分署のキャレラ刑事です、シティの」

「はあ？」

「サウスビーチでマーガレット・ホームズ不動産を経営していらっしゃるマーガレット・ホームズさんですね？」

「ええ、そうです」

「ミセス・ホームズ、エイヴリー・ヘインズという人物が、先月数回あなたに電話しています。この名前に聞き覚えがありますか？」

「ええ」

キャレラは深呼吸した。

「その人物に、何か売るか貸すかしましたか？」

「ビーチに家を貸しました」彼女が言った。「なぜですか？　あの人何かしたんですか？」

計画では、女をどこでもいいから置き去りにする。電話ができるように小銭を渡し、自分でどうにか家に帰ってもらう。もう立派な大人なんだから。エイヴはそう説明していた。

空港に行く途中のどこかで、彼女を降ろす。カルはジャマイカに行くことになっている。しかし、どこに行こうがかまわない。生きている間に再び彼に会おうが会うまいが一向にかまわない。エイヴはまずロンドンに行き、ケリーはパリに行く。そこで二人は落ち合う。すばらしい計画だ。パリ。気取った街。

一つだけ、問題がある。

女は、ケリーの顔を見ている。

ターマー・ヴァルパライソは、まだ、サダム・フセインとヤセル・アラファトのうしろにいるのが誰か知らない。

しかし、ジョージ・ブッシュがグリーンの目をしたそばかすだらけの赤毛のアイルランド人だということは、しっかり知っている。

「あのう」ケリーは、今打ち明け話をしている。「男たちが戻ってきたらあなたを自由にすることになっているの」

「約束ばかり」ターマーが言った。

「違う、今度は本当よ。それが計画なの。ここを出たらどこかであなたを降ろすわ」

「そうなれば、嬉しいわ」ターマーが言った。

「まあ、そういう計画なの」

「いいわね」

彼女は、そこらじゅうが痛かった。顔、身体、彼がなぐったところ全部。とくに下腹部、彼が強引に入ってきたところが痛かった。カルのやつ、と彼女は思った。あいつの名前はカル。もう一人はエイヴ。あんたたち、今に罰《ばち》が当たるから。

「あなた、私の顔を見たわね」ケリーが突然言った。

ターマーが、彼女を見た。

「あなたは、この仮面のうしろが何だか知ってるわ」

「心配しないで……」

「私が、どんな顔をしているか知ってる」

「そんなこと、心配する必要ないわ」ターマーが言った。

「本当よ。あなたは私に良くしてくれた。だから、あなたを傷つけるようなことはしないわ」

「だって、こういうものをみんな失いたくないの」ケリーが当然のことを言った。

「心配する必要ないわ、ほんとうよ」

「このために一生懸命やったの」彼女がもっともなことを言った。

「わかるわ。でも、ほんとう、心配すること……」

「私がどんな顔をしているか言えるでしょう」

「ほとんど覚えていないわ」

「どんな顔をしているか知ってるわ」

「大勢の女が同じような……」


「大勢の女はあなたを誘拐しなかった」ケリーが言って、AK-四七を腰のところに持ち上げた。

「やめて……それには気をつけてよ、お願い」ターマーはそう言って、自由になる手を伸ばした。

ケリーが、一歩退いた。

ライフルは単発式だった。彼女は、三回撃った。二発がターマーの顔、左目の下に入った。三発目はちょうど鼻の下を捉えた。その三発は頭蓋骨の後側を吹き飛ばし、うしろのラジエーターに軟骨と血をまき散らした。

すごい、ケリーは思った。

14

刑事部屋の時計では、八時四十五分だった。

「住所は、ビーチサイド六四番地」キャレラが、サウスビーチ警察署の刑事に言った。「誘拐の被害者がいるかもしれない。できる限り慎重にやってくれ」

ラッセル郡では、この邪悪な大都市より準軍事的な呼称を多く使っている。部長刑事《ディテクティヴ・サージェント》のジェームス・コディが、その家には武装した危険人物がいそうかと聞いた。

キャレラは言った。「そうだ。その可能性がある」

「では、気をつけよう」

その必要はなかった。

その家にいたたった一人の人物は、ラジエーターにつながれたまま死んでいたからだ。

他の者は、みな五分前に車で出ていってしまった。

ミス・コールは、スティーヴン・ルイス・キャレラの電話に慣れてしまった。

「はい、刑事さん？」彼女は楽しげに答えた。

「ミス・コール、またまたご迷惑をおかけして申しわけありません……」

「あら、そんなことありませんわ」

「先ほどお話ししました二つの住所からかけた電話のリストの件ですが……」

「それがどうかしましたか、刑事さん？」

やさしくささやくような声だ。

「毎日のようにその非公開の番号に電話しているんです。電話会社のポリシーとしてはそれを明かすことは……」

「バカなことをおっしゃらないでください」彼女が言った。「これは誘拐事件ですわ。一分ほどお待ちになって」

彼女は三分ほどで戻ってきた。

「この電話は、すべて同一人物にかけています」

「で、それは誰ですか、ミス・コール？」

「バーニー・ルーミスという男です」彼女が言った。「サウス・トンプソン五八三番地の。お役に立ちましたかしら、刑事さん？」

「やつらは、美人を残しておいてくれました」部長刑事のジェームス・コディが郡の検視官に言った。

その火曜の夜の九時五分過ぎだった。ビーチサイド六四番地の家は、〝警察〟と黄色で背中に書かれたブルーのウインドブレーカーを着た男たちでごったがえしていた。死んだ女は、ベッドルームにいた。手首が、ラジエーターにつながれたままだった。

「なんてひどいことをするんだ」検視官が言った。

コディが頷いた。「どこにもキーが見つからない」彼が言った。「あんたたちが来るのを待っていたんだ。手錠をのこぎりで切ってもいいかどうか確かめたくてね。やつらは相当あわてて出ていったようだな。彼女をあんなふうにつないだままにして」

床に発射済みの薬莢が、三個落ちていた。凶器から発射されたものだろう。

「近距離から顔を撃った」コディが言った。

「そのようだな」検視官が言った。

サウスビーチの移動科検班にあたる技術者が、忙しそうに指紋探しの粉をまいたり、衣服の繊維や髪の毛を集塵機で吸い取ったりしている。その一人が、死んだ女の方を見てつぶやいた。「けだものだ」

もう一つのベッドルームで、サダム・フセイン、ヤセル・アラファト、そしてジョージ・W・ブッシュの三個の仮面が見つかった。

「世界の偉大な指導者が三人」コディはさりげなく言った。

ちょうどその頃、キャレラ刑事とホース刑事は、サウス・トンプソン五八三番地のアパート二二Cのドアをノックしていた。

その晩の九時四十五分、パリ行きのエール・フランス二三便が離陸しようとしていたとき、オリーとパトリシアが映画館から出てきた。雨がかなり降っていた。オリーはジャケットを脱ぎ、パトリシアは遠慮したけれども、肩にかけてやった。

「あなたが濡れてしまうわ」彼女が抗議した。

「気にしない、気にしない」彼が言った。「ピザを食べに行かないかね？」

パトリシアは、お腹はすいてないけれど喜んでお供するわ、と言った。

オリーは、三切れ目を食べながら、あの映画からいろんなことを学んだと言った。

「たとえば？」彼女が聞いた。

「重要なのは、時を刻む時計だけじゃないってことかな」オリーが言った。

キャレラは、ホースと一緒にバーニー・ルーミスを引き連れて刑事部屋に戻って来るまで、ターマー・ヴァルパライソが死んだことを知らなかった。十時だった。シャルル・ドゴール空港行きの二三便が離陸してすでに十分たっていた。エイヴリー・ヘインズは、ブリティッシュ・エアのラウンジでロンドンのヒースロー空港行きの八二便に搭乗するために待っていた。点呼机に座った巡査部長のマーチスンは、ミスター・ルーミスの弁護士が警部補の部屋で待っていると言った。

「それから、サウスビーチのコディ刑事から電話があった」と言って、折り畳んだ伝言用紙をキャレラに渡した。

キャレラは、それをちらりと見た。

「ミスター・ルーミスを、弁護士のところに連れて行ってもらえないか？」彼はホースにそう言うと、自分の机に行き、ただちに合同特別捜査班に電話した。コーコランではなく、エンディコットが出たので嬉しかった。

「スタン」キャレラが言った。「女は死んでいた。サウスビーチ警察からたった今聞いたところだ。サウスビーチの一軒家に監禁されていたんだ。三人の犯人は全員逃亡した。そのうち二人の名前と、一人はファーストネームだけわかっている。やつらはエア・ジャマイカ、ブリティッシュ・エア、エール・フランス、アメリカン、バージン・アトランティック、デルタに電話している。そちらは、我々より国土安全保障局に強いコネを持ってるんだから、ここと川向こうの空港のコンピュータで彼らの名前をチェックしてもらえないか。バーニー・ルーミスを拘留した。共犯だと……」

「ちょっと待ってくれ！　バーニー・ルーミスを？」

「犯人の一人が、三月中に毎日のように彼の自宅に電話しているんだ」

「あんたも、忙しかったな」エンディコットが皮肉っぽく言った。

「空港をチェックしてもらえるか？」

「やつらの名前は？」エンディコットが言った。

バーニー・ルーミスの弁護士は、ロジャー・ハリデーといった。ルーミスが自宅のアパートから電話したとき、彼はテレビで《ザ・ウエスト・ウイング》を見ていた。禿で少々肥満気味の弁護士は、ダークブルーのビジネススーツにネクタイをして刑事部屋にやって来た。刑事たちが知っているどんな刑事弁護士よりも銀行家のように見える。実際は腕のいい法人弁護士で、専門外のこんなところに来るとは思いも寄らなかった。

「私の依頼人は起訴されたのですか？」彼が聞いた。

「まだです、ミスター・ハリデー」ホースが言った。「二、三質問させていただくだけです」

「彼は質問に答える必要はない。ご存じですな」

「ええ、知ってます」

「彼に被疑者の権利を読んでくれましたか？　依頼人は逮捕されているのですから、すでに……？」

「彼の自宅で、読んであげましたよ」キャレラが言った。

キャレラは再び、ルーミスに彼の権利を読んでやった。

ハリデーは、うんざりしているらしかった。

「それで、どうします？」彼がルーミスに聞いた。「質問に答えたくなければ一切答える必要はありません。私のアドバイスは、起訴してもらうか、自由にしてもらうか、警察側に頼むことですな。起訴されても、質問には一切答える必要はありません。ここはアメリカです。お忘れにならないように」

「何で起訴されるんです？」ルーミスが言った。「何もしていないのに」

「その好奇心を満足させたらどうですか、ミスター・ルーミス？」キャレラが言った。「二、三質問に答えてくださ い、いいですね？」

「いやですな」ルーミスが言った。

国土安全保障局の捜査員が二人、ブリティッシュ・エアの八二便に乗り込んだ。ロンドンに向けて飛び立つ十分前だった。エイヴリー・ヘインズはファーストクラスに座り、もうスコッチ・アンド・ソーダを飲んでいた。捜査員は、一緒に飛行機から降りてもらえないかと聞いた。二人とも武装していたから、エイヴリーは、もちろん降りましょうと言った。

十五分後、彼はバーニー・ルーミスを裏切っただけでなく、カルヴィン・ウィルキンスがアメリカン・エアラインのファーストクラスのラウンジにいると言った。さらに、ガールフレンドのケリー・モーガンが明日の朝十一時十五分にパリに着陸すると言った。

ウィルキンスのジャマイカ行きの便は、明朝七時に離陸することになっていた。彼はラウンジのソファにまるくなって寝ているところを起こされた。見上げると九ミリの武器らしきものが見え、「くそっ」と言った。

ネリー・ブランドは、十一時近くに刑事部屋に現われたとき、まだ長いグリーンのドレスにグリーンのサテンの靴をはいていた。夫と一緒に、メンバーになっている〈リバー・ディックス・ヨットクラブ〉で年一回開かれる五月のコティヨン（二人、四人、八人で踊るフランスの活発な舞踊）に参加していたのだ。その上、ミンクのストールに、夫からこのクリスマスにもらった翡翠のネックレスをしていた。仕方なく仕事に出てきた地方検事というより、少し前までシャンパンを飲んでいた株式仲買人の妻のように見えた。もっとも以前から株式仲買人の妻ではあった。

　キャレラは、彼女を脇に呼んで、自分のつかんだことを話した。

「それじゃあ、まったく状況証拠だけだわ」彼女が言った。「私を、わざわざここまで引きずってきたのは、そんな理由だったの？」

「検証に耐えると思うんだ」

「私は思わないわ。その男がルーミスに電話した理由なんていくらでもあるわよ。犯人がよく使う言い抜け以外にも」

「どうしてやつはルーミスを知ったのだろう？　どうして自宅の電話番号を知っていたのだろう？」

「私が知るはずないでしょう？　ある人の自宅の電話番号を知っていたからといって、誘拐したことにはならないわ」

「女は死んだんだ、ネリー。もう死刑の事件になってしまった」

「ルーミスが共謀していることになっている相手はどこにいるの？」

「逃亡した」

「それはステキ。それでやつらは死んだ女を置き去りにしたっていうの？」

「そうだ」

「そこら中のテレビに出ている、あの歌手のこと？」

「その歌手だ」

「世間の注目がものすごいわ。間違っていたら、大変よ」

「何を失うっていうんだい？」キャレラが言った。「とにかくやってみよう」

「私、頭がおかしくなったに違いないわ」ネリーが言った。

　十一時十五分に、尋問が始まった。

　その部屋にいるすべての者にとって長い時間だった。まあ、警察の速記者だけは例外だろう。ルーミスがこれで三回も自分の権利を言ってもらい、答えたくないならどんな質問にも答える必要がないという忠告を受けている今も、その一字一句を書き留めていた……

「答えるつもりはありません……」彼が言った。

「その場合」ネリーが言った。「あなたを起訴します、誘拐の共犯……」

「ばかな」ハリデーが言った。

「……プラス誘拐自体で。これはA－一級の重罪です」

「君、そんなことを言うが、まさか本気じゃないだろうね」

「いえ、本気です、弁護士殿。この州の法律によれば、あなたの依頼人は実行犯と共謀して行動したのです。主犯か共犯かは問題ではありません……」

「大陪審は、五分で却下するさ！」

「それは、後でわかることです」ネリーが言った。「大陪審は、重罪の殺人も却下すると思いますか？」

「殺人？」ルーミスが言った。

「誘拐中の殺人」ネリーが言った。「第一級殺人と同じです」

「殺人とはどういうことです？」ルーミスが聞いた。「やつらは、ターマーを殺したんですか？　あなたは、やつらが彼女を殺したと言ってるんですか？」

「強力なライフルで、近距離から顔を撃ちました」

「約束が違う！」ルーミスが叫んだ。そして突然両手に顔を埋めて、すすり泣きを始めた。

　ルーミスが、語った。私は、あの子を自分の娘のように愛していたんです。彼らとは、ただ身代金を払うまで彼女を監禁し、その後解放するという約束だった。彼女を傷つけないことになっていた。ましてや……彼女を……

ここでまた、両手に顔を埋め、すすり泣きを始めた。

ハリデーはこの機会をとらえて、無理にしゃべる義務はないと注意した。

ルーミスは、手の中で泣き続けた。

「ミスター・ルーミス？」ネリーが言った。

彼は、ただ泣き続けた。

「何があったのか話してもらえますか？」彼女が優しく言った。

こういうことには慣れている。

ルーミスが、手の中で頷いた。

ハリデーが、頭を振った。

私はレコード店に立ち寄って、我が社の製品がどのようにディスプレイされているか、どんなところに並んでいるかチェックするのを習慣にしていました。たいていは、店主や、時には売り場の店員に、バイソン・レコードの最高経営責任者だと自己紹介し、あのCDやこのアルバムが自分にとってどんなに大切なのか説明し、それに個人的に目をかけてくれるように頼んでいました。私は、我々が売り出したレコードをすべて愛しています。一つ残らず。このビジネスを愛してます。音楽を愛してます。

はじめてターマーの歌を聴いたとき、彼女が大スターになるとわかりました。彼女はシェールのようにがんがん歌えるし、スティーヴン・タイラーのように叫ぶこともできる。最高のブルースやカントリーソングの歌手のようにスラーをかけて歌うこともできるし、アラニス・モリセットのように裏声にしたりヨーデル風に歌うこともできる。そのうえに甘い声。何とすばらしい甘い声だろう。単純なバラード一つで、人の胸を張り裂けんばかりにすることができる。天使のようでした。天使のように歌ったのです。

私は、行く先々の店で、ターマー・ヴァルパライソに注目するように頼みました。

次に、音楽界にセンセーションを巻き起こすのは、ターマー・ヴァルパライソだと言いました。

この青年は、レコード店で働いていました。我が社のオフィスのあるビルの角を曲がったところにあります。私は毎日のようにランチがすむと、仕事に戻る前に、そこに立ち寄りました。〈ローレライ・レコード〉という店です。商品やディスプレイをチェックし、この青年に今週の話題作について話をし……

エイヴリー・ヘインズ。

彼の名前です。

これから登場してくるのは誰か、何に注目すべきか話してやりました。ターマー・ヴァルパライソだよ。五月に発売。アルバムは《バンダースナッチ》というんだ。《バンダースナッチ》がタイトルソングになっている。待っていろよ。今すごいビデオを作っているんだ。気をつけててくれ。ターマー・ヴァルパライソだよ。

ある日……

Q：身代金要求の電話をしたのは、エイヴリー・ヘインズですか？

A：はい。

Q：実際に、ターマー・ヴァルパライソを誘拐したのは、エイヴリー・ヘインズですか？

A：一人ではありません。彼が一人でやったのではありません。船上パーティの情報は、すべて私が与えました。彼は、三人だけでやれるといいました。彼とあと二人。

Q：その二人は誰ですか？

A：わかりません。

Q：この名前……ちょっと失礼。スティーヴ、名前をもう一度言ってもらえますか？

A：（キャレラ刑事から）カルヴィン・ウィルキンスとケリー何とかです。ケリーの姓はわかっていません。

Q：この名前に心当たりは、ミスター・ルーミス？

A：まったくありません。
Q：では、あなたが取り引きした人物はエイヴリー・ヘインズだけということになります。
A：ええ。
Q：誘拐は、彼が考えたのですか？
A：まあ、そんな展開になったのです。
Q：どういう意味ですか？
A：話しているうちに、そんなことになったんです。私たちはさまざまな販売方法について話し合いました。彼は本当に頭の切れる青年でした。私が考えていたのは主に、いかにしてデビューアルバムを成功させるかということでした。それほどターマーを信じていました。彼女に成功してもらいたかったのです……

エイヴリーは、私のカネだからどう使おうがまったく気にしてませんでした。ご存じですよね、若い人たちがどんなだか。彼らには、不可能なことなどないのです。とてつもないアイディアを、次々と出してきました。巨大な店内プロモーションとか、テレビのコマーシャルとか、地下鉄のポスター、バスの脇腹の広告などを十の市、二十の市、百の市でやろうと言います。広告やプロモーションだけで何百万ドルの話です。さらに、我々が今やっていることの他に、勝利間違いなしの方法についても話しました。

最初は、私のオフィスで話し合いをしました。彼は昼食の時間にやって来て、自分のアイディアを語りました。私は、若者を勇気づけるのが大好きです。若者の相手をするのは得意ですよ。彼は非常に……熱心でした、ご存じですか？　ある日、彼が五分間の名声とか、十五分間の名声とかいうようなことを言いました。アンディ・ウォーホルが言って有名になった言葉です。ターマーにその十五分間の名声を与えられれば、あとはすべてが自然についてくると言ったのです。コンサートの時に、ステージで脚の骨を折るとか……

「しかし、アルバムがリリースされるまでは、コンサートなどしないだろう」と、私は彼に言いました。

「あるいは、バスにはねられるとか……」彼が言いました。

「バスにはねられるとはね」

「アイラ・レヴィンが書いた『死の接吻』という本を覚えていますか？　女が屋根から突き落とされる最終章を？　それで、この本が出版された直後に、女がニューヨークのどこかで実際に屋根から落ちたんです、しかも彼女のポケットにその本が入っていたんですよ。そんなふうなことなんだけど、わかります？」

「もちろんだよ。ターマーを屋根から突き落とそう」

「冗談じゃないですよ、バーニー」

その頃には私をバーニーと呼んでいました。

「何か、あっと言わせるようなことを話しているんですよ。でかでかとかき立てられるようなこと」

「たとえば？」

「ディスコでちんぴらに殴られるとか……」

「だめだめ」

「……あるいは、ストーカーが彼女をつけるとか……」

「それじゃあ大見出しにはならない」

「……誘拐されるとか」エイヴリーが言ったとき、私たちは顔を見合わせました。

そういう瞬間があるものです、おわかりでしょう？

これだと思う瞬間が。

エイヴリーは、身代金として五万ドルを提案しました。しかし、私は、そんなはした金じゃやってくれる者なんか絶対に見つけられないと言いました。彼は「わかった、じゃあ十万ドルならどうだろう？」と言いました。私はそれでも低すぎるだろうと言いました。彼は、一方で多くの市で一千万ドルも使う話をしながら、今度は十万ドルだ！　私は、それじゃあいかにもインチキくさい、それに、十万ドルぽっちで誰が誘拐というような危険を冒したりするものか！　と言ってやりましたよ。そんなわけで、ああでもないこうでもないと議論を続け、最終的に二十五万ドルに落ち着きました。二十五万ドルと言えば、百万ドルの四分の一だから、まだスターにもなっていない歌手の身代金としては途方もない金額ではないだろうというわけです。

彼が、私を騙したとは思っていません。騙したと思いますか？　彼は自分が実際に誘拐することになるとは思っていなかったでしょう。身代金の金額をあげる交渉をしようとも思っていなかったでしょう。あの青年には、ある種の無邪気さがありました……まあ、結局は、私を裏切ったわけですが。しかし、あの時の彼は、純粋にこのアイディアに夢中になっていた、のめり込んでいたと思います。私と一緒に、高くもなく低くもない適正な身代金はいくらならいいかを一生懸命考えました。二十五万ドルはまさにぴったりの響きがありました。このアイディア自体、完璧に思われました。

しかし、現実にぶちあたりました。

十五分間の名声など考えてもしょうがない。第一、誘拐のような重罪で捕まるリスクを負う者がどこにいるというのだ？　それに、バイソン・レコードのバーニー・ルーミスが自分のところの若い歌手の誘拐を計画し実行する。それを絶対にもらさない者が見つかるだろうか？

「俺なら信用できますよ」エイヴリーが言った。

私は彼を見ました。

「俺が、やりますよ」彼が言った。

Q：この見事な計画は、いつ誕生したのですか？

ちょっと皮肉をきかせたな、とキャレラは思った。気をつけろ、ネリー。臆病風に吹かれて、もう質問には答えないと言うかもしれないぞ。

Q：ミスター・ルーミス？　あなたとミスター・ヘインズが、誘拐を実行するのはヘインズだと決めたのはいつですか？

A：確か三月だと思います。三月にはすべてが動き始めましたから。あれは、彼がビーチの家を見つけたとき……

Q：ビーチの家？

A：サウスビーチです。そこで彼が家を借りたんです。ターマーを連れて行くための。その時までには、チームができあがっていました。彼は二人とも経験があるから、問題なくことは運ぶはずだといいました。実際、その通りになりました。でも、あの船上パーティの晩、ターマーを殴ったやつは、誰であろうと殺したいくらいでした……

Q：カルヴィン・ウィルキンスという名前には、まだ心当たりがありませんか？

A：聞いたことがありません。

Q：ケリーというファーストネームは？

A：知りません。その人物が誰だろうと、ターマーには指一本触れないことが約束でした。エイヴリーはそのことを承知していました。彼女を四十八時間拘束し、身代金を——本当は今回彼が果たした役割に対する報酬ですが——回収し、彼女を無事に解放する。それが取り決めだったのです。彼は船上パーティのことはすべて知っていました。私が情報を与えたのですから。リバー・プリンセス号の見取り図まで持っていたんです。やつらが、階段を降りてきたときは、とても怖かったでしょう？　チャンネル・フォーのテープは、ご覧になりましたか？ほんものそっくりでしたね？

Q：ほんものだったんですよ、ミスター・ルーミス。

A：確かにそうです。見物人にはほんものに見えたでしょう。特に、あのバカがターマーのパートナーをライフルで殴り、それから彼女に平手打ちをくらわしたときは。まったくやつを殺してやりたい。しかし、すべては、にせものだったんです。すべて、でっちあげだったんですよ。計画を練っている間も、常にそのことを自分たちに言い聞かせていました。あれはでっちあげです、愚かなでっちあげです。

Q：でも、あれはほんものだったんです。

A：彼が私を裏切ったときに、はじめてほんものになったんです。我々が同意した二十五万ドルではなく百万ドルを要求したときに。彼は、ことの成り行きを見ていたんです。昼も夜もテレビに釘づけになっていたはずです。ターマーは確かに十五分間の名声を手にしました。決定的な名声を。うまくいったんです！　一夜にしてディーバになったのです！

「でも、死んだディーバだわ」ネリーが言った。

ルーミスは、再び両手に顔を埋めてすすり泣きを始めた。

15

バート・クリングは、お笑いタレントが黒人についてのジョークを言っていたので居心地が悪かった。シャーリン・クックと手をつなぎ、アーティ・ブラウンとその妻と一緒のテーブルに座っていても、居心地が悪かった。たぶん、そこには彼一人しか白人がいなかったからだろう。

ここはアップタウンのダイヤモンドバックにあるブラック・コメディ・クラブ。ブラウンが推薦し、シャーリンがいいアイディアねと賛成したところだ。彼女は今、黒人のお笑いタレントが披露している話を大いに楽しんでいるようだ。母親にカネをせびっている麻薬中毒の男の話。

「息子は、自分の不運を母親に訴えます。まるで、母親がそんな話を聞かされるのは初めてのようにですよ。私のいう意味、おわかりでしょう?」お笑いタレントが言った。「お母ちゃん、朝まで生きのびるのに、ちょっとだけパンが要るんだ。絶対返すよ、おばあちゃんのお墓にかけて誓うよ。おばあちゃん、どうぞ安らかにお眠りください」

笑い。

今までに、何人かヤクチュウを扱ってきたアーティ・ブラウンからも笑いが漏れた。

「困ると、いつも同じ話をするんですなあ」お笑いタレントが言った。「それでも、お母ちゃんは信じることになっています。でも、息子はそのカネをもらったら、腕に打つか鼻で嗅ぐかですよ。お母ちゃんは、それもわかっています。ほんとは、何をあげたらよかったんでしょう? さっさと、お尻を蹴っ飛ばせばいいんです」

今度は拍手。

「さて、皆さん、あのターマー何とかいう歌手のことで大騒ぎですが、あれはラテン系の名前ですか? 彼女は、黒人のダンサーと踊ったことがなかったんですかね? 黒人の男とダンスをしたら、レイプされることぐらい知っていなければいけない。ペニスが勃起しちゃうから、レイプするんですよ。ここにいらっしゃる何人のご婦人が、黒人の男とダンスをしたのに、男が勃起しなかったという経験をお持ちですか? いかがですか? 私の言うことはおわかりですよね、ご婦人方?」

誰もが、再び笑った。

クリングは、笑わなかった。

シャーリンが、彼を見た。

「どうしたの?」彼女が聞いた。

「何も」

「そんなことないわ、どうしたの?」彼女が再び聞いて、彼の手をぎゅっと握った。

彼は、首を振った。

彼女が、彼の目の中を覗き込んだ。

「本当だ」彼が言った。「なんでもない」

しかし、彼女は彼のことがわかっていた。

何かがあったのだ。

彼らはオリーの車の中で、音楽を聴き、映画の話をした。もっとも、オリーには、この映画がどうも理解できなかったのだが。

「俺のような新進の作家には、非常に役に立ったぜ」彼が、パトリシアに言った。「登場人物か」彼が言った。「登場人物のことまであれこれ悩まなければならないなんて、いったい誰が考えるだろう？　他にも、いろいろと作家を悩ませることがあるのに？」

「楽しんでくれて、とても嬉しいわ」彼女が言った。「楽しんでもらえないかもしれないって、とても心配だったのよ」

「いや、君と一緒にいられるだけで十分だよ」

しばらく、二人は黙っていた。

もう真夜中に近く、雨も止んでいた。パトリシアは、今夜はこれで別れましょうと言った。オリーは車から降りて、彼女の側に回った。雨が、近所のチンピラどもを家の中に追いやっていた。だから、オリーはグロックをちらつかせる必要がなかった。彼女を建物の中に連れて行き、一緒にエレベーターを待った。二人とも、明日は八時十五分前までに出勤していなければならない。しかし、二人ともこんなに夜が更けていることに気づいていないようだった。

エレベーターが来たとき、オリーは手を伸ばして彼女のためにドアを開けたままにしておいた。

「おやすみなさい、オル」彼女が言った。「楽しかったわ」

「俺もだ、パトリシア」

「今度の土曜日、ディナーに誘ってもいいかしら？」

オリーが、彼女を見た。

「だって、私があなたを招待するように言ったでしょう」

「ああ、そうだった《オー・イエス》」有名なW・C・フィールズの物まねが出た。「喜んで行かせてもらうよ、小鳥ちゃん」

「よかったわ、じゃあまた」彼女はそう言うと、つま先だって、彼の口にキスをした。

彼女は、微笑みながらエレベーターに乗った。

ドアが閉まりかかると、手を振って彼にさよならをした。

彼女は、まだ微笑んでいた。

静かに落ちてくる小雨の中を、オリーは自分の車に戻っていった。運転席に座り、雨が入り込まないようにドアを閉め、キーを差し込んだ。

それから、自分でもなぜかわからないままハンドルに頭を載せるとすすり泣きを始めた。


「もう遅いことはわかっているんだけど」ホースが電話に向かって言った。

「とにかく、今何時なの？」

彼は刑事部屋の時計を見上げた。

「もうすぐ十二時半だ」彼が言った。「でも、ちょうど今仕事が片づいたところなんだ。それで……」

「何か私が知らなければならないことでも？」

「うーん、誰がこれをリリースするのか知らないが。我々か連邦捜査官か」

「もう口を割ってしまったじゃない」ハニーが言った。

「うーん……」

「こちらにいらっしゃいよ」彼女が言った。「それについて話さない？」

「遅過ぎないかな？」

「明日の夜六時までは出社する必要がないの」

「俺もだ」ホースが言った。「実は、八時十五分前までに入ればいい。そっちに行ってもいいかな？」

「もちろんよ」彼女が言った。「スクープになるかもしれないわ」

「大いになりそうだよ」

「〝若い刑事、誘拐事件を解決〟」

「それで……あのう……そっちに行ってもいいかな？」

「この部屋は、こだまするみたいだわ」

「お腹がすいてるかい？」

「あなたは？」

「サンドイッチでも持っていこうか？」

「あなたがそうしたかったら」

「じゃあ、後で」

「待ってるわ」彼女は言って、電話を切った。


キャレラが、朝の二時近くに帰ってきたとき、テディはまだ眠っていなかった。ベッドの脇の電気スタンドをつけ、彼の方に手を広げた。彼は彼女のところに行ってキスをし、ちょっと長く抱きしめると服を脱ぎ始めた。彼の顔を見れば、何かがあったとわかる。この男は感じたことがすべて顔に出てしまうのだ。彼女は彼が隣に潜り込んでくるまで待ってから、手話で聞いた。〝どうしたの？〟

「あいつは、俺が一番弱い相手だと思ったんだ」キャレラが言った。彼女は彼の唇を見ていた。彼女の顔が、まったくわからないわ、と言っていた。この女は感じたことがすべて顔に出てしまうのだ。今度は手話で言ってみた。

〝あいつは、俺が一番弱いと思ったんだ〟

〝あいつって誰なの？〟彼女が手話で聞いた。

「バーニー・ルーミスだ」彼は、手話と声で同時に言った。

〝あなたの言うことがわからないわ〟

「あいつは、今度の事件で、俺を欲しいと言ったんだが、俺が百万年たっても事件の真相に感づかないと思ったからなんだ。捜査班がバカだとは信じられなかった……」

〝捜査班？〟

「合同特別捜査班のことだ。だから一番弱い相手を選んだ。つまり俺、スティーヴ・キャレラ刑事だ。彼の保険証券。やつらが無事逃げおおせるようにするための」

〝ということは、あなたが事件を解決したの？〟

「我々が、解決したということだ」

〝じゃあ、ミスター・ルーミスは間違ったのね？〟

「大きな間違いをしたと思うよ」キャレラはそう言うと彼女を抱き寄せた。「そもそもの初めから」

〝明日は何時までに出勤しなければならないの？〟彼女が手話で聞いた。

訳者あとがき

一九五六年に、八七分署シリーズを書き始めてから約半世紀、作品数も五十冊、本人の歳も七十を過ぎ、さすがのマクベインもいささか息切れをしたなと思ったところ異色のヒット作を出して驚かされた。前半はエヴァン・ハンター（別のペンネーム。映画にもなった有名な『暴力教室』は、この名で書いた作品のひとつ）の名前で小説仕立て、後半はエド・マクベインの名前でミステリという『キャンディーランド』である。

あるいはこれで終りになるのかと思ったら、そうでなくて次々と新作を出す。ことに前作『でぶのオリーの原稿』は、八七分署で嫌われ者のオリーが主人公。八七分署シリーズの特色だった刑事達の地味な捜査の積み重ねという手法ではマンネリになったので、ここでひとつ、悪徳警官をスターとして登場させピカレスク風仕立てで活を入れる路線変更にふみきったのだなと邪推した。

ところが、本書である。FBIのエリート達の最新のハイテク技術を使う捜査より、八七分署の刑事達の昔ながらの〝足で歩く〟聴きこみ捜査の方が犯人探しに成功する。FBIの鼻を明かした八七分署万歳！である。

舞台は、九・一一後の緊迫した雰囲気が残るニューヨークそっくりなアイソラ。バイソン・レコードのオーナー、ルーミスが二万五千ドルを投じたハーブ河下りの船《ランチ》の上のデラックス・パーティ。新作レコード＝ビデオ《バンダースナッチ》の発売記念に招待した音楽業界の面々の前で、ディズニーならぬルイス・キャロルの〝美女と野獣〟をテーマにしたショー。演じるのは天才的ロック歌手《シンガー》の歌姫《ディーバ》ターマー。おどろおどろしき怪獣バンダースナッチにレイプされそうになるのを逆に剣で刺し殺すというポルノめいた激しいダンス。踊りが終った瞬間、サダム・フセインとヤセル・アラファトの仮面をかぶったマシンガンを抱えた二人の男に、観客の目の前であっという間にターマーが攫《さら》われてしまう。

最初に事件を摑んだのはキャレラだったが、誘拐は大事件だからとＦＢＩと市警のエリート達が特捜班を組む。キャレラは不本意だったが、たったひとりだけこの班に入れられる……。

さすがはマクベイン、ストーリー・テラーの才能は衰えていない。読み手を息もつかさず結末まで引きこんで行き、最後にはどんでん返しのサーヴィスまでついている。

本書の訳で悩まされたのは、バンダースナッチだった。（本書の原題は、*The Frumious Bandersnatch*）。これは『鏡の国のアリス』の中の「ジャバーウォックの歌」の詩の中に出てくる怪獣。本文の中にも、この詩の原文引用が出てくるが、詩の形容詞が荒唐無稽で、英和辞典に出て来ない。それもそのはず、ルイス・キャロルの造語だからだ。アリスもよくわからなくて、ハンプティ・ダンプティに意味を尋ねているが、答えはもとより珍答で、さっぱりわからない。『鏡の国』には多くの訳がある（高橋康也・別冊現代詩手帖、柳瀬尚紀・白揚社ほか、生野幸吉・福音館書店、脇明子・岩波少年文庫など）。どの訳者も苦労しているようで、古典的に訳すと難読で、子供むきに訳したのは気が抜けている。さりとて現代文風に意訳してしまうと原文の面白さが飛んでしまう。編集部と相談の上、結局、高橋康也氏の訳をそのまま使わせていただくことにした。この場を借りて御礼を申しあげたい。

本書に彩りを添えているのは、三つのラヴ・アフェア。でぶのオリーは、キュートでスリムなスパニッシュの新人女性警官パトリシア・ゴメスに臆面もなく――といってもおそるおそるだが――デートを申し込む。カバのようにダンスを踊ったり――本人は滅法うまいと思っている――見たこともないシェークスピアの映画をみせられたり……有頂天になっている。バート・クリングは、警察の外科部長代理で開業医もしている黒人のシャーリン・クックと、ホットな恋愛中。クックの美しさに本心から惚れこんで、セクシアル関係に入っている。色恋沙汰におよそ無縁と思われていたコットン・ホースまでもが、人もあろうにこのシリーズに時々顔を出すセクシーな美人、売れっ子のテレビ取材記者《キャスター》のハニー・ブレアにひとめ惚れ。スクープの成功で御機嫌になっているハニーになんと結婚のプロポーズ……。オリーのデートも意外な展開がありそうだし、ホースの大胆なプロポーズも案外成功するかも。次回のお楽しみ。

二〇〇四年十一月

HAYAKAWA POCKET MYSTERY BOOKS No. 1764

山《やま》 本《もと》 博《ひろし》

1931年生　早稲田大学大学院法律科修了
弁護士・著述業
著書
『日本のワイン』『ワインの女王』
訳書
『でぶのオリーの原稿』エド・マクベイン
『マクベス夫人症の男』レックス・スタウト
（以上早川書房刊）他多数

この本の型は，縦18.4センチ，横10.6センチのポケット・ブック判です．

〔歌姫《うたひめ》〕

2004年12月20日印刷　　2004年12月31日発行

著者　エド・マクベイン
訳者　山本博
発行者　早川浩
印刷所　信毎書籍印刷株式会社
表紙印刷　大平舎美術印刷
製本所　株式会社明光社

発行所　株式会社　早川書房
東京都千代田区神田多町2ノ2
電話　03-3252-3111（大代表）
振替　00160-3-47799
http://www.hayakawa-online.co.jp

〔乱丁・落丁本は小社制作部宛お送り下さい
送料小社負担にてお取りかえいたします〕

ISBN4-15-001764-6 C0297
Printed and bound in Japan

ハヤカワ・ミステリ〈話題作〉

1753
殺しの接吻
W・ゴールドマン
酒井武志訳

〈ポケミス名画座〉死体の額に口紅でキスマークを残す連続絞殺魔を孤独な刑事が追う。マニアが唸ったサイコ・スリラー映画の原作

1754
探偵学入門
M・Z・リューイン
田口俊樹・他訳

探偵家族のルンギ一家、パウダー警部補、のら犬ローヴァー、アメリカ合衆国副大統領らが探偵役で登場する全21篇を収録した傑作集

1755
ドクトル・マブゼ
ノルベルト・ジャック
平井吉夫訳

〈ポケミス名画座〉混乱のドイツに忽然と現われた謎の犯罪王。フリッツ・ラング監督映画化。映画史に残る傑作犯罪映画の幻の原作

1756
暗い広場の上で
H・ウォルポール
澄木　柚訳

江戸川乱歩が絶讃した傑作短篇「銀の仮面」の著者が、善と悪、理想と現実、正気と狂気の間で揺れる人間を描いたサスペンスの名品

1757
怪人フー・マンチュー
サックス・ローマー
嵯峨静江訳

〈ポケミス名画座〉東洋の悪魔、欧州に上陸す！　天才犯罪者と好漢ネイランド・スミスの死闘が始まる！　20世紀大衆娯楽の金字塔